Heinz-Werner Jezewski

Tod am Lachsbach

Über den Autor:

Heinz-Werner Jezewski, geboren in Duisburg, lebt seit 1979 in Flensburg.

Nach einer Ausbildung zum Elektriker und der Umschulung zum EDV-Kaufmann arbeitete er in diesem Beruf in Flensburg und Umgebung.

Seit 2005 ist er politisch aktiv, seit 2008 als Mitglied der Ratsversammlung der Stadt Flensburg. Zwischen 2009 und 2012 war er Mitglied des Schleswig-Holsteinischen Landtages.

Zurzeit arbeitet er als Wahlkreismitarbeiter einer Bundestagsabgeordneten in Flensburg.

2007 erschien im Rowohlt Taschenbuchverlag ‚Die Tulpenkönigin', eine Gemeinschaftsarbeit mit Martina Sahler.

2008 erschein im Mitteldeutschen Verlag ‚Schillers Schatten', eine Gemeinschaftsarbeit mit Christiane Dieckerhoff.

Über das Buch

Tod am Lachsbach ist der Auftakt einer Reihe von Kriminalromanen um den etwas verschrobenen EDV-Spezialisten Helmut »Chip« Zcipiorski und die Flensburger Kriminalbeamtin Sabine Wohlfahrt.

Orte und Einrichtungen sind dabei möglichst sorgfältig erkundet und beschrieben, während alle beteiligten Personen natürlich frei erfunden sind. Jede Ähnlichkeit mit wirklich lebenden Menschen ist rein zufällig und keineswegs beabsichtigt.

Heinz-Werner Jezewski

Tod am Lachsbach

Ein Flensburg-Krimi

epubli

Impressum

Druck und Verlag: epubli GmbH, Berlin, www.epubli.de
ISBN 978-3-7418-1105-0

EINS

Der Tag war gut gewesen, bis zu dem Moment um kurz vor halb zehn, als das Handy klingelte und die Sache mit der Leiche ihren Anfang nahm.

Robo, im Alltagsleben Robert Bohlke, Ermittler beim Kommissariat für Tötungsdelikte der Kripo Flensburg und gleichzeitig seit vielen Jahren mein bester Freund, fuhr rechts ran und nahm das Gespräch an.

»Na, da werde ich wohl vor den Kollegen da sein, alles klar.«

Er wendete ungelenk, fädelte den Wagen zwischen dem Stadtbus der Linie 7 und einem PKW ein und wir fuhren zurück in Richtung Innenstadt.

»Scheiße. Da hat jemand am Lachsbach eine Leiche gefunden. Wahrscheinlich war es ein Unfall, aber ich muss zumindest mal kurz hin.«

Er überholte den haltenden Bus und stellte den Wagen auf dem kleinen Parkplatz direkt an der Haltestelle Lachsbach ab. Wir stiegen aus und gingen auf den Waldrand zu. Ein älterer Mann kam uns entgegen. Seine Kleidung, viel zu warm für einen herrlichen, fast zu heißen Tag Anfang Juni, wies auf einen Jäger hin.

»Sind Sie die Polizei?«

Sein brauner Hund kläffte ohrenbetäubend und sprang an mir hoch. Ich nahm dem Mann die Hundeleine ab und führte den Kläffer ein paar Meter abseits ins Gebüsch während er mit Robo den kleinen Waldweg hinunter ging. Der Hund hatte schon die Hälfte aller erreichbaren Büsche gewässert, als ein Streifenwagen in den Platz einbog.

Der Fahrer, ein kleiner Dicker mit roten Backen, offener Hemdkragen und ohne Jacke, stieg aus, während sein Kollege sich in aller Ruhe eine Zigarette drehte. Er sah mich fragend an. Ich zeigte in Richtung Wald: »Die Kripo ist schon da.«

Keine Minute später, der andere Polizist hatte seine Zigarette fertig gedreht und stieg ebenfalls aus, kamen auch Robo und der

Jäger auf uns zu. Robo winkte die beiden Polizisten heran. »Morgen. Das war kein Unfall, ich hab die Jungs von der Spurensicherung schon aus dem Bett holen lassen. Sperrt ihr beiden doch mal bitte den Weg hier ab, oder besser den ganzen Platz.«

Während sie wichtigtuerisch ihres Amtes walteten nahm Robo den verstörten Jäger mit zu seinem Auto, notierte seine Personalien und ich gab ihm seinen Fiffi zurück.

Dann wurde es unübersichtlich. Zwei Privatwagen, drei weitere Streifenwagen und ein Notarztwagen der Feuerwehr kamen an, Leute gingen Richtung Waldweg, wurden zurückgepfiffen, alle zeigten sich gegenseitig ihre Dienstausweise, kurzum, es entwickelte sich ein herrliches Chaos.

Ich war kurz davor, mir Robos Auto zu schnappen und alleine nach Wassersleben zu fahren, schließlich hatten wir vorgehabt, die Ausfahrt der Schiffe zur Rumregatta von der Terrasse des ‚Kaffee Wassersleben' aus live zu verfolgen.

Als ich endlich den Schlüssel in den Händen hielt, war der Parkplatz so zugeparkt, dass an eine Ausfahrt gar nicht mehr zu denken war. Außerdem dröhnte in diesem Moment schon der Kanonendonner, der den Beginn der Regatta anzeigte, über den Wald hinweg.

»Was machen Sie denn hier?«

Ich drehte mich um und schaute der Dame tief in Augen. »Ich war mit Bohlke unterwegs zum Regattastart. Und jetzt warte ich, dass das Chaos sich lichtet, damit ich alleine hinfahren kann.«

Binnen einer Sekunde wechselte der Ausdruck ihrer blauen Augen von dienstlich auf freundlich. »Entschuldigung, wusste ich nicht. Ich dachte, Sie wären ein Gaffer.«

Ich lächelte sie an. Sie sah absolut nicht wie eine Polizistin aus, groß, schlank, blond und mit Gesichtszügen, die haarscharf an ‚schön' oder ‚hübsch' vorbeischrammten. Ich schätzte sie auf Mitte dreißig, ein gutes Alter für eine Frau, vor allem für eine Kriminalpolizistin. »Gaffer brauchen Sie doch hier gar nicht,

Spuren zertrampeln können Ihre Kollegen doch auch ganz gut.«

Sie schaute sich um. Der Parkplatz wirkte wie der Zeltplatz von Roskilde nach vier Tagen Festival. Zigarettenkippen, Kaugummipapiere und eine zerfledderte Bildzeitung, Reifen und Fußspuren ohne Ende. Sie fasste sich an den Kopf.

»Sind Sie aus der Branche?«

Ich lachte. »Nee, ich bin Computerfuzzi.« Ich reichte ihr die Hand. »Helmut Zcipiorski, aber nette Leute dürfen Chip zu mir sagen.«

Sie strich sich eine blonde Strähne aus dem Gesicht und schlug ein. »Sabine Wohlfahrt, Kripo Flensburg. Und Robos Freunde dürfen mich Biene nennen.«

Ich blickte mich um, das Chaos wurde immer schlimmer. »Kannst du mir irgendwie helfen hier raus zu kommen?«

»Ich glaub, das regelt sich jetzt sowieso«, lachte sie. Zwei VW-Busse hielten auf der Busspur vor dem Parkplatz. Aus dem ersten stieg ein Riesenkerl, der binnen Sekunden blutrot anlief. »Na, Kollegen, habt ihr schon alles an Spuren plattgemacht, oder können wir noch behilflich sein?«

Obwohl er gebrüllt hatte, dass es bis an den Strand zu hören gewesen sein musste, reagierte niemand. Ich fragte mich gerade, wie sehr ein menschlicher Hals wohl anschwellen kann, bevor er platzt, als er erneut losbrüllte. »Wenn in einer Minute noch ein Auto auf diesem Platz steht, werde ich dem Fahrer höchstpersönlich den Arsch aufreißen, ist das klar?«

Ich hatte Robos Auto, das in der vordersten Reihe stand, nach 50 Sekunden draußen, sicher ist sicher. Der erste Bus der Spurensicherer wurde am Eingang zum Wald abgestellt, der zweite blockierte vorsichtshalber die Einfahrt in den Platz Die Beamten schwärmten aus.

Um zwölf sah ich Robo zum ersten Mal, seit wir hier angekommen waren. Ich hatte es mir neben der Bushaltestelle im Gras bequem gemacht, genoss die Sonne, ohne mich von den jetzt zahlreich vertretenen Gaffern stören zu lassen. Er setzte sich neben mich und fingerte eine Zigarette aus der Packung. »Scheiße, tut mir echt leid, aber das wird noch dauern, so wie ich das sehe.«

»Was ist denn passiert?« Ich nahm mir auch eine Zigarette.

Er lehnte sich zurück, nahm einen tiefen Zug, schüttelte sich. »Nacktes Mädel, na ja nicht mehr ganz so jung, schätze Ende Zwanzig. Fürchterlich zugerichtet und unten im Bach abgelegt. War reiner Zufall dass der Hund sie gefunden hat. Man hat sie säuberlich hinter ein paar Büsche ins Wasser gelegt, nur der Kopf guckt raus. Die Jungs haben einen Weg von oben nach unten abgesucht und freigegeben, jetzt sind sie mit dem Arzt unten und holen sie raus. Ich werd auch gleich wieder runtergehen. Willst du mit?«

Ich überlegte. Die Leichen, die ich bisher gesehen hatte, waren nicht gerade ein netter Anblick gewesen, obwohl sie keine Mordopfer gewesen waren. Ich wollte gerade ablehnen, als Biene Wohlfahrt sich neben uns ins Gras plumpsen ließ.

»Die Leiche ist draußen, der Arzt sieht sie sich gerade an. Willi meint, in zehn Minuten wären sie soweit, dann will ich mal runter.«

Ich drehte mich zu ihr um. »Wir kommen mit.«

»Oho.« sie sah mich lachend an. »Will der Computerfuzzi mal ein bisschen Nervenkitzel spüren?«

Robo blickte verwirrt zwischen uns hin und her. »Kennt ihr euch?«

Biene steckte sich auch eine Zigarette an. »Wir haben uns bereits vorgestellt.«

Einer der Beamten rief nach Robo und wir machten uns zu dritt auf den Weg in den Wald. Die Trennlinie zwischen der Sonne auf dem Parkplatz und dem Schatten des Waldes war messerscharf und verursachte einen Temperaturunterschied von gefühlten 15 Grad. Meine Augen brauchten ein paar Sekunden, dann hatten sie sich an das Halbdunkel gewöhnt. Wenige Meter vom Anfang des Weges entfernt hatten die Spurensicherer rotweiß gestreifte Bänder gespannt, die an dem steilen Hang hinab nach unten zum Wasser führten. Wir rutschten und kletterten den Weg hinunter ins Tal, durch das der Lachsbach sich seit Urzeiten seinen Weg gebahnt und mit den Jahren ein tiefes, wenn auch schmales Tal in die Landschaft gegraben hat.

Unten angekommen warteten schon der Arzt und der Riese von der Spurensicherung auf uns. »Und?« Robo schaute den Arzt an.

»Dass sie tot ist, wissen Sie selber, alles andere kann ich bisher auch nur vermuten.« Der Arzt wandte sich ab.

»Hey Doc«, Robo stiefelte zu ihm hinüber, »ich hab sie nur im Wasser gesehen. Was ist denn mit ihr?«

Der Arzt setzte sich auf einen Stein am Bachrand und zog eine Pfeife aus der Hemdtasche, die er zu stopfen begann. »Na gut. Weiblich, ca. 30 Jahre alt, gepflegter und anscheinend recht gesunder Allgemeinzustand. Würgemale am Hals, frische und ältere Hämatome an den Brüsten, am Gesäß und an Armen und Beinen. Mehrere kleine Tätowierungen über den Körper verteilt.« Er blickte auf und kramte sein Feuerzeug aus der Tasche. »Das war das Angenehmere.«

»Und das nicht so Angenehme?« Biene setzte sich neben ihn und sah ihn fragend an.

»Sie hatte diverse Piercings; In einer Brustwarze, einer Brust, dem Schambein und in den Schamlippen. Alle gewaltsam entfernt, richtiggehend rausgerissen.« Weiße Wölkchen verließen die Pfeife des Arztes.

»Aber fragen Sie mich bloß nicht, ob diese Sauereien vor oder nach Eintritt des Todes passiert sind. Fragen Sie mich besser auch nicht, woran sie eigentlich gestorben ist, ich kann's wirklich noch nicht sagen.«

Er stand auf und reckte sich. »Ich würde sie gern nach Kiel bringen, da haben wir in der Pathologie mehr Möglichkeiten, ist das in Ordnung?« Robo nickte, »Kein Problem, Hauptsache es dauert nicht so lange.«

»Eins ist mir noch aufgefallen.« Der Arzt erhob sich und ging zu der abgedeckten Leiche hinüber. »Sie war extrem sorgfältig geschminkt, und ich würde beinahe wetten, sie war schon tot, als das gemacht wurde.«

Er zog die Plane, die über der Leiche lag, ein wenig nach unten, Ich sah blonde Haare, sorgfältig geschminkte, geschlossene Augen, eine schmale, spitz zulaufende Nase, knallrot angemalte Lippen. Die Plane rutschte über die Schultern der Toten und genau lag nun flatternd auf dem Wasser des Baches. Die Leiche war offenbar komplett in den Bachlauf gelegt und durch die leichte Strömung gegen einen im Wasser liegenden Ast geschwemmt worden, so dass der Kopf hochgedrückt worden war.«

Dann sah ich in das Gesicht, schloss die Augen, blickte noch mal hin, vor meinen Augen verschwamm das Bild. Ich schüttelte den Kopf, das konnte nicht wahr sein, das war nicht möglich. Ich sah noch einmal hin, versuchte den Blick zu fixieren und dann spürte ich den Reflex in Magen und Speiseröhre. Ich drehte mich um, taumelte ein paar Meter zum Ufer und übergab mich in den Bach.

Grinsend standen Biene und Robo hinter mir, als ich mich umdrehte und mir die Tränen aus den Augen wischte. »Na Computerfuzzi, zu viel Nervenkitzel?« Biene grinste noch immer.

Robo merkte schneller, was mit mir los war. »Chip, was ist? Kennst du sie etwa?«

Ich würgte noch einmal und nickte.

Der Doc hatte die Plane zurückgezogen und drückte mich auf den Stein, auf dem er gesessen hatte. Er fühlte mir den Puls, sah mir in die Augen. »Schon okay, wird gleich wieder. Tief atmen.« Ich tat, was er gesagt hatte, der Schwindel und die Übelkeit verflogen.

Robo nahm mich beim Arm. »Wer ist denn das? Gute Bekannte?«

Ich nickte. »Lilly, nein Lydia, aber alle nennen sie Lilly.«

Vielleicht hatte ich mich vertan. »Kann ich sie noch mal sehen?«

Robo schaute den Doc an. Der runzelte die Stirn. »Im Moment besser nicht.« Ich rief mir Lilly in Erinnerung. »Sie hat einen Schmetterling tätowiert, unterhalb der linken Brust«.

Der Doc nickte. »Sonst noch was?«

Ich holte tief Luft. »Einen Löwenkopf auf dem Schamhügel.«

Der Riese ließ sich neben uns auf dem Boden nieder. »Na ja, zumindest die Identifizierung haben wir schon mal. Fängt doch ganz ordentlich an, oder?«

Ich kletterte mit Biene an der Hand den Hang wieder hinauf, oben gab mir der Arzt ein paar Pillen, und als die Bestatter die silberne Wanne an mir vorbei ins Auto schoben, war die Welt schon wieder ein kleines bisschen rosa.

Zwei

Wir fuhren gemeinsam zurück in die Stadt, das heißt, Robo fuhr und ich genoss es, dass Biene mich tröstend im Arm hielt. Auf Höhe des alten, kaum noch benutzten Schiffsanlegers stieg ich aus, ich brauchte noch eine Nase voll frischer Luft.

An den Norderhofenden und an der Hafenspitze war die Sau losgelassen worden. Marktschreier, Verkäufer von Holzschuhen, Schifferhemden, Bier und Würsten traten sich gegenseitig auf die Füße und ließen den zahlreich angereisten Touristen und den wenigen Flensburgern, die es hierher verschlagen hatte, kaum Platz zum Durchkommen.

Ein kaltes Bierchen und eine fettige Paella bauten meinen Metabolismus weit genug auf, dass ich den Tatsachen ins Auge sehen konnte. Ich trennte mich von der lockeren Atmosphäre der Rumregatta, überquerte die Straße und ging ins Polizeipräsidium.

Robo hatte mit seiner Mannschaft gerade die erste Einsatzbesprechung beendet und kam mir auf dem Flur entgegen. »Chip, wie geht's dir? Wieder besser?«

Ich versuchte nicht an die Paella zu denken. »Geht schon.«

Er zog mich zu einem Büro auf der rechten Seite des langen Flurs. »Auch wenn das nicht angenehm ist, wir brauchen ein paar Auskünfte von dir.«

Ich setzte mich auf den schäbigen Stuhl vor dem Schreibtisch, er nahm dahinter Platz, auf einem Drehstuhl, der aus den Sechzigern stammen musste. Die Tür klapperte. »Wollt ihr Kaffee?« Biene sah mitleidig auf mich herunter.

»Mit viel Weiß, bitte.« Die Aussicht auf Kaffee weckte noch mehr von meinen kleinen Lebensgeistern.

»Auf geht's.« Robo hatte einen weißen Schreibblock vor sich liegen. »Wie hieß die Frau?«

»Lydia Lichter. Aber alle nannten sie Lilly.« Ich sah ihn an.

»Lass dir nicht alles aus der Nase ziehen, Chip, komm erzähl mal. Woher kennst du sie, was machte sie so?«

Ich lehnte mich zurück und pfriemelte die Zigaretten aus der Tasche. »Ich kenn sie seit ungefähr zwei oder drei Jahren. Wir haben uns im Irish-Pub kennen gelernt. Sie hatte von Bekannten gehört, dass ich Ahnung von Computern habe und sprach mich an, ob ich ihr helfen könnte. Na ja, ich war dann ein paar Mal da, hab ihr einiges eingerichtet, wir lernten uns etwas näher kennen, wie das halt so ist.«

Robo schaute mich mit verständnislosem Blick an. »Wie was so ist?«

»Mein Gott, wir haben ab und zu miteinander gepennt, wenn es sich ergeben hat. Und dann und wann hab ich an ihren Rechnern gebastelt, wenn sie es selbst nicht konnte.«

»Wann war das letzte Mal?« Robo war aufgestanden und hatte das Fenster geöffnet, der Lärm nachgemachter Karibik-Steelbands mischte sich mit dem ‚Einer geht noch rein'-Gebrülle der besoffenen Segelfans.

»Vor zwei Wochen.« Ich schluckte, Biene kam mit dem Kaffee.

»Du warst doch zwei Wochen in München, denke ich«, Robo ließ eine Handvoll Würfelzucker in seinen Becher plumpsen.

»War ich ja auch, am Abend davor war ich bei Lilly, hab ihr eine Webcam installiert und mir mal die Server angesehen. Na und dann haben wir halt ein wenig Abschied gefeiert.«

Robo war fassungslos. »Und Elke?«

Die Schleier vor meinen Augen wurden langsam dunkler »Erstens ist Elke seit drei Wochen im Urlaub. Und zweitens…« Ich brach ab, er würde das ohnehin nicht verstehen.

»Okay, ist ja auch deine Sache.« Ich sah an seinem Gesichtsausdruck, dass er log. »Was hat diese Lilly denn gemacht?«

Ich entspannte wieder ein wenig. »Vormittags war sie bei der Stadt, irgendein Bürojob beim Bauamt oder Bauplanungsamt oder so.«

»Und nachmittags?«

»Keine Ahnung, aber abends hatte sie öfter Herrenbesuch.«

Ich grinste schwach, konnte mir denken, wie Robo es aufnahm.

»Eine Nutte also.«

Ich war schneller über den Tisch, als er aufstehen konnte, wischte die Tasse um und schnappte ihn mir am Kragen. »Robert Bohlke, auch wenn du zehnmal mein bester Freund und hundertmal ein Bulle bist, pass auf, was du über meine Freundinnen sagst.« Ich versuchte vergeblich, den Kopf nach hinten zu drehen. »Hör auf mit dem Scheiß, zwei Zentimeter weiter und du brichst mir den Arm.« Mein linkes Handgelenk befand sich, fest in Sabine Wohlfahrts eisenhartem Griff, kurz unter meinem rechten Schulterblatt.

»Ich werd dir noch ganz andere Dinge brechen, wenn du ihn nicht loslässt, Fuzzi.«

Ich ließ Robo los und sie ließ mich los.

Robo wischte den Kaffee vom Schreibblock. »Schon, gut vergessen wir's. War nicht so gemeint.«

Ich versuchte, mir die halb ausgekugelte Schulter wieder einzurenken, was den Schmerz nur noch vergrößerte.

»Also, sie hatte Herrenbesuch, gegen Bezahlung, nehme ich an, oder?«

Ich griff nach meinem Kaffee. »Nee, in der Hauptsache hat sie sich vor der Kamera beschäftigt.«

»Was hat sie?« Jetzt kam Biene nicht mehr mit.

»Sie hat Spielchen vor der Kamera gemacht, gegen Bezahlung.«

»Und was für Spielchen waren das?«

»Woher soll ich das wissen, ein bisschen Titten zeigen, an sich herumspielen, was weiß ich denn.«

»Und wer hat dafür bezahlt?«

»Sie hatte einen Vertrag mit einem Internet-Dienst aus Hamburg, wenn ich mich nicht täusche. Die machen für die Mädchen die Abrechnung und kassieren dafür eine ordentliche Provision.«

»Sorry, aber ich habe von so was überhaupt keine Ahnung. Was passiert da?« Biene war wirklich unbeleckt.

»Die Kunden sitzen zu Hause an ihrem PC. Und wenn einer es nötig hat, dann klickt er auf den ‚Live-Chat' Button auf der Internetseite dieses Dienstleisters. Natürlich erst, nachdem er seine Kreditkartennummer eingegeben hat. Dann wird er durchgeschaltet zu einem Mädchen wie Lilly und kann sie auf seinem Bildschirm sehen. Wenn er auch eine Kamera hat, sieht sie ihn ebenfalls. Ansonsten verständigen sie sich über eine Chatfunktion im Programm, er kann ihr sagen, was sie jetzt machen soll und wenn sie es so macht wie er will, bleibt er lange in der Leitung. Das Mädchen wird dann nach ‚Leistung' bezahlt. Das heißt, je länger sie jemanden in der Leitung gehalten hat, desto mehr Knete kriegt sie. Außerdem können die Mädchen auch noch Video-Clips oder Fotos einstellen, die die Kunden kaufen können. Das kostet dann wesentlich weniger, aber da macht es dann die Masse.«

»Ist das denn erlaubt?« Robo guckte verwirrt zwischen uns hin und her, als ich Biene den Ablauf erklärte.

»Warum nicht, wenn sichergestellt ist, dass sowohl die Surfer als auch die Modelle volljährig sind?«, fragte ich zurück. »Außerdem um einiges reeller als Telefonsex, wo den Männern nur vorgegaukelt wird, das Ganze hätte was mit Sex zu tun. In der Live-Cam-Branche, zumindest in der seriösen, halten sich nur Mädchen, die echt mit dem Herzen bei der Sache sind.«

»Und das war Lilly?«, Biene stand der Zweifel auf die Stirn geschrieben.

»Natürlich war sie das, sie war Spitzenklasse. Sie hat oft auch Messenger-Sitzungen gemacht, quasi das Gleiche, nur das der Kontakt nicht über einen kommerziellen Dienst zustande kommt, sondern über ein Kommunikationsprogramm, das kostenlos verfügbar ist. Daher kamen dann auch die Herrenbesuche, wenn sie mit jemandem eine Session an der Kamera gehabt hat, und er gerne noch mehr wollte.«

»Und du hast ihre PCs in Ordnung gehalten?« Jetzt mischte sich auch Robo wieder ins Gespräch ein.

»In Ordnung halten konnte sie die ganz gut alleine. Ich hab ihr das damals eingerichtet, mit den Kameras und dem Kram, und sie rief mich an, wenn es größere Umbauten oder Erweiterungen gab. Da bin ich dann hin und hab das gemacht. Na und so haben wir uns dann ganz schnell ziemlich dick angefreundet, das ist eigentlich alles.«

»Wo und wie hat sie ansonsten gelebt?«, kam Robo auf den Kern des Gesprächs zurück.

»Soviel ich weiß, ist sie noch verheiratet, sie hat Kinder, ich glaube zwei, aber die leben bei ihrem Mann und dessen Freundin, irgendwo in Engelsby oder so. Auf jeden Fall hier in der Stadt, sie hat sich oft nachmittags mit ihnen getroffen. Sie wohnt in der Harrisleer, in einem von den frisch renovierten Häusern.«

»In so einer miesen Gegend?« Biene zog die Brauen hoch. »Warte mal, bis wir da sind«, entgegnete ich, »von der miesen Gegend siehst du da nix, auf jeden Fall nicht, wenn du erst mal im Haus bist.«

Die Tür ging auf und ein Beamter reichte Robo ein Mobiltelefon. Er sprach leise mit jemandem, gab dann das Telefon zurück und dreht sich zu Biene um. »So wie es aussieht, haben wir richtig Glück gehabt. Der Arzt ist sich ziemlich sicher, dass sie heute Morgen zwischen vier und sechs Uhr in der Früh gestorben ist. Erstickt.«

Biene stand auf. »Erwürgt, meinst du.«

»Nein, ich meine erstickt. Der Arzt meint vermutlich durch ein auf das Gesicht gedrücktes Kissen. Würgemale, Hämatome, Kratzer und anderes sind wahrscheinlich erst danach entstanden, genauso wie die Schminke erst nach Eintritt des Todes aufgetragen wurde.« Er lehnte sich zurück. »Bisher ist das alles noch unverbindlich, aber er scheint sich recht sicher zu sein. Hol doch mal Lämmchen.«

Biene verließ den Raum, kam kurz darauf mit Lämmchen wieder. Wie nicht anders zu erwarten, war Lämmchen der Hüne von der Spurensicherung, der hier in einem geschlossenen Raum noch bedrohlicher wirkte als draußen.

»Na Kleiner, was meinst du?« Robo strahlte ihn an.

»Ich meine, das Mädel ist nicht dort ermordet worden, wo ihr sie gefunden habt. Und ich meine, da hat jemand unglaubliches Glück gehabt, oder das Ganze war sorgfältig geplant. Normalerweise führt der Lachsbach gerade mal ein paar Zentimeter hoch Wasser. Man hätte die Leiche da gar nicht bis zum Hals hinein setzen können, von komplett verschwinden lassen gar nicht zu reden. Vor ein paar Tagen haben sich aber einige Meter bachabwärts ein paar Steine gelöst. So ist eine Art kleiner See entstanden, in den er sie legen konnte. Wenn es ein Er war.«

Er zog einen Stuhl heran und setzte sich. »Am Ufer haben wir ein paar Abdrücke gefunden, kann aber auch sein, das war der Jäger, der da herum getrampelt ist, wir befragen den noch mal. Die Leiche selbst war sozusagen weichgespült, keine Fasern, das Einzige was wir haben ist ein Haar, das nicht von ihr stammt. Ist vielleicht beim Tragen der Leiche abgegangen und hinter dem Ohr in den Haaren der Toten hängen geblieben. Ich vermute, sie wurde komplett ins Wasser gelegt und der Kopf ist dann ziemlich schnell wieder hoch gekommen. Da finden wir noch etwas, der Rest des Körpers wird uns wohl nicht mehr viel an Spuren bringen.«

Er zog seine Zigarettenschachtel aus der Tasche und zündete sich eine an. »Na ja, den Parkplatz habt ihr ja geschickterweise ruiniert, bevor wir gekommen sind.« Er blickte zornig in die Runde, so dass ich mich vorsichtshalber ganz klein machte, mein Arm schmerzte schon genug vom Griff der blonden Beamtin. »Aber da hätten wir vermutlich sowieso nicht viel gefunden, außer am Anfang des Waldweges.«

Robo gab sich zerknirscht. »Sorry, war ja keine böse Absicht. Ich schätze auch, wir haben jetzt einen besseren Platz für euch.

Können wir zur Wohnung der Ermordeten fahren? Ich vermute, da habt ihr Euren Tatort.«

Lämmchen blickte auf die Uhr. »Halbe Stunde noch, oder besser eine Stunde, wir müssen ja auch mal was essen, oder?«

Er schob mir ein Blatt Papier herüber. »Schreib mal die Adresse auf, dann schick ich jemanden hin, der aufpasst, dass bis dahin nichts schief geht.« Ich tat, was er verlangt hatte und er stakste mit dem Zettel in der Hand hinaus.

Robo, Biene und ich stellten fest, dass auch wir eine Pause verdient hatten, wir verließen das düstere Präsidium und mischten uns unter die Leute, die dem Regattaende zusehen wollten.

Die Rumregatta soll zwar seglerisch ernst genommen werden, aber nicht sportlich ehrgeizig. Es geht den Seglern nicht ums Gewinnen, sie wollen in der Hauptsache ein schönes Wochenende miteinander verleben, weshalb auch die Preisverleihung eher an eine Comedy-Veranstaltung als an ein Sportereignis erinnerte.

Die Segler hatten ihre Kurzregatta beendet und sich jetzt am Kai des Museumshafens zur Preisverleihung versammelt. Wir sahen aus der Entfernung zu, wie der Vorsitzende des Museumshafenvereins mit launigen Worten die Preise überreichte. Dann schauten wir den Traditionshandwerkern an ihren Ständen bei der Arbeit zu. Drechsler, Tau- und Segelmacher, Holzschuhschnitzer. Diese Leute hatten sich aus ganz Deutschland am Wochenende hier versammelt. Vermutlich würden sie am Montag weiterziehen in die nächste Hafenstadt, die ein maritimes Großereignis anbot.

Schließlich kämpften wir uns durch die Menschenmenge zurück zum Präsidium, Biene holte einen Dienstwagen, und wir machten uns auf in die Harrisleer Straße, die in der Neustadt liegt, einem der alten Flensburger Arbeiterviertel.

Da Robo kein Aufsehen erregen wollte, parkte Biene in der Gasstraße und wir gingen den Rest des Weges zu Fuß, einige hundert Meter recht steil bergauf. Obwohl Flensburg am Rand des norddeutschen Tieflandes liegt, schafft man hier kaum einen Weg von mehr als zweihundert Meter Länge ohne schweißtreibende Steigungen.

Die Innenstadt, direkt am Hafen gelegen, ist flach wie eine Flunder, vor allem wohl, damit das regelmäßig stattfindende Hochwasser einen möglichst großen Bereich der Stadt überschwemmen kann.

Alle anderen Stadtviertel liegen auf Höhenzügen rund um den Hafen, so dass man, will man von einem Stadtteil auf der Ostseite zu einer Straße auf der Westseite spazieren, oftmals den

Eindruck hat, man befände sich in einer Stadt irgendwo im Mittelgebirge.

Robo bereute die Entscheidung zu Fuß zu gehen schon nach der Hälfte des Weges. Er wischte sich den Schweiß mit einem blendend weißen Stofftaschentuch aus dem Gesicht, traute sich aber nicht, sein T-Shirt auszuziehen, wie die meisten Fußgänger es gemacht hatten, die uns entgegen kamen.

Biene schnappte verbissen und konzentriert nach Luft. Mir machte das Ganze nicht sonderlich viel aus, ich war ständig zu Fuß unterwegs, ich kannte das.

Vor dem Haus, in dem Lilly gewohnt hatte, standen Stühle auf der Straße, ein Grill war aufgebaut, aber noch nicht angeheizt. Einige Männer sahen uns neugierig an, sobald wir in ihr Blickfeld kamen. Einer stand auf und kam uns entgegen. Er reichte mir die Hand.

»Chip, was ist hier los? Was ist mit Lilly?« Ich zog ihn mit zum Hauseingang, drückte ihn auf einen Stuhl, setzte mich auch selbst. Ein älterer Mann ging in den Hausflur, kam mit Stühlen für Robo und Biene wieder.

»Mehmed, das ist Herr Bohlke von der Flensburger Kripo.«

Mehmed wurde blass, »Scheiße, hat sie was ausgefressen? Das kann doch gar nicht sein.«

Robo holte tief Luft. »Lilly ist tot, vermutlich ermordet.«

Mehmed sprang auf. »Ermordet? Ermordet? Nein, das glaube ich nicht.« Seine Gesichtszüge entgleisten. »Nicht Lilly, ihr spinnt doch! Was soll der Scheiß? Hör auf, komm.«

Ich zog ihn auf den einfachen Küchenstuhl zurück. »Komm her, Mehmed, setz dich hin, es stimmt.« Er setzte sich, seine Schultern fingen an zu zucken, sein Rücken wurde krumm, er senkte das Gesicht in seine Hände und schluchzte. Robo sah mich ratlos an.

Ich legte die Hand auf Mehmeds Schulter. »Alle haben Lilly geliebt, aber Mehmed wohl am meisten. Seinen Eltern gehört das Haus hier, Lilly hat ihnen Deutschunterricht gegeben, sie hat auf seine kleinen Geschwister aufgepasst, auf seine Neffen und Nichten, auf seine Kinder. Lilly war so etwas wie seine Schwester.«

Eine ältere Frau mit einem Tuch auf dem Kopf kam heraus und beugte sich fragend über Mehmed. Er stammelte ein paar türkische Wortfetzen und schon fing auch die Frau an zu klagen und zu jammern. Binnen weniger Minuten hatten wir auf dem Bürgersteig vor der Haustür eine türkische Trauergemeinde versammelt.

Auch aus den Nachbarhäusern kamen die Freunde und Verwandten. Irgendjemand brachte starken und süßen Kaffee, ich saß mitten in dieser Gesellschaft und spürte, wie auch mir die Tränen aufstiegen, weniger aus Trauer um Lilly; mehr über meine Unfähigkeit, selbst so trauern zu können und meinen Schmerz loszuwerden.

Schließlich wurde die Stimmung zu viel für Robo. »Okay, mir reicht es jetzt. Wir sollten uns zumindest die Wohnung mal ansehen, bevor Lämmchen mit seinen Leuten hier auftaucht. Meinst du, wir kriegen hier einen Schlüssel?«

»Sicher«, gab ich zurück und griff Mehmed an die Schulter. »Wo ist der Schlüssel zu Lillys Wohnung?«

Er wischte sich die Tränen weg. »Bei mir im Flur, am Schlüsselbrett.« Er zeigte mit der Hand auf den Hauseingang.

Wir standen auf und gingen in den düsteren Flur. Es roch, wie es früher immer in solchen Häusern gerochen hat, nach Schmierseife, Bohnerwachs und Essen. Alles war aufgeräumt, penibel sauber. Die Wände waren in hellen Farben gestrichen, trotzdem sah man kaum bis zum nächsten Treppenabsatz, weil Fenster fehlten, die das Licht hätten hereinlassen können.

Mehmed wohnte im Hochparterre. Seine Wohnungstür zur Linken stand offen. Wir klingelten trotzdem und stießen die Tür erst auf, als niemand öffnete.

Die plötzliche Helligkeit blendete mich, ich zwinkerte, sah das Schlüsselbrett an der Wand neben der Tür. Die Haken waren ordentlich beschriftet, EG-LI, EG-RE, 1.-LI, für jedes Stockwerk ein Schlüssel für links und einer für rechts. Ich nahm den Schlüssel für 1.RE und reichte ihn Biene, die hinter mir in den Flur getreten war.

Im ersten Stock saß einer von Lämmchens Leuten auf der Treppe. Er erkannte Robo und seufzte erleichtert auf. »Ich dachte schon, ihr hättet mich hier vergessen.«

Er stand auf, drückte seine Zigarette vorsichtig in einem Aufklappaschenbecher aus, den er in der Tasche verschwinden ließ.

»Vorsichtig bitte, nur auf die Planen treten.« Er hatte den Treppenabsatz mit durchsichtigen Plastikfolien ausgelegt, auf denen wir bis an die Tür herantreten konnten. Biene drückte ihm den Schlüssel in die Hand.

Er zog Latexhandschuhe aus seiner Jackentasche, streifte sie über und probierte vorsichtig solange die Schlüssel, bis einer passte. Dann schloss er die Tür auf und drückte sie nach innen.

Wie ein Blitz sprang kläffend ein weißbraunes Haarbündel an uns vorbei, kümmerte sich einen Dreck um die Planen, bellte empört und flitzte die Treppen hinunter. »Verdammt, den hab ich ja völlig vergessen«, flüsterte ich erschreckt. Auch die anderen drei waren blass um die Nase.

»Puh!« Robo ließ die Luft durch die Nase entweichen.

Wir blickten in einen dunklen Flur, alle Türen, die zu den Zimmern abgingen, waren geschlossen.

»Hast du eine Taschenlampe, Krüger?« Die Taschen des Mannes schienen unendlich groß zu sein, irgendwo zwischen Taschenaschenbecher, Handschuhen und sonstigen Ausrüstungsgegenständen fand sich auch eine Taschenlampe.

Er leuchtete in den Flur. Von der Garderobe gefallene Jacken, ein Stockschirm, sorgfältig zusammengerollt, mitten im Flur, daneben ein Bild, von der Wand gefallen, der Rahmen zerbrochen und anscheinend mit dem Fuß zur Seite geschoben.

Robo blickte Krüger an. »Was meinst du?«

Krüger linste vorsichtig um die Ecke. »Hat sie alleine gelebt?«

Ich nickte.

»Dann sollten wir auf die Jungs warten. Der einzige Grund jetzt da rein zu gehen wäre, dass ihr glaubt da liegt noch jemand, dem wir helfen müssten. Wenn das nicht so ist, sieht's da einer Stunde noch genauso aus wie jetzt.«

Robo und Biene war die Enttäuschung ins Gesicht geschrieben. »Okay, unterhalten wir uns halt so lange mit den Nachbarn, und du hältst hier weiter Wache.«

Die Menge vor der Haustür war weiter angewachsen, jetzt standen und saßen hier wohl fast zwanzig Leute. Robo teilte mich ein, ihm diejenigen zu zeigen, die meines Wissens im gleichen Haus wohnten und versuchte dann, die anderen zu verscheuchen.

Für jeden, der ging, schienen zwei neue aufzutauchen. Ich schnappte mir Mehmed, wir suchten seinen Vater, dann ging Mehmed mit Robo ins Haus, sein Vater sorgte dafür, dass alle, die nicht im Haus wohnten, sich zurückzogen, und Mehmed holte einen nach dem anderen in die Wohnung seiner Eltern, damit Robo mit der Befragung anfangen konnte.

Biene und ich saßen inmitten der traurigen Gesellschaft in der warmen Abendsonne auf dem Bürgersteig, als der Bus der Spurensicherung langsam die Straße herauf rollte. Biene sprang auf und winkte den Fahrer heran.

Lämmchen informierte sich kurz über die Lage, teilte seine Leute ein und sah sich das Treppenhaus an. Dann ging er in die Wohnung, um sich mit Robo abzusprechen. Anschließend kam er wieder heraus und bat freundlich um einen Kaffee, den ihm eine der Frauen auch sofort brachte.

Wir rauchten. »Wie geht's jetzt weiter?« Ich war neugierig.

Lämmchen lehnte sich zurück. »Im Flur kann höchstens einer arbeiten, sonst wird's zu eng. Wenn der fertig ist, machen wir die Türen auf und jeder nimmt sich ein Zimmer vor. Wenn's nichts Besonderes gibt, Kampfspuren oder so, machen wir erst die Böden. Wir heben sichtbare Spuren ab und sichern Faserspuren mit selbstklebender Folie. Danach legen wir die Böden mit Planen ab und arbeiten uns von unten nach oben weiter vor. Sessel, Sofas, Betten, dann die anderen Möbel, Fenster, Türen, Rahmen, und so weiter. Aber das ist die Theorie.«

Er grinste. »So geht's eigentlich nie, meistens sieht man schon auf den ersten Blick, wo was passiert ist und dann konzentriert sich die Arbeit natürlich auch auf den Bereich.«

Ich war erstaunt, wie ruhig er bei uns saß, aber wahrscheinlich hatte er Recht, er hätte seinen Leuten ohnehin nur auf den Füßen gestanden.

Gelegentlich kam einer seiner Männer runter, besprach sich mit ihm, schleppte einen Plastiksack in den Bus und ging wieder hoch. Schließlich zog er sein Handy raus und bestellte ein weiteres Fahrzeug.

»Da oben scheinen Spuren genug vorhanden zu sein, dass wir jeden zweiten Flensburger als verdächtig festnehmen könnten. Zumindest hat sie häufig Besuch gehabt.«

Robo kam aus dem Haus. »Habt ihr noch Haare gefunden?« Lämmchen grinste müde »Dutzende, wenn nicht Hunderte.«

Robo ließ sich auf einen Stuhl fallen, »ich brauche nachher mal eine Beamtin. Die Tote war gestern Nachmittag mit den Leuten hier auf der Regattaeröffnung und hat der Reihe nach sämtliche Kinder durch die Gegend geschleppt. Ich hätte gerne die Haare der Kinder zum Abgleich.« Lämmchen griff zum Telefon und bestellte die gewünschte Polizistin.

Als es langsam dunkel wurde, ging auch Lämmchen nach oben. Robo und Biene schauten immer wieder mal nach, ich hatte es mir auf der Straße gemütlich gemacht, rauchte mit den Nachbarn, unterhielt mich, und gelegentlich tranken wir einen auf Lilly. Dann rief mich Biene nach oben.

Ich stieg, schon leicht angesäuselt, die Treppe hinauf, die in den letzten Stunden um einiges steiler geworden war, oder zumindest schien es mir so, dann trat ich vorsichtig ein. Die Beamten hatten wirklich alles auseinander genommen, was sich auseinander nehmen ließ. Von der gemütlich chaotisch schlampigen Wohnqualität, die Lilly hier stets gepflegt hatte, war nicht mehr viel übrig.

Robo stieß mich von hinten an. »Wir haben ein echtes Problem, Chip. Zwei PCs im Wohnzimmer, einen im Schlafzimmer, einen in der Küche und drei in der Abstellkammer. Anscheinend hat sich jemand dran zu schaffen gemacht, wir sind uns aber noch nicht sicher. Wäre das was für dich?«

Ich überlegte gar nicht lange. »Ohne jetzt unbescheiden wirken zu wollen, aber ich denke jeder andere würde dreimal so lange brauchen, schließlich kenne ich die meisten Rechner ganz gut. Aber was ist mit den Notebooks?«

Robo blickte sich fragend um. »Notebooks?«

Lämmchen kam aus dem Flur. »Drei Stück, eins lag unter der Couch, die beiden anderen im Schlafzimmer. Wir haben sie eingepackt. Ich dachte, die sollten wir nach Kiel schicken, zur Untersuchung.« Robo schüttelte den Kopf. »Ich denke, das macht unser Guru hier.« Er wies auf mich.

»Und was ist mit Gerichtsverwertbarkeit?« Biene sah mich fragend an.

»Auch wenn der Computerfuzzi manchmal einen etwas zweifelhaften Umgang hat und nicht gerade wie ein Beamtentyp aussieht, er ist immerhin öffentlich bestellter und sogar vereidigter Sachverständiger für Computertechnik und Sicherheit in Computernetzwerken.«

Ich hatte den genauen Text der Urkunde nicht mehr im Kopf, deshalb verschwieg ich sicherheitshalber, dass ich mir gar nicht sicher war ob das Ganze auch für Ermittlungen in Mordfällen galt.

Robo stellte die Sache klar. »Du machst das, aber egal was du machst, du siehst zu, dass einer von uns dabei ist, dass du sozusagen unter Aufsicht stehst.«

»Aye, aye, Sir.«

Ich wandte mich an Lämmchen. »Habt ihr irgendwelche Rechner an- oder ausgeschaltet?«

Krüger mischte sich ein. »Wir haben ja wenig Ahnung von PCs, aber doof sind wir auch nicht. Das Notebook unter dem Bett lag in den letzten Zuckungen, das hängt mittlerweile im Bus am Ladegerät, die beiden anderen waren aus. Hier oben haben wir die Rechner ermittlungstechnisch behandelt, aber keine Schalter gedrückt.«

»Perfekt, danke.« Ich sah ihn an. »Ja, ja. Mann, ich kann doch auch nichts dafür, dass man der Polizei in Beziehung Computer nicht mehr traut als einem Politiker bei der Wahrheit.«

Er grinste. »Schon gut, Schwamm drüber.«

Robo sah sich um. »Können wir jetzt hier dichtmachen?« Ich sah auf die Uhr. Fast Mitternacht, gerade noch rechtzeitig für die Party am Hafen. Lämmchen stimmte zu, also verließen wir die Wohnung, Robo brachte ein Siegel an und die ganze Meute machte sich auf zum Präsidium.

Ich versuchte Biene zum Bierchen zu überreden, aber sie winkte ab. »Erst mal sehen, wie lang das noch geht!«

Ich war verblüfft. »Aber jetzt ist doch Schluss.« Sie lachte. »Wir sind schließlich Bullen, Fuzzi. Schluss ist, wenn Robo das sagt, und auch dann nur, wenn keiner was dagegen hat und nichts mehr passiert. Jetzt ist erst mal Einsatzbesprechung. Und weil du jetzt offenbar zum Team gehörst, natürlich auch für dich.«

Ich schnaubte, aber ich kannte die Regeln bei der Polizei. Schließlich hatte ich schon ein paar Mal Beweissicherung bei irgendwelchen Betrugssachen mit 0190er-Nummern gemacht. Der Stundensatz war lächerlich, aber wenn ich langsam genug arbeitete, kam ich trotzdem auf meinen Schnitt.

Wider Erwarten ging es diesmal aber blitzartig. Robo eröffnete. »Nur um das noch mal klarzustellen für alle: Chip ist in dieser Sache mit im Team, ohne jede polizeiliche Befugnis, aber als Fachmann. Und da mich einige von euch zu Recht darauf angesprochen haben: Er kannte das Opfer, gut sogar, aber er hat das beste Alibi, das ich mir vorstellen kann. Er hat nämlich die Nacht auf meinem Sofa verbracht. Nach oben ist die Sache auch dicht, Unterstützung aus Kiel oder Hamburg können wir in den nächsten Tagen im Bereich Computertechnik ohnehin nicht erwarten, die sind selbst dicht bis zum Anschlag.«

Lämmchen stand auf und reichte mir über den Tisch die Hand. »Sollte es irgendwelche Probleme geben, melde dich ruhig bei mir, aber ich bin sicher, meine Jungs werden alles tun, damit du deinen Job machen kannst, wenn sie denn Zeit dafür haben, okay?« Ich nickte und bedankte mich.

Jetzt drückte Robo auf die Tube. »Gibt's noch irgendwas, das nicht bis morgen früh warten kann?«

Keiner meldete sich. »Dann Schluss für heute. Morgen um zehn hier sammeln. Biene, Chip, Lämmchen, Krüger«, er blickte jeden Einzelnen an. »Und Fischi weiß auch Bescheid, er ist um acht in Kiel bei den Leichenbeschauern und versucht, den Bericht gleich mitzubringen.«

Robo sammelte seine Unterlagen zusammen. »Noch Fragen?« Er blickte in die Runde, keine Reaktion. »Auf geht's, drüben ist noch Stimmung, Lämmchen gibt einen aus.«

Lachend löste sich die Versammlung auf. Einige sprangen noch in ihre Büros, dann trafen wir uns vor dem Präsidium, bummelten die paar Meter bis zum Hafen, am nächsterreichbaren Stand wurde Lämmchen mit einer Runde Bier zur Ader gelassen und irgendwann löste die Versammlung sich auf. Schließlich hatten die meisten einen anstrengenden Tag hinter sich.

Auch meine Zeit war gekommen, ich war hundemüde undfühlte mich immer noch total erschlagen.

Dass Lilly tot war, das wusste ich zwar, aber irgendwie war es noch nicht richtig angekommen, schien mir irreal. Ich stand mit Robo und Biene an einem Stand an dem karibische Longdrinks verkauft wurden, um uns herum ein Haufen grölender Besoffener. Ich fühlte mich beschissen, ich wollte jetzt auf gar keinen Fall alleine nach Hause. »Und was machen wir jetzt mit dem angebrochenen Abend?« Ich blickte herausfordernd in die Runde.

»Wir gehen jetzt noch zu einem von uns und nehmen einen Absacker.« Robos Zunge wurde langsam aber sicher schwer, er hatte eindeutig ein paar Longdrinks zu viel gehabt.

Biene sah uns skeptisch an, »Eigentlich bin ich bettreif.«

Ich wollte keine Ausreden gelten lassen. »Sind wir ja wohl alle, oder? Auf geht's, gehen wir zu mir.«

Sie war nicht gerade begeistert, aber als Robo mir hinterher stiefelte, folgte sie uns. Wir gingen die Rathausstraße hoch, dann die steilen Museumstreppen. Die Reste aller Zigaretten, die wir geraucht hatten, ließen unsere Lungen pfeifen wie eine barocke Kirchenorgel, dreistimmig. Nachdem wir den dunklen Friedhof überquert hatten, waren wir alle drei froh, nur noch ein paar Meter bis zu meiner Wohnung zurücklegen zu müssen. Wir machten es uns im Wohnzimmer bequem, ich setzte Kaffee auf, holte Bier aus dem Kühlschrank und stellte Aschenbecher auf den Tisch. Wir hatten wohl alle das Bedürfnis, nicht alleine zu sein, aber keiner hatte mehr Lust zu reden.

Ich legte »As time goes by« von Bryan Ferry auf und setzte mich neben Biene auf die Couch. Bei »Easy Living« sank ihr Kopf an meine Schulter und bei »Time on my hands« fingen wir an zu knutschen. Als die CD zu Ende war schnarchte Robo wie ein Braunbär, und Biene hatte Mühe, ihre Wäsche zu sortieren. Ich war hundemüde und ging nach ihr ins Bad.

Als ich ins Schlafzimmer kam, hörte ich ihren ruhigen Atem vom Kopfende meines Bettes. Ich stellte meinen Wecker, legte mich zu ihr, schmiegte mich an den warmen Körper und war innerhalb von einer Minute eingeschlafen.

Ich wurde wach, weil irgendetwas unter der Decke sich bewegte. Ich hielt die Augen geschlossen, wartete, versuchte zu spüren, was das war. Eine Hand tastete langsam über meinen Bauch, bewegte sich nach unten. Dann wurde meine Unterhose nach unten geschoben. Ich rekelte mich wohlig, ließ die Augen geschlossen und tastete mit den Händen umher, bis ich zwei feste kleine Brüste spürte.

Mein Bauch drückte sich an ihren Rücken, ihre Hand wurde frecher und erforschte das, was da wuchs. Ich wurde immer erregter, drängte mich in meiner Lust an sie und streichelte ihren Bauch. Ich drängte mit der Hand nach unten, aber sie stieß mich weg und streichelte mich weiter.

Wir atmeten beide schwer, sie machte mich beinahe verrückt mit dem, was sie da tat. Ich versuchte, sie in eine Position zu schieben, in der ich ihr näher kommen konnte, aber sie ließ das nicht zu. Dann konnte ich mich nicht mehr zurückhalten, ließ ihrer Hand leise stöhnend freie Bahn. Sie machte weiter, mal schneller, mal langsamer, bis ich endlich keuchend zum Höhepunkt kam.

Sie lachte leise, drehte sich zu mir um und schmiegte sich an mich. »Psst, nichts sagen jetzt.« Ich nahm sie in die Arme, sie rieb ihren Bauch an meiner schlappen, feuchten Unterseite, küsste mich zärtlich auf den Mund und ich schlief wieder ein.

Als ich erneut erwachte, lag ich alleine im Bett. Ich schlug die Decke auf, die Flecken bewiesen mir, dass ich nicht geträumt hatte. Ich holte meinen Bademantel aus dem Schrank, wickelte mich darin ein und ging fröhlich pfeifend in die Küche.

Robo saß mürrisch und übernächtigt am Tisch, Biene füllte gerade Kaffeepulver in den Filter. »Frühstück in zehn Minuten, du kannst ruhig noch duschen.«

Ich grinste sie an und verzog mich ins Bad. Die Dusche, erst heiß, dann kalt, dann lauwarm, weckte meine Lebensgeister endgültig. Der Tisch auf dem Balkon war gedeckt. Brot, Rührei, Kaffee, Orangensaft. Ich hatte gar nicht gewusst, dass ich überhaupt O-Saft im Haus hatte.

Nachdem wir ausgiebig gefrühstückt hatten, war auch Robo wieder unter den Lebenden, er sah schon ein gutes Stück besser aus und verzog sich jetzt auch ins Bad. Biene und ich räumten den Tisch ab.

In der Küche zog ich sie in meinen Arm und küsste sie sanft auf die Lippen. »Was war denn das, heute Morgen?«

Sie grinste. »Hat's dir nicht gefallen?«

»Ganz im Gegenteil, sogar sehr. Meinetwegen könnten wir gut da weitermachen, wo wir aufgehört haben.«

Sie löste sich aus meinem Arm, setzte sich an den Küchentisch. »Pass auf, Computerfuzzi. Dienst ist Dienst, und Schnaps ist Schnaps. Kann schon sein, dass wir noch mal… Aber jetzt stecke ich mitten in einer Ermittlung und du unglücklicherweise auch. Wenn du mir jetzt den ganzen Tag mit verliebten Kuhaugen hinterher schauen willst, dann vergiss es lieber, okay?«

Was sollte ich Anderes tun, als zu nicken? »Ist eigentlich eh nicht meine Art. Schätze ich jedenfalls. « Vermutlich machte ich keinen sehr überzeugenden Eindruck.

Sie seufzte tief und steckte sich eine Zigarette an. »Da sind noch ein paar Sachen mehr, die wir vorher abklären sollten. Damit wir nicht immer wieder …«

Robo unterbrach sie, in die Küche kommend. »Hast du ein sauberes Hemd für mich?« Er sah mich fragend an. Ich stand auf und ging ins Schlafzimmer, grabbelte im Schrank, fand ein kurzärmeliges, fliederfarben. Genau richtig für Robos verqueren Geschmack. »Das wird wohl gehen, auch wenn's unter den Knien schlackert.«

Er grinste und zog es an. Es schlackerte zwar, aber kurz über den Knien. »Wird's schon tun, ich fahr' zwischendurch mal nach Hause und wechsle es.«

Wir machten uns auf ins Präsidium. Nach einem Umweg über die Kantine saßen wir um kurz vor zehn in einem kleinen Sitzungssaal. Der Rest der Mannschaft war bereits versammelt, die Tische waren schon jetzt über und über mit Papier bedeckt.

Robo begrüßte jeden Einzelnen, dann ging er zur Tagesordnung über. »Fischi, was sagen die Ärzte?«

Der Angesprochene, ein grauhaariger Beamter, der in Wirklichkeit Hering hieß, wie Biene mir zuflüsterte, räusperte sich, dann fasste er seine Ermittlungen zusammen. »Die Ärzte legen sich natürlich noch nicht hundertprozentig fest, endgültiges steht dann im Autopsiebericht, aber wir können die Erkenntnisse schon als ziemlich gesichert ansehen.«

Er trank einen Schluck aus seinem Glas. »Der Todeszeitpunkt liegt zwischen vier Uhr und vier Uhr dreißig, sie ist erstickt, wahrscheinlich im Schlaf. Als sie wach genug war, um sich zu wehren, war sie schon zu schwach dazu. Sie hatte am Abend vorher getrunken, reichlich, aber nicht unmäßig. Alkoholspiegel zum Todeszeitpunkt war ungefähr 1,1 Promille.«

Robo schaute in seine Unterlagen. »Was ist mit Geschlechtsverkehr?«

Fischi wurde leicht rot, die anderen grinsten. »Die Jungs meinen, sie wäre nach ihrem Tode noch mal, na ja, aber sicher sind sie nicht, entweder danach oder ganz kurz davor, meinen sie auf jeden Fall, aber der Körper lag ja lange im Wasser, und Spermaspuren sind definitiv nicht mehr nachweisbar.«

Er kam sichtbar ins Stottern, war jetzt fast dunkelrot angelaufen. Lämmchen mischte sich ein »Wie stellen die so was denn fest, wenn sie keine Spermaspuren haben?«

Robo fuhr auf. »Jetzt hört auf mit dem Scheiß, verarschen könnt ihr Fischi in der Kantine. Schluss damit.«

Lämmchen grinste schuldbewusst. Robo wandte sich wieder an Hering. »Was ist mit der Schminke?«

»Sie wurde definitiv erst nach ihrem Tod geschminkt. Sie haben in der Schminke Fremdspuren gefunden, die Proben sind auf dem Weg ins Labor.« Er war jetzt wieder auf sicherem Terrain. Sie meinen, es sieht aus wie Tinte, Druckertinte, Lasertoner oder so was, aber das ist wirklich nur eine Vermutung.«

Wieder meldete sich Lämmchen zu Wort. »Die Schminksachen aus der Wohnung sind auch unterwegs zum Labor, da können sie die vergleichen.«

Robo machte sich Notizen. »Was ist mit der Spurensicherung? Lämmchen zuerst.«

Der Angesprochene räusperte sich. »Ich fange mal mit dem Fundort der Leiche und mit der Umgebung an. Wir gehen davon aus, dass sie nicht auf dem Weg zum Bach heruntergeschafft wurde, den wir benutzt haben, sondern durch das angrenzende Waldstück, das direkt hinunter bis zum Strand führt. Wir haben ein paar Schleifspuren gefunden, die genau passen würden. Auf dem Weg vom Strand bis zum Fundort der Leiche waren Spuren ohne Ende, aber die Ecke scheint bei Liebespärchen beliebt zu sein. Nichts, was sich auf den ersten Blick mit der Tat in Verbindung bringen ließe. Am Fundort selbst war auch nichts. Der oder die Täter, den wenigen Spuren nach tippe ich auf einen, ist vermutlich mit der Toten im Arm über den Waldweg gekommen, am Bachufer liegen genug Steine und Felsbrocken, so dass er keine Spuren hinterlassen musste.«

Robo unterbrach ihn. »Steht das fest, mit dem Weg durch den Wald?«

Lämmchen nickte nach einem Blick in seine Unterlagen. »Wir haben in den Büschen ein paar Haare gefunden, blond. Wir müssen sie zwar noch untersuchen, aber ich denke, so war es.«

»Wie ist der Täter in den Wald gekommen, mit der Leiche?«

Wieder sah Lämmchen in seinen Ordner. »Es gibt eine Straße, die dort direkt bis zum Strand führt, wenige Meter von der Stelle entfernt, an der der Weg beginnt. Da sind in den letzten Tagen auch Dutzende von Autos längsgefahren. Vermutlich ist er bis da unten gefahren, hat die Leiche aus dem Auto geholt und ist mit ihr zum Fundort spaziert. Wird nicht ganz einfach gewesen sein, aber fünfundfünfzig Kilo über zweihundert oder zweihundertfünfzig Meter, das geht schon.«

»Und ihr habt keine Spuren, keine Fasern oder sonst was an der Leiche gefunden?« Biene schaltete sich ein, fast ungläubig.

»Junge Frau, die Dame lag ein paar Stunden lang bis zum Hals in fließendem Wasser, da ist dann nichts mehr übrig. Sogar der Dreck unter den Fingernägeln ist weggespült. Wir haben gehofft, in oder auf der Schminke was zu finden, weil der Kopf offenbar nur kurz unter Wasser war. Aber an Fasern war auch da nix, leider.«

»Okay«, Robo wandte sich dem anderen Spurenermittler zu. »Krüger, du hast das in der Wohnung geleitet, oder? Was war da?«

Der Angesprochene lehnte sich zurück. »Eigentlich reichen die Spuren für zehn Fälle oder mehr. Aber konkret zuordnen können wir die meisten Funde noch nicht. Es sieht zumindest sehr danach aus, als ob die Wohnung der Tatort wäre. Das Bett weist Spuren eines Kampfes auf, eines einseitigen, allerdings. Spuren an der Bettwäsche haben wir ohne Ende. Das Wichtigste scheint mir zu sein, dass wir Fasern gefunden haben, vermutlich von einer Jeans. So, als ob sich jemand über sie gebeugt hätte, vielleicht, um ihr ein Kissen aufs Gesicht zu drücken. Wir wissen aber überhaupt noch nicht, ob das mit dem Mord im Zusammenhang steht.«

Fischi mischte sich ein. »Im Mund waren Baumwollfasern, hatte ich ganz vergessen zu erwähnen. Deshalb glauben sie in Kiel, sie sei erstickt worden.«

Krüger machte weiter. »Dann scheint sie durch den Flur gezogen oder getragen worden zu sein, Es gibt eindeutig frische Spuren an den Wänden und auf dem Boden. Außerdem haben wir Spermaspuren gefunden. Auf der Bettwäsche, auf dem Boden im Schlafzimmer, im Wohnzimmer, auf der Tischdecke in der Küche, auf der Couch, auf den Sesseln, na ja kurz und gut, überall in der Wohnung. Die auf der Bettwäsche schienen recht frisch, alles andere waren nur noch Spuren, alt und angetrocknet. Aber wir müssen erst mal die Untersuchungen abwarten. Ich mach vorweg einen Kurzbericht, mit den wichtigsten Sachen, sobald ich die Untersuchungsergebnisse zurück habe.«

Robo beugte sich vor. »Wie ist der Täter in die Wohnung gekommen?«

Naumann sah auf. »Vermutlich Scheckkarte oder andere Plastikkarte, wir haben zumindest Plastikabrieb am Türschließmechanismus. Da können wir aber auch nicht sicher sein, ob das nicht schon älter ist.«

»Danke. Dann mal zum Umfeld. Sie war Freitagnachmittag auf jeden Fall noch mit den Nachbarn und deren Kindern auf der Regattaeröffnung. Irgendwann gegen zwanzig Uhr waren alle wieder zu Hause. Sie hat sich was zu essen von Mehmeds Frau mitgeben lassen und ist dann damit in ihre Wohnung gegangen. Die Nachbarn haben niemanden kommen oder gehen gesehen, aber sie sagen selbst, dass das nichts heißen muss. Ich möchte jetzt erst mal, dass wir alle etwas zu ihrem Umfeld erfahren. Chip, leg mal los.«

Ich zuckte erschreckt zusammen. »Na, mal ganz unkriminalistisch. Sie war eine Art Engel. Ich kenne niemanden, der sie nicht mochte. Sie hat morgens bei der Stadt gearbeitet, irgendwas mit Bauamt oder so, nachmittags hat sie Freundschaften in der Stadt gepflegt. Wenn sie einen mochte, hat sie mindestens alle zwei Wochen mal angerufen und gefragt, wie es ihm geht. Wenn es einem schlecht ging, war Lilly die erste Adresse für Kaffee und Seelentrost. Na ja, das habt ihr ja auch an den Nachbarn gemerkt. Außerdem war sie wohl bei den Dänen aktiv, sie sprach ganz gut Dänisch und war wohl auch für den SSW, die Partei der dänischen Minderheit, im Stadtrat. Nicht gewählt, sondern als beratendes Mitglied.«

Robo räusperte sich. »Stopp. Dann war sie eine Art Prominente?«

Ich lachte. »So genau weiß ich das selbst nicht, aber sie war, wie schon gesagt, nicht gewählt. Ich glaube, sie war nicht mal Parteimitglied, aber im Stadtrat kann jede Partei Bürger mit Sachverstand in bestimmte Ausschüsse entsenden, das sind die so genannten Bürgerschaftlichen Mitglieder. Und so etwas war sie. Wieder irgendwas mit Städtebau, oder Stadtplanung oder so. Na, und was sie abends machte, habe ich ja gestern schon erklärt.«

Robo schlug einen anderen Ordner auf. »Ich habe dazu eine Notiz zu den Akten gegeben, sonst versteht das mit diesen Internet-Dingern ja eh keiner. Schau dir bitte noch mal an, ob ich das richtig zusammen gefasst habe.«

Ich schaute in die Runde, bevor ich weiter machte. »Außerdem hatte Lilly zwei Kinder. Oder besser, ich weiß von zweien, die bei ihrem Noch-Mann leben. Der wohnt mit seiner Freundin irgendwo auf der Ostseite In Engelsby, Adelby oder Fruerlund, so ganz genau weiß ich das auch nicht.«

»Was ist mit ihrem finanziellen Hintergrund?« Robo wandte sich direkt an mich.

»Keine Ahnung, sie hat mich nie angepumpt, wenn du das meinst, aber sie schien auch nicht gerade im Geld zu schwimmen, hatte ich den Eindruck.«

Naumann meldete sich zu Wort. »Das sehe ich anders. Wir haben Unterlagen über zwei Konten gefunden. Eins bei der Sparkasse, da ging das Gehalt von der Stadt ein, so um die fünfzehn- bis sechzehnhundert Euro monatlich. Von dem Konto wurde die Miete bezahlt, Heizung, Strom, Telefon und Versicherungen. Keinerlei Abhebungen in bar. Dafür alle paar Monate eine Überweisung an irgendeine wohltätige Organisation, meistens in Flensburg und Umgebung, seit etwa einem Jahr eine in Oberfranken. Meistens Organisationen, die sich um Kinder kümmerten, Ferienwerke, Beratungsstellen gegen Missbrauch, Frauenhäuser.

Dann gab es noch ein Konto bei der Postbank, mit dazugehörigem Sparbuch. Das Sparbuch hat einen Stand von 126.500 Euro, das laufende Konto ist mit fast zwölftausend Euro auch ganz gut gefüllt. Haupteinnahmen waren hier ziemlich regelmäßige Bareinzahlungen. Außerdem Überweisungen von Hamburger Firmen, Media-Dingsbums, Community-Irgendwas, vermutlich ihre Abrechnungen für diese Internet-Sachen. Außerdem hat sie in den letzten zwei Jahren insgesamt fast genau hunderttausend Euro bar eingezahlt.«

Robo pfiff leise durch die Zähne. »Schwarzgeld am Finanzamt vorbei? Keinen Unterhalt für die Kinder zahlen? Wozu hatte sie zwei Konten?«

»Wir müssen das natürlich alles noch nachprüfen. Es scheint aber, als hätte sie alles ordnungsgemäß versteuert, zumindest hat sie reichlich Steuern bezahlt. Auch den Unterhalt muss sie bezahlt haben, zumindest haben wir Barquittungen darüber gefunden. Das Postbankkonto hat sie offensichtlich mal eingerichtet, weil sie mit der Sparkasse ständig Schwierigkeiten hatte. Verschlampte Überweisungen, Geld wurde von einem auf das andere Konto verschoben, ohne dass sie darüber informiert wurde, lauter solche Sachen. Da hat sie ihr zweites Konto bei denen aufgelöst und ist zur Postbank. Aber das war, bevor die großen Bareinzahlungen kamen.«

»Wundert mich, dass sie überhaupt noch bei der Sparkasse war, so was scheint da öfter zu passieren«, gab Lämmchen seinen Senf dazu.«

»Nun gut«, Robo schlug seinen Aktenordner zu. »Wie machen wir weiter? Gibt es Dinge, die keinen Aufschub bis morgen dulden?«

Krüger meldete sich. »Der Ehemann sollte sofort informiert werden, das werde ich machen. Vor Morgen früh liegt bei uns sonst nichts an.«

»Und deswegen werde ich jetzt auch nach Hause gehen, ich will mit meinen Kindern zur Regatta«, warf Lämmchen ein. Ich fragte mich, ob sein Nachwuchs auch solch gewaltige Körpermaße besaß wie der Vater.

Robo stand auf und sah in die Runde. »Gut, dann könnt ihr auch nach Hause. Fischi, du auch, ihr seid ja alle erreichbar. Ich fahre mit Biene und Chip in die Wohnung. Ich werde mir noch mal die Nachbarn vorknöpfen, Chip schaut sich die Computer an und Biene hilft ihm dabei.«

Biene sah grimmig zu ihm herüber. »Bin ich jetzt die Kaffeekocherin für den Computerfuzzi?«

Robo war schon auf dem Weg zur Tür. »Keineswegs, Kollegin, du achtest natürlich darauf, dass alles mit rechten Dingen zugeht, sprich, dass er keinen Unsinn macht. Ansonsten: Morgen früh, acht Uhr dreißig hier.« Er drehte sich noch einmal um. »Ach ja, Lämmchen?«

Der Bulle zuckte zusammen. »Oh nein, nicht ich! Ich kann das nicht.«

Seite Kollegen grinsten um die Wette.

Robo setzte sein charmantestes Lächeln auf. »Du kennst doch den Bauer von der Lokalredaktion, komm, mach eine Meldung. Alter, Stadtteil, ungefährer Fundort der Leiche, Zeitpunkt. Wir untersuchen noch, ob es ein Unfall war oder ob Fremdverschulden vorliegt. Und nicht vor abends um sechs rübergeben. Am besten per Fax, das lesen die mit Glück nämlich nach der Redaktionskonferenz nicht mehr. Aber sie können uns dann nicht vorwerfen, wir hätten sie zu spät informiert für ihren morgigen Aufmacher.«

Er grinste hämisch. »Und morgen früh mache ich ein Telefoninterview mit R.S.H. Exklusiv für die Morgennachrichten im Radio, da haben wir die Öffentlichkeit mindestens genau so gut wie mit dem Käseblatt.«

Bis Robo und Biene ihren Verwaltungskram erledigt hatten, war es fast Mittag, wir gönnten uns einen Abstecher zu Papas Imbiss und aßen noch schnell eine Pita, bevor wir uns wieder auf den Weg in die Harrisleer machten. Robo ließ sich auch von Unmengen Krautsalat, Zwiebeln und Fleisch nicht vom Reden abhalten. »Wir nehmen meinen Wagen«, sprudelte er zwischen umherfliegenden Salatfäden hervor.

»Können wir nicht meinen nehmen?« Ich hatte wenigstens runtergeschluckt, bevor ich redete. »Ich denke, ich werde `ne Masse Sachen mitnehmen müssen.«

Er grunzte. »Du stehst doch bestimmt wieder oben am Berg, oder? Ich bin doch kein Alpinist. Dann tigert ihr von mir aus hoch, ich fahr schon mal vor.« Er schlang die Reste seines Essens herunter, spülte mit Cola nach, wischte sich den Mund mit einem Papiertuch sauber und verschwand.

Biene und ich beendeten unser Mahl gesittet, schlenderten dann durch die jetzt schon fast wieder unerträgliche Hitze und die Menschenmassen in Richtung Einkaufsstraße. Wir ließen uns Zeit miteinander.

»Woher kennst du Robo eigentlich?« fing sie an.

Ich blieb stehen und zog mir am Automaten eine Packung Zigaretten. »Wir kennen uns schon aus der Schule. Ach was, aus dem Kindergarten, also länger als vierzig Jahre.«

Robos Bild als Schüler tauchte vor meinem Auge auf, und ich musste grinsen. »Er war damals schon genau so wie heute.« Biene lachte. »Hat er damals auch schon seinen Spitznamen verpasst bekommen?«

»Den hat ihm vermutlich die Hebamme verpasst«, grinste ich, er bewegt sich so eckig und robotermäßig, seit ich ihn kenne. Und wenn man dann auch noch Robert Bohlke heißt…« Wir lachten beide.

»Dann kommst du also auch aus dem Ruhrpott?« bohrte sie weiter.

»Natürlich, wir kommen beide aus Duisburg, aus Hamborn genauer gesagt. Oder, um ganz korrekt zu sein, aus Marxloh, der Wiege des deutschen Stahlarbeiterproletariats. Unsere Väter haben zusammen auf der Hütte malocht, und unsere Brüder und wir haben gemeinsam bei Hamborn 07 gespielt. Wir waren zwar meistens auf einer Schule, aber Robo hat das immer etwas besser geregelt.« Ich grinste. »Dafür war ich bei den Mädchen immer der Erste.«

Sie wurde ernst. »Das glaube ich dir aufs Wort.«

Wir schwiegen, und sie machte erst weiter, als wir am dänischen Konsulat vorbei den Berg hoch keuchten. »Und wie seid ihr nach Flensburg gekommen?«

Ich überlegte. »Das ist jetzt auch schon über zwanzig Jahre her. Robo war bei der Polizei genommen worden und hatte auf der Schule ein Mädchen kennen gelernt, das aus Neumünster kam. Da hat er ein Versetzungsgesuch nach Schleswig-Holstein geschrieben und ist nach Flensburg gekommen. Der Vater seiner Süßen war Personaloffizier beim Bund. Na ja, nachdem ich die beiden besucht hatte, meine Einberufung hatte ich da schon in der Tasche, da hat dieser nette Vater das dann geregelt.«

Biene sah mich von der Seite an. »Und das Mädchen wurde dann seine erste Frau, oder?« Ich ließ mich auf die Bank vor dem Museum fallen, um sie nicht ansehen zu müssen, »Nee, sie wurde meine erste Frau.«

Sie setzte sich neben mich. »Du hast sie übernommen?«

»Er war wohl damals eher der Ansicht, ich hätte sie ihm ausgespannt.«

»Und, stimmte das?« Sie sah mich an und runzelte die Stirn.

»Blödsinn, sie wollte mich. Sie wollte schon, als wir uns das erste Mal gesehen haben. Ich war es, der sich geziert hat.«

Biene lachte schallend, ihr Gelächter hallte von den Wänden des Museums zurück. »Oh nein, hör auf. Das glaube ich dir nicht. Niemals. Das darf nicht wahr sein, du hast dich geziert? Lügner.«

Ich war beleidigt, stand auf und lief los.

Sie flitzte mir hinterher, holte mich ein. »Hey, was ist los? Ich wollte dir nicht auf die Füße treten. Das ist doch Ewigkeiten her, sei doch nicht gleich eingeschnappt.«

Ich blieb stehen und sah sie an. »Ich bin nicht wegen der Sache eingeschnappt, aber ich liebe Leute, die einen Menschen nach ein paar Stunden so gut einschätzen können, dass sie sogar wissen, wie er vor zwanzig Jahren reagiert hat.« Ich lief weiter und nahm die Treppen zum alten Friedhof fast im Laufschritt.

Hier oben war es ein wenig angenehmer, nicht mehr ganz so heiß. Ein leichter Wind wehte über die Förde hinweg direkt auf das Gelände, und die riesigen, alten Bäume boten ein wenig Schatten. Flensburgs ältester Friedhof wird schon seit langem nicht mehr als solcher benutzt, er ist mittlerweile zu einem Park geworden, den vor allem Hundebesitzer und Liebespaare zu schätzen wissen.

»Hey, warte.« Sie fasste mich an der Schulter, drückte mich ins Gras und ließ sich neben mir nieder. »Entschuldige bitte, okay? Ich hab das echt nicht so gemeint.«

Ich war so lange nicht wirklich überzeugt, bis sie mich mit ihren starken Armen auf den Rücken drückte und sich über mich beugte. Sie hielt meine Arme fest, ihre Haare kitzelten mich im Gesicht, dann flitzte ihre Zunge über mein Gesicht und drängte sich zwischen meine Lippen.

Sie hörte auf und sah mich lächelnd und drohend gleichzeitig an. »Ich mag dich, okay? Und wenn ich was falsch mache, dann sag's mir bitte, ja? Ich hab nämlich keine Ahnung, wie ich dich richtig anfassen soll.«

»Vor allem nicht so fest, sonst krieg ich blaue Flecken«, keuchte ich.

Sie lachte, lockerte ihren Griff und rollte sich von meinem Brustkorb. Wir lagen nebeneinander und suchten unsere Zigaretten. »Und wer ist Elke?« fing sie wieder an.

»Das war jetzt die falsche Frage«, sagte ich im Brustton der Überzeugung. »Die Frage kommt nämlich eine Woche zu früh.« Ich stützte mich auf den Ellbogen und schob ihr die Zigarette zwischen die Lippen.

»Warum?«

»Weil ich das erst mit Elke klären muss, was da ist. Und sie kommt erst nächste Woche aus dem Urlaub, okay?«

Biene rollte sich auf den Rücken, versuchte den Rauch zu Ringen zu formen. »Es ist doch immer der gleiche Mist. Du bist mit ihr zusammen, oder?«

Ich legte mich auch auf den Rücken, um sie nicht ansehen zu müssen. »Ohne meinen Anwalt verweigere ich die Aussage. Lass uns halt eine Woche warten, oder ist das zu viel verlangt?«

»Warten worauf? Auf ‚tut mir leid, aber ich will das alles nicht aufgeben'? Warten auf ‚war doch eine schöne Zeit, die wir zusammen hatten?' Merkst du eigentlich noch was?«

Sie sprang auf, ich lief ihr hinterher. »Und was ist mit dir, bist du alleine?«

»Lenk nicht ab, Fuzzi, jetzt geht's erst mal um dich.« Wir gingen langsamer in Richtung Stuhrsallee, wo mein Auto stand. »Jetzt hör auf damit«, wurde ich langsam sauer, »sie kommt am Freitag aus dem Urlaub und dann klär ich das mit ihr, okay? Und jetzt zu dir.«

»Verdammt, Robo wartet sicher schon, wo ist denn deine Karre?« wich sie aus.

»Hier.« Ich schloss den Van auf und stieg ein. Mindestens fünfzig Grad, die Sitze verschmolzen sofort mit meiner Hose und meinem Sweatshirt. »Lass das Fenster zu, sonst arbeitet die Klimaanlage nicht.«

Ein tiefes Brummen zeigte mir, dass der Kompressor anfing seine Arbeit zu erledigen, noch während wir standen sank die Temperatur fühlbar. Nachdem ich mich überzeugt hatte, dass ich das Lenkrad anfassen konnte, ohne Brandblasen an den Händen zu kriegen, fuhr ich langsam aus der Parklücke.

Robo saß mit einer Zitronenlimonade vor der Haustür, Mehmeds Eltern neben ihm, deren Enkel auf seinem Schoß und an seinen Hosenbeinen. »Ist ja nicht zu glauben Wart ihr noch in Solitüde, ein Stündchen baden?« grinste er.

Wir schwiegen, nahmen uns Klappstühle aus dem Flur und setzten uns zu ihm.

»Stress?« Er sah zwischen uns hin und her.

»Können wir jetzt endlich mal anfangen zu arbeiten?«, brummte Biene, wir erhoben uns und gingen ins Haus.

Robo hatte gerade die Siegel entfernt und die Tür aufgeschlossen, als wir jemanden die Treppe hinaufkommen hörten. Er drehte sich um und sah uns an, keiner sagte ein Wort. Wir starrten nach unten und sahen eine Miniaturausgabe von Lilly die Treppe hoch stiefeln.

Blonde Haare über einem grellgeschminkten Gesicht, weiße Hotpants, Sandalen mit Plateausohlen und eine Bluse, deren Knöpfe absolut überflüssig waren, da sie ohnehin nur lässig unter dem Busen verknotet war. Dass die junge Dame keine Unterwäsche trug, war auch im Dämmerlicht des Flurs deutlich zu erkennen.

»Wer sind Sie denn?« Robo hatte sich als erster gefasst.

»Gute Frage, aber zuerst will ich mal wissen, wer ihr seid?«, gab sie schlagfertig zurück.

Reflexartig zogen die beiden ihre Dienstausweise heraus und hielten sie ihr vors Gesicht.

»Bullen?« Sie zog eine Grimasse. »Hat Lilly irgendeinen Scheiß gemacht? Sitte, oder was?« Sie nahm Bienes Ausweis in die Hand und versuchte ihn zu entziffern.

»Bohlke, Kommissariat für Tötungsdelikte.« Robo wurde förmlich, nahm ihr die Ausweise wieder ab und reichte einen weiter an Biene. »Frau Lichter ist tot, und wir möchten gerne wissen, warum.« Er stieß die Tür auf, ohne sie aus den Augen zu lassen. »Und wer sind Sie?«

Die Kleine verdrehte noch kurz die Augen, dann sackte sie in sich zusammen. Ich bekam sie am Arm zu fassen, Biene an der Hüfte, und wir konnten gerade noch verhindern, dass sie rückwärts die Treppe hinunterfiel. Bevor ich zugreifen konnte, hatte Robo den kleinen Körper auf den Arm genommen, trug das Mädchen in die Wohnung und legte sie auf die Couch im Wohnzimmer.

Ich machte im Bad einen Waschlappen nass und legte ihn ihr auf die Stirn. Als sie die Augen wieder aufschlug, schaute sie mich ungläubig an. »Ist das wahr? Lilly ist tot?« Ansatzlos schossen ihr die Tränen aus den Augen und verschmierten das sorgfältig aufgelegte Make-up.

Ich nickte. »Ich hab' dich doch schon mal woanders gesehen, oder? Bist du Petra?«

Sie schüttelte den Kopf. »Petra wohnt nicht mehr in Flensburg, ich bin Jenni.« Sie richtete sich auf. »Kann ich was zu trinken haben?« Biene hatte eine Flasche Mineralwasser aus dem Kühlschrank geholt. Sie reichte ihr ein sauberes Glas und die Flasche hinüber.

Robo war dabei, die Fenster aufzureißen und ein wenig frische Luft hereinzulassen. »Und was haben Sie hier zu suchen?«

Sie wischte sich die Tränen aus dem verschmierten Gesicht. »Ich wollte Lilly ihr Geld bringen.« Sie öffnete ihre Handtasche, zog ein Bündel Geldscheine heraus und warf es auf den Tisch.

Biene nahm es und zählte durch. »Das sind fünfhundert Euro. Waren Sie Lilly so viel Geld schuldig?«

Die Kleine wurde rot, sagte aber nichts.

Biene setzte sich neben sie. »Na los, raus mit der Sprache, wofür war das Geld?«

Das Mädchen schluckte und rang mit sich selbst.

»Sie brauchen keine Angst haben«, mischte Robo sich ein, »wir haben mit der Sitte nichts zu tun.«

Jenni wischte sich eine Haarsträhne aus dem Gesicht und blickte zu Boden, bevor sie anfing zu sprechen.

»Lilly und ich sind«, sie stockte, »waren, muss ich ja wohl sagen, wir waren befreundet. Und Lilly hatte immer Freunde, so Sachen übers Internet und so, na Männer halt, die sie da kennen gelernt hatte. Und das waren so viele, das ging gar nicht, und manchmal hatte sie auch keine Lust dazu, und so kam das dann.«

Biene und Robo blickten sich an. »Was kam dann?«

Die Kleine nahm noch einen Schluck Wasser. »Na, sie rief mich an, ob ich nicht Lust hätte, einen von denen zu treffen. Ich hatte ja nichts vor, und da hab ich das dann gemacht.«

»Und dann haben Sie Geld dafür genommen?« Biene wurde jetzt klar, wovon das Mädchen sprach.

»Hätten Sie es etwa umsonst gemacht?« Sie grinste uns an.

Robo raufte sich die Haare. »Gewerbsmäßige Förderung der Prostitution nennt man das.«

Jenni sprang auf. »Hör mal, was soll der Scheiß? Willst du mir jetzt einen reinwürgen oder was? Prostitution!« Sie spuckte das Wort aus wie ein Stück ranzigen Käse.

Biene fasste sie an der Schulter und drückte sie auf den Stuhl zurück. »Quatsch, hier würgt dir keiner einen rein, aber du erzählst uns jetzt, wie das ablief, okay?«

An ihrem Gesicht war zu sehen, wie sie überlegte ob sie erzählen sollte.

»Pass auf«, setzte Biene erneut an, »wir kriegen sowieso ’raus, wie das gelaufen ist, aber wenn du es uns erzählst, geht es schneller. Außerdem haben wir dann keinen Grund, sauer auf dich zu sein, und mit ein bisschen Glück kriegen wir das Schwein, das schuld an Lillys Tod ist durch deine Aussage.«

Letzteres schien sie zu überzeugen. »Okay.« Sie seufzte, nahm sich eine von meinen Zigaretten aus der Schachtel, inhalierte tief und legte los. »Das Ganze fing vor zwei Jahren an, ich lernte Lilly damals bei einer ABM kennen, oder besser, Klaus lernte sie zuerst kennen.«

»Wer ist Klaus?« warf Robo ein.

»Klaus ist mein Mann, mein damaliger Freund. Wir haben damals beide ABM gemacht, Klaus als Maler und ich als Bürokraft, genau wie Lilly. Und Lilly tippte Klaus Stundenzettel ein, sie kamen ins Gespräch, er stellte uns vor, dann sind wir abends mal losgezogen, als Klaus schwarzarbeiten war, und da hat sie mir das dann erzählt.«

Wir schwiegen, es war zu spüren, dass sie die Wahrheit sagte und nichts zurückhalten würde.

Sie fuhr fort. »Lilly war bei so einem Internetdienst angemeldet, wo man Partner finden kann. Aber den Meisten da ging es gar nicht um Partner, nur um Sex. Lilly übrigens auch, sie hatte sich ja gerade erst von ihrem Mann getrennt. Na und immer wenn sie jemand aus der Nähe gefunden hatte, hat sie sich eben mit ihm getroffen. Und wenn er nett war: Ab in die Kiste. Und einmal hatte sie dann einen aus Kiel, ohne Auto, der meinte, sie sollte doch zu ihm kommen, er würde ihr dann auch das Fahrgeld geben, und sie kriegte 250 Mark. Viel Geld für zweihundert Kilometer, oder?« Sie hielt kurz inne und sah uns fragend an, ohne dass sie auf eine Antwort wartete. »Na ja, und dann hat sie halt immer erzählt, dass sie im Moment arbeitslos wäre, und dass es mit Geld bei ihr gerade ein bisschen knapp sei, und dann haben die Jungs eben was dagelassen. So fing das an und dann ging es auch so weiter.«

Sie drückte die Zigarette aus und lehnte sich zurück.

»Und wie kam es, dass du da mitgemacht hast?«, fragte Biene neugierig.

Jenni lachte. »Das war ein Versehen. Lilly hatte mit zwei Typen eine Verabredung, zur gleichen Zeit. Da hat sie mich dann angerufen und mich gefragt. Und weil ich auch gerade knapp bei Kasse war, das war vor Klaus Geburtstag, habe ich dann ja gesagt, sie ist mit dem Typen ins Hotel, und ich hab den Anderen dann hier getroffen.«

»Und was hat der dazu gesagt?« Robo stand vor Staunen der Mund offen.

»Der kannte Lilly doch gar nicht, nur vom Internet und von einem verwackelten Foto. Der war ganz zufrieden.« Sie strahlte Robo verschmitzt an.

»Okay, so fing es also an«, Biene zündete sich eine neue Zigarette an. »Wie ging es dann weiter?«

Jenni schaute fragend in die Runde, Robo und ich sahen sie schweigend an. »Von da an rief sie öfter mal an, ob ich nicht Lust hätte. Manchmal, wenn sie jemand anderen hatte, manchmal auch, wenn sie keine Lust oder keine Zeit hatte.«

Biene war leicht verwirrt. »Und dein Mann, was sagt der dazu?«

Jenni wurde wieder puterrot. »Damals waren wir ja noch nicht verheiratet, aber egal. Wenn Klaus das wüsste würde er mich windelweich prügeln.«

»Er weiß nichts davon?« Biene schaute genau so ungläubig wie Robo und ich. »Das gibt's doch nicht.«

Die Kleine blickte wieder zu Boden. »Er ist bei einer Zeitarbeitsfirma, schraubt da in Nachtschicht Mobiltelefone zusammen, und am Wochenende arbeitet er in der Disko.«

»Und wie erklärst du ihm, dass du so viel Geld hast?«

»Gar nicht. Ich kaufe halt ein und bezahle die meisten Sachen, die wir brauchen. Er braucht sein Geld, um seine Schulden zurückzubezahlen. Ist doch klar, dass er nicht groß nachfragt, woher mein Geld kommt. Und wenn er mal fragt, sag ich, ich habe irgendwo einen Putzjob. Schließlich hab ich das ja auch nicht jeden Tag gemacht.«

»Aber immer hier, oder nicht?« mischte Robo sich ein.

Sie drehte sich zu ihm um. »Nicht immer, manchmal bin ich auch zu jemandem nach Hause, oder in ein Hotel, das hat Lilly alles geregelt.«

Robo schüttelte den Kopf. »Wie oft war das? Und wieso haben Sie Lilly Geld abgegeben?«

»So oft war das gar nicht, manchmal einmal in der Woche und manchmal auch zweimal. Und ab- und zu auch mal am

Wochenende. Und die Idee mit dem Geld kam von mir, weil Lilly doch die ganzen Unkosten hatte, mit dem Internet und so. Und ihre Wohnung war es ja schließlich auch.«

»Wie viel Prozent hat sie gekriegt?« wollte Biene jetzt wissen.

»So ungefähr ein Viertel, aber sie hat sich nie beschwert, wenn es mal weniger war.«

»Wenn Lilly einen Kunden für Sie hatte, rief sie an? Oder wie lief das?« Robo löste Biene jetzt wieder beim Fragen ab.

»Nee, sie schickte immer eine SMS, ob ich ein bisschen Zeit für sie hätte, damit Klaus nichts mitkriegt. Wenn es dann passte, habe ich sie angerufen und gefragt, was los ist. Wenn Klaus das mitbekommen hätte…«

»Was konnte denn sonst noch los sein?«, wollte ich jetzt wissen.

»Sie grinste. »Manchmal hatte sie jemanden, der gerne mit zwei Mädchen…, na, du weißt schon, oder? Und dann haben wir erzählt, wir wären Schwestern, wir sahen ja auch so aus.« Sie lachte jetzt laut.

»Und wer war sonst noch so dabei, wenn Sie keine Zeit hatten?« Robo hatte es sich auf der Fensterbank recht gemütlich gemacht.

»Bis vor ein paar Monaten war da noch Petra, aber die ist jetzt nach Hamburg gezogen. Und einmal habe ich eine Dunkelhaarige von hier weggehen sehen, älter als Lilly. Ich kannte sie nicht, aber Lilly meinte, sie hilft ihr gelegentlich. Ich hab aber gar nicht weiter gefragt, ich wollte das gar nicht so genau wissen.«

Biene schob das Geldbündel über den Tisch zu ihr hin. »Das steck mal wieder ein. Lilly kann es sowieso nicht mehr gebrauchen.«

Die Kleine fing wieder an zu heulen.

»Und wenn du mich fragst, ich an deiner Stelle würde mich nach einem Job umsehen. Was du da gemacht hast, kann verdammt schnell schief gehen, weißt du das eigentlich?«

Sie schniefte, nickte aber. »Das hab ich schon gemerkt, und jetzt …«, sie brach mitten im Satz ab. »Meint ihr denn, das war einer von diesen Typen?«

Robo stand auf. »Das werden wir schon feststellen, wer das war. Geben Sie bitte meiner Kollegin Ihre Adresse und Ihre Telefonnummer, damit wir Sie erreichen können. Okay?« Er schaffte es sogar, sie anzulächeln.

Biene nahm ihre Personalien auf und versicherte ihr, sie würde Klaus nichts davon erzählen, dann machte die Kleine sich, immer noch schluchzend, auf den Weg.

Wir hielten Kriegsrat in Lillys Küche, während Biene Kaffee kochte. »Ich denke wir brauchen dringend die Sachen aus diesen verdammten Computern«, fing Robo an, »sieht ganz danach aus, als sei einer von ihren Kunden durchgedreht.«

Ich holte die Tassen aus dem Schrank. »Aber warum? Ich glaube nicht, dass Lilly jemandem dafür einen Grund gegeben hat.«

Biene stellte Zucker und Kaffeeweißer auf den Tisch. »Eifersucht? Oder ein Unfall? Manche stehen drauf, dabei keine Luft zu kriegen. Und wenn er dann etwas zu lange zugedrückt hat?« Sie schien sich innerlich zu schütteln, bei dem Gedanken.

Robo runzelte die Stirn. »Und warum lässt er sie dann nicht einfach hier liegen, sondern karrt sie an den Strand runter und schleppt sie durch den halben Wald ins Lachsbachtal? Irgendwas stimmt da noch nicht.«

Wir tranken unseren Kaffee und überlegten weiter. »Kannst du feststellen, mit wem sie in der Nacht vor ihrem Tod im Netz Kontakt hatte?«, wollte Robo wissen.

»Wahrscheinlich nicht«, gab ich skeptisch zurück. »Vermutlich bekomme ich nur Internetadressen. Wenn die einem Menschen zugeordnet werden sollen, müssen ein paar Telefon- oder Internetprovider mitspielen. Das machen die aber nur, wenn du ihnen eine Durchsuchungsverfügung vorlegst. Ohne ein Papier vom Gericht läuft da gar nichts.«

Robo machte sich eine Notiz. »Wenn du mir sagen kannst, an wen wir uns halten müssen, werde ich das hoffentlich regeln können.«

»Morgen früh weiß ich mehr«, antwortete ich und stand auf, um mich an die Arbeit zu machen, während Robo wieder ins Präsidium fuhr.

Ich nahm mir zuerst die ausgeschalteten PCs vor, schraubte sie auf und baute die Festplatten aus. Ich beschriftete jede einzeln, aus welchem Rechner sie stammte, und wie sie angeschlossen gewesen war. Dann packte ich sie, in Schaumstoff eingewickelt, in den Koffer, den ich mitgebracht hatte.

Anschließend ging ich an die Computer, die noch eingeschaltet waren. Ich nahm mir den Ersten und zog das Stromkabel aus der Anschlussbuchse.

Biene kam zu mir herüber. »Was machst du denn? Davon gehen die doch kaputt, haben sie mir auf dem PC-Lehrgang erzählt.«

Ich setzte zu einem Vortrag an. »Normalerweise soll man das nicht machen, weil das Betriebssystem bei solchen Windows-PCs immer heruntergefahren werden soll. Aber beim Herunterfahren würden eine Menge Daten verändert oder gelöscht, die ich mir gerne noch mal ansehen würde.«

Biene ließ sich auf den Teppich nieder. »Verstehe ich nicht.«

Ich legte die Abdeckplatte des Computers zur Seite und schraubte vorsichtig die Festplatten heraus. »Musst du auch nicht. Aber ich versuch mal, es zu erklären. Wenn du mit einem PC arbeitest, findet das meiste was er macht, im Hauptspeicher statt. Wenn du zum Beispiel einen Brief schreibst, hält der PC den Text nur im Hauptspeicher, solange, bis du ihn auf der Festplatte abspeicherst. Um jetzt zu gewährleisten, dass die Daten auch nach einem Stromausfall nicht völlig verloren sind, wird der Inhalt deines Briefes in einer so genannten temporären Datei abgespeichert. Und die wird jedes Mal beim Herunterfahren gelöscht.«

Ich verpackte die Platten, und fing beim nächsten Rechner mit der gleichen Prozedur an.

»Außerdem versieht Windows jede Datei, die benutzt wird, mit einer Art Datumsstempel, wann sie zum letzten Mal benutzt wurde. Und beim Herunterfahren werden eine Menge Dateien benutzt, und so mit einer Markierung versehen, die ich nicht haben möchte. Ich möchte lieber wissen, wann die Dateien wirklich zum letzten Mal benutzt worden sind.«

Biene legte sich auf den Rücken. »Und wie machst du das?«

Ich hatte die nächste Platte schon in der Hand. »Indem ich die Festplatten in einen Computer einbaue, der keine Schreibzugriffe darauf macht, wenn ich das nicht ausdrücklich will. Man nennt das einen Nur-Lese-Zugriff.«

Ich hatte die Rechner fertig und stand auf, um ins Arbeitszimmer zu gehen. »Weißt du eigentlich, wann ich das letzte Mal benutzt wurde?«, rief sie mir hinterher.

Ich lachte. »Wenn ich hier fertig bin, schaue ich mir gerne mal deine Datumsstempel an. Aber vorher hätte ich gerne noch einen Kaffee.«

»Ich hab's ja gleich gewusst, Kaffeekochen und hinter einem Computerfuzzi herräumen, das war schon immer mein Traumjob.«

Sie ging auf dem Weg in die Küche an der Anlage vorbei und wenige Augenblicke später klang Johnny Cash durch den Raum. ‚Aint no Grave', in der unverwechselbaren Version von den American Recordings. Ich fragte mich kurz, ob sie wusste, was sie da aufgelegt hatte.

Dann brachte sie mir den Kaffee. Ich lag gerade in der hintersten Ecke des Arbeitszimmers und versuchte, die Gehäuseschrauben des ältesten Rechners in der Wohnung zu lösen, als sie sich zu mir herunterbeugte und die Tasse herüberreichte. Ich musste zweimal hinsehen, weil ich mir nicht sicher war, aber es stimmte. Sie hatte sich bis auf den Slip ausgezogen und servierte mir den Kaffee oben ohne.

Ich schluckte, sie lächelte nur. »Du wolltest doch nach den Datumsstempeln sehen, oder?«

Ich stöhnte auf. »Fünf Minuten, okay? Das ist der Letzte hier.« Ich schloss die Augen und drehte blind weiter an der vergammelten Schraube. Ich brauchte endlos lange, dann war ich endlich fertig und kroch aus der Zimmerecke.

Sie lag im Wohnzimmer auf dem Teppich und hatte auch noch den Schlüpfer ausgezogen. Aus den Boxen kam jetzt ‚I can't help, but I wonder where I'm bound'. Als alter Tom Paxton-Fan nahm ich das als gutes Zeichen.

Schneller als je zuvor hatte auch ich mich aus meinen Sachen geschält und legte mich auf sie. Sie umfasste mich und zog mich an sich, wir lagen nur da, schnappten nach Luft und genossen die verschwitzte Wärme unserer Körper. Immer wenn ich das Gefühl hatte, jetzt würde ich gleich in ihr versinken, bewegte ich mich ein bisschen und sie schien das Gleiche zu tun.

Als dann die letzten Takte von ‚Cool Water' verklangen war es vorbei und Biene fing an zu weinen. Ich sah ihre Tränen und heulte einfach gleich mit. Danach ging es uns besser. Ich rollte mich von ihr herunter, fischte die Zigaretten aus meiner Hose und wir rauchten.

»Na, was ist nun?« Ich wusste nicht einmal, warum ich so traurig war, mit ihrer Traurigkeit konnte ich gar nichts anfangen.

»Es ist alles so ein verdammter Mist.« Sie fing wieder an zu weinen, obwohl ich sie in den Arm nahm.

»Komm, erzähl doch einfach.«

Sie schluchzte heftig. »Was soll ich denn da erzählen. Du hast deine Elke und ich hab meinen Bernd, das ist alles. Und dann sehe ich dich, schau dir in die Augen, und schon ist es um mich geschehen. Scheiße!«

Sie machte sich aus meinem Arm frei und sprang auf. Nackt wie sie war, lief sie in die Küche, und ich hörte den Kaffee in den Tassen plätschern, Sie kam mit zwei gefüllten Bechern wieder und reichte mir einen, während sie ihren auf den Tisch stellte.

Ich sah mir bewundernd ihren Körper an, der im Sonnenlicht glänzte. Sie war ziemlich groß, wohl fast eins achtzig, nicht dick, nicht dünn, die Rundungen gerade an den richtigen Stellen. Ihre Schamhaare glitzerten in der Sonne, die Brustwarzen standen immer noch steif und hart von ihren Brüsten ab. Sie ging in die Hocke, drückte ihre Zigarette in dem Aschenbecher neben meinem Kopf aus und bot mir einen wundervollen Blick zwischen ihre prächtigen Beine.

»Und nun?« fragte sie ratlos.

»Ich könnte schon wieder!« Ich nahm ihre Hände und zog sie über mich. Sie lächelte, kitzelte mich mit ihren Haaren im Gesicht und an den Ohren und rieb sich an mir. Sofort bestätigte sich meine Aussage und wir taten was anständige junge Menschen nicht tun würden, in der Wohnung eines Mordopfers, und angesichts der Tatsache, dass da ja eine Elke war und ein Bernd, oder wie immer er auch hieß.

Danach lagen wir noch eine Weile schwer atmend aufeinander. Dann standen wir auf, suchten unsere Sachen zusammen und zogen uns an.

Ich packte meine Tasche und wir verließen die Wohnung. Biene brachte neue Siegel an, und wir gingen nebeneinander her nach unten.

Noch im Hausflur erwischte mich Mehmed. »Chip, hast du ein bisschen Zeit?«

»Natürlich, was ist denn?«

Mehmed zog uns in die Wohnung. Wir gingen in die Küche und hatten blitzschnell Tassen mit tiefschwarzem und süßem Kaffee vor uns stehen. »Weißt du, das ist wegen dem Hund von Lilly.«

»Ach so. Übrigens, Mehmed, es heißt wegen des Hundes. Was ist denn mit ihm?«

Biene pfiff mich an. »Besserwisser, verdammter.«

Mehmed lachte, »Schon gut, danke. Aber Chip verbessert mich nur, weil ich das so will. Wir sprechen zu Hause viel Türkisch, Deutsch fast nur mit den Kindern, und das Deutsch meiner Arbeitskollegen ist auch nicht so, dass ich mir da was abhören könnte.«

Er lachte wieder und sah mir in die Augen als ob er sagen wollte, »was hast du denn da für eine aufgegabelt«. Aber er sagte »wir haben den Hund gestern Abend eingefangen und meine Kinder lieben ihn, aber wir haben nicht die Zeit dafür. Er muss wohl hier weg.«

Das muss nicht heute oder morgen sein, aber ich dachte, ich sag's dir schon mal. Er soll nicht ins Tierheim oder so, lieber suchen wir im Bekanntenkreis. Vielleicht wissen meine Eltern jemanden, die beiden haben ja leider eine Katze, und das geht nicht mit ihm.«

In dem Moment klingelte es an der Tür. Mehmeds Frau öffnete und drei dreckverkrustete Kinder stürmten in die Küche, ein wuscheliges mir bis zum Knie reichendes Wollknäuel hinter sich herziehend.

Ich sah den Hund missbilligend an, trotzdem kam er zu mir und legte sich auf meinen Fuß. Als ich mich hinunter beugte um ihn wegzuschieben, hob er den Kopf und leckte mir mit der Zunge über die Hand. Dann sprang er hoch und leckte noch einmal, diesmal quer durchs Gesicht.

Ich schüttelte mich und schimpfte, worauf er sich auf den Rücken rollte, mir den Bauch zum Kraulen darbot und gleichzeitig weiter versuchte, meine Hand abzulecken.

Ich seufzte und fragte Mehmed nach der Leine. »Was soll's, auf einen neuen Besitzer kann er auch bei mir warten, oder?«

Die Kinder waren entsetzt, aber ich sah der Mutter ihre Erleichterung an, als wir uns mit dem Hund an der Leine auf den Weg machten.

Bis zum Auto gab es drei Bäume und etwa 15 Laternenpfähle, er machte achtzehnmal halt, um diese wichtigen Revierbegrenzungen auf das Ausgiebigste als die seinen zu markieren. Er mochte Biene mehr als mich, zumindest hörte er besser auf sie.

Als wir ihn schließlich ins Auto verfrachtet hatten, sah sie mich ernst an. »Du magst Hunde, oder?«

»Natürlich, du doch auch, oder etwa nicht.«

Sie grinste. »Klar. Und warum hattest du bisher keinen?«

Ich lenkte den Wagen vorsichtig aus der Ausfahrt, »Elke ist allergisch gegen Tierhaare.«

Sie lachte laut, »Bernd auch.«

»Kein Problem, du kannst den Hund leihen, wenn wir diese Fahrt überleben«, hauchte ich ihr zu, während ich versuchte, den Wagen nach rechts in die Eckenerstraße zu lenken und gleichzeitig den Hund außer Reichweite von Pedalen und Gangschaltung zu schieben.

Bei mir zu Hause angekommen sprangen wir als erstes unter die Dusche, dann machte Biene sich daran, aus den Resten in meinem Kühlschrank etwas Essbares zu fabrizieren. Angesichts der Trübsal, die ihr entgegensprang gab sie schnell auf und ich erklärte ihr den Weg zu Pascha, der die besten Döner in der ganzen Gegend macht.

Während sie unterwegs war, packte ich die Kiste aus und schloss die ersten Festplatten an meinen Labor-PC an, der mit einem älteren Linux-System bestückt und ständig einsatzbereit war.

Ich verschaffte mir einen groben Überblick über den Inhalt der Platten, musste aber feststellen, dass der Rechner, aus dem sie stammten, offensichtlich in den letzten 72 Stunden nicht benutzt worden war. Lilly war am Samstag in aller Frühe gestorben, das letzte Mal dass jemand an diesem Rechner etwas gemacht hatte, war schon am Donnerstagabend gewesen.

Ich fuhr das System herunter und hängte die nächsten Platten ein, ohne sie festzuschrauben. Genau das Gleiche. Als Biene zurückkam, konnte ich erste Erfolge, oder besser Misserfolge, melden.

»Sie hat anscheinend seit Donnerstagabend, oder besser seit Freitagmorgen gegen zwei Uhr keinen der PCs mehr angerührt. Und jemand anderes offensichtlich auch nicht.«

Biene stellte die Döner auf den Tisch und schenkte zwei Gläser voll mit Cola, die sie mitgebracht hatte. »Und das ist sicher?«

»Sicher ist es erst, wenn ich die Platten vernünftig analysiert habe. Ich hab ja schon Pferde kotzen sehen, aber wenn ich eine Festplatte manipulieren soll, damit sie so sauber aussieht wie diese hier«, ich zeigte auf den Haufen beschrifteter Platten, »dann brauche ich dazu erstens ein Linux-System, das sie nicht hatte, und zweitens mindestens zwei bis drei Stunden pro Platte.«

Ich öffnete die knisternde Alufolie. »Also theoretisch könnte sich meine Einschätzung noch ändern. Praktisch sage ich Dir: Sucht lieber woanders.« Ich stürzte mich auf meinen Döner.

»Was war denn drauf auf den Platten?« Auch Biene hatte ihren Döner zwischen den Lippen, auch sie krümelte den Tisch voll, aber eleganter als ich es schaffte.

»Tausende von Bildern und Videos, die meisten von Lilly, fast alle mit recht wenig Kleidung.«

Biene hustete. »Pornos?«

Ich schüttelte den Kopf, »Einige wahrscheinlich schon, aber das meiste Mitschnitte von irgendwelchen Camchats, Bilder, die sie Leuten geschickt hat, die sie kennen lernen wollten. Alles ziemlich freizügig, aber kaum Porno. Ich hab auch ein paar Bilder von der kleinen Jenni und von anderen Mädels gefunden, ähnliche Machart. Außerdem Männerbilder in Massen, wahrscheinlich die Antworten auf die Bilder, die Lilly verschickt hat. Und noch was, aber das musst du dir selbst anschauen, kann ja sein, ich täusche mich.«

Biene war neugierig. »Was denn? Worum geht's?«

Ich konzentrierte mich auf die letzten Bissen meines Döners. »Warts ab, ich hab die Platte noch drin, kannst du gleich selbst sehen.«

Schließlich räumten wir gemeinsam den Tisch ab, zündeten uns Zigaretten an und gingen mit dem Aschenbecher ins Arbeitszimmer. Ich startete das Bildbearbeitungsprogramm und öffnete die Vorschau für ein Verzeichnis. Auf den kleinen Kontaktabzügen sah man nur, dass es sich um ziemlich viel nackte Haut handelte. Ich öffnete eines der Bilder.

Biene ließ sich auf einen Stuhl fallen und atmete scharf durch die Zähne. »Das glaub ich jetzt nicht. Aber wenn's nicht wahr ist, müsste sie eine Zwillingsschwester haben, oder?«

Ich zuckte hilflos mit den Schultern und öffnete ein weiteres Bild. Die gleiche Frau, aber nicht alleine. Sie beschäftigte sich gerade intensiv mit einem Mann, den ich nicht kannte, im Gegensatz zu der Dame, die ich sehr gut kenne.

Biene schlug die Hände vors Gesicht. »Du kennst sie sicher besser als ich, ich habe sie nur ein paar Mal gesehen, wenn sie ihn abgeholt hat. Aber sie ist es, oder?«

Ich nickte und entschloss mich, ihr die übrigen Bilder zu ersparen.

»Scheiße, Scheiße.« Biene war wirklich fertig. »Ich kann ihm das nicht sagen, ich kann's nicht. Das musst du machen.«

»Ich werde erst einmal mit ihr reden.«

Biene sah mich an. »Kennst du sie besser?«

Ich beendete das Programm und fuhr den Rechner herunter. »Wir hatten mal was miteinander, nichts Ernstes, nichts Langes. Aber um jetzt mit ihr über die Sache zu reden wird's schon reichen.«

Zum Glück fragte Biene nicht nach, und so plante ich einen Termin ein bei Ramona Bohlke, Ehefrau meines besten Freundes Robert Bohlke, von Freunden nur kurz Rambo genannt.

»Und was willst du mit ihr bereden?«

Ich lehnte mich in meinem Arbeitsstuhl zurück, »ich werde ihr sagen, dass sie das mit ihm klären soll, bevor wir es tun. Tun müssen. Wenn's nach mir geht, braucht er die Fotos gar nicht zu sehen. Da sind so viele Bilder auf den Platten, das kann kein Mensch von mir verlangen, dass ich die alle anschaue. Aber Robo muss es wissen, er muss mit ihr reden, über das, was da abgelaufen ist.«

»Meinst du, sie war die Dunkelhaarige, von der Jenni gesprochen hat?«

Ich hätte meinen Arsch drauf verwettet, aber das wollte ich Biene nun nicht gerade auf die Nase binden, »Keine Ahnung, aber der Gedanke kommt einem natürlich, wo sollten sonst die Bilder herkommen?«

Ich griff mir das Telefon und wir riefen Robo an und informierten ihn über den Stand unserer Arbeit, mit Ausnahme der Tatsache, dass auch seine Frau auf irgendeine Art in die Sache verwickelt war. Das sollte sie ihm ruhig selbst erzählen.

Robo bestellte uns für acht Uhr morgens ins Präsidium und entließ uns in den Feierabend. Wir fielen zuerst in mein Bett und sofort im Anschluss daran übereinander her. Wir rissen uns die Klamotten vom Leib und taten das, was uns in den letzten Stunden am meisten Spaß gemacht hatte, bis Biene irgendwann in der Nacht aufstand. »Ich muss los, es hilft nichts.«

Ich drehte mich schlaftrunken zu ihr um. »Meinst du das ernst?«

Sie zog sich langsam an. »Glaubst du, wenn ich zu Hause nicht mehr auftauche, regelt sich alles von selbst? Ich muss einfach nach Hause. Ich hab zwar ein paar Sachen zum Wechseln im Präsidium, weil ich öfter mal da schlafe, aber ich brauche trotzdem Kleidung, andere Schuhe und was weiß ich nicht noch alles.«

»Und? Wirst du es ihm sagen?«

Sie sah mich spöttisch an. »Was? Das wir miteinander gevögelt haben?« Sie knöpfte ihre Bluse zu. »Wozu soll das gut sein?«

Ich stand auf und nahm sie in den Arm. »Nun heul bloß nicht schon wieder.« Sie schmiegte sich an mich und zitterte. Mir wurde übel bei dem Gedanken, sie jetzt loszulassen. »Ach was, heul ruhig, ist schon in Ordnung.« Wir gingen Arm in Arm zur Haustür, ich langte ans Schlüsselbrett und gab ihr einen Schlüssel. »Hier. Wo das Schlafzimmer ist, weißt du ja, und wenn du da nicht hin willst, nimm die Couch im Wohnzimmer, das ist auch in Ordnung.« Ich küsste sie und schob sie zur Tür hinaus. Wenn ich etwas hasse, sind es lange und tränenreiche Abschiede.

Der Montag begann genau so heiß, wie das ganze Wochenende gewesen war. Ich wachte verschwitzt auf und quälte mich unter die Dusche, erst heiß, dann kalt, dann lauwarm und dann noch mal heiß. Während des Abtrocknens lief mir schon wieder der Schweiß herunter. Ich zog mir frische Klamotten an, die aber schon wieder am Körper klebten bevor ich mich an den Küchentisch gesetzt hatte.

Ich bekam fast einen Herzinfarkt, als etwas an meinen Füßen herum kitzelte. Lillys Hund hatte ich am Abend vorher völlig vergessen gehabt. Er hatte sich wohl ein kühles Plätzchen im Wohnzimmer in der Nähe der Balkontür gesucht und den Abend und die Nacht dort schlichtweg verschlafen.

Mangels ausgewogener Hundenahrung bot ich ihm ein Stück meines Frühstücksbrotes an, aber er versuchte mir durch heftigstes Winseln und Scharren begreiflich zu machen, dass es für ihn im Moment Wichtigeres gab. Ich legte ihn also an die Leine und flitzte hinaus, keine Sekunde zu früh, wie ich auf dem Parkstreifen vor dem Haus feststellte.

Ich blickte auf die Uhr, mein Termin im Präsidium hatte vor zehn Minuten begonnen. Ich bummelte langsam über den Friedhof und den Museumsberg in die Stadt, schließlich hatte ich eine hervorragende Ausrede. So ein Hund war schließlich eine Verpflichtung.

Außerdem war er ein hervorragender Gesprächspartner, wie ich schnell feststellte. Er widersprach mir während des gesamten Weges nicht ein einziges Mal. Zugegeben, er hörte auch nicht sehr aufmerksam zu.

Er tat auch selten, was ich ihm sagte, aber man sollte gerade zu Beginn einer Freundschaft ja auch nicht zu viel verlangen. Ich überlegte wie ich ihn nennen sollte, alle Namen, die mir einfielen, klangen spätestens dann albern, wenn ich sie laut aussprach.

Ich versuchte mich zu erinnern wie Lilly ihn genannt hatte, aber das war vergebene Liebesmüh. Ich wusste es einfach nicht. Schließlich entschied ich mich für Cremeschnitte, denn er sah unzweifelhaft wie eine solche aus, und Latte Macchiato, auch der Name hätte unzweifelhaft zu seinem Aussehen gepasst, war mir einfach zu lang. Außerdem hatte ich keine Lust, ständig gefragt zu werden, wie es denn meinem Matschiato gehe.

Zur Feier seiner Taufe machte ich noch beim McDonalds am Rande der Fußgängerzone halt und spendierte ihm einen Hamburger und mir ein Eis. Um kurz vor halb Neun waren wir im Präsidium.

Cremeschnitte sorgte dann auch dafür, dass meine Verspätung kein Thema in der Runde war. Die Beamten hatten ohnehin genug Verwaltungskram zu regeln gehabt, der mich nicht interessierte. Er lief von einem zum anderen, erschlich sich diverse Kekse von den Kaffeetellern und noch mehr Streicheleinheiten. Schließlich ließ er sich zufrieden neben der Tür des Besprechungszimmers nieder, wo er binnen weniger Sekunden in einen tiefen, von leisem Schnarchen begleiteten Schlaf fiel. Das Tier passte eindeutig gut zu mir.

Robo trug noch einmal die Ergebnisse der Arbeit des Wochenendes vor, vor allem für diejenigen, die noch gar nicht mitbekommen hatten, was los war, weil sie wirklich mal ein freies Wochenende gehabt hatten. Dann entschied er, dass er und Biene sich um den ‚Fall Lachsbachtal', wie er das Ganze nannte, kümmern würden, die anderen wussten anscheinend auch ohne Ansage, was sie tun sollten, wenn er keine Aufträge für sie hätte. Um Neun war die Besprechung beendet, ich weckte Cremeschnitte und wir zogen uns in Robos Büro zurück.

Wir setzten uns an den Schreibtisch, Robo auf seinen Drehstuhl, Biene und ich zogen uns Klappstühle heran. Sie sah mich nicht einmal an.

»Ich habe gleich einen Termin beim Verwaltungschef im Rathaus, und wenn ihr beiden meint, dass bei der Computersache im Moment nichts herauskommt, wäre es vielleicht sinnvoll, ihr kommt etwas später auch und schaut euch mal ihren Arbeitsplatz an, was haltet ihr davon?«

Ich sah Biene an, sie zuckte mit den Schultern.

»Ich denke, das ist sinnvoller als den ganzen Tag in der Werkstatt zu sitzen und Pornobilder zu sichten«, entgegnete ich. »Obwohl ich dir schon gerne die Bilder der Männer ausdrucken will, mit denen sie in der letzten Zeit Kontakt hatte, und möglichst auch die E-Mail-Adressen und Telefonnummern, soweit die auf den Rechnern drauf sind. Aber für den Freitag war da definitiv nichts, das kann ich dir schon so sagen.«

Robo griff nach seiner Aktenmappe. »Okay, dann schlage ich vor, wir treffen uns um halb elf in der Rathauskantine und sehen dann weiter, oder?«

Biene nickte und Robo rauschte hinaus, nachdem er beinahe den Hund platt getreten hatte.

Ich sah Biene an. »Habe ich was falsch gemacht oder redest du jetzt nicht mehr mit mir?«

Sie drehte sich zu mir um, das Wasser stand ihr schon wieder Oberkante Unterlid. Ich nahm sie in den Arm, sie ließ es sich gefallen, schmiegte sich an mich und schluchzte leise.

»Komm, Bullentussi, wir machen jetzt erst mal unsere Arbeit und reden heute Abend. Was hältst du davon?«

Sie lächelte ein wenig. »Ist schon in Ordnung, Computerfuzzi. Was liegt denn an, bis wir ins Rathaus sollen?«

»Ein ernstes Gespräch mit Rambo, würde ich sagen.«

Sie wurde blass um die Nase. »Verdammt, das hätte ich jetzt völlig vergessen. Oder verdrängt. Wo erwischen wir die denn jetzt?«

»Wo erwischt man eine städtische Mitarbeiterin wohl montags morgens um halb zehn? Bei der Kaffeepause natürlich«, grinste ich. »Sie sitzt in der Verkehrsüberwachung gleich in der Nähe vom Rathaus. Komm, wir gehen zu Fuß.«

Wir nahmen den Weg am ZOB vorbei, nutzten den Schatten der Einkaufspassagen zuerst den der Holm-Passage und dann den der Galerie. Der schaurig schöne Backsteinbau war von einem ehemaligen Oberbürgermeister gegen den Willen der Flensburger durchgesetzt worden und wird seitdem von Spöttern auch Stell-Passage genannt, nach eben diesem OB.

Dann gingen wir zwischen den anderen Bausünden der letzten Jahrzehnte hindurch zum Pferdewasser, wo das Rathaus stand.

Rechter Hand erhob sich der monumentale Klotz, früher einmal Adlerhorst genannt, hier nach dem ehemaligen OB Adler, der sich mit diesem Bau sein persönliches Denkmal gesetzt hatte.

Dreizehn Stockwerke Beton, die Weltläufigkeit vortäuschen sollen, und doch nur ein Zeichen tiefster Provinz darstellen.

Anscheinend müssen sich die Flensburger Oberbürgermeister Betondenkmale setzen, wenn sie sonst nicht viel auf die Reihe bekommen.

Sieben

Auf der anderen Straßenseite war ein historisches Gebäude renoviert und umgebaut worden, weil das Rathaus natürlich viel zu klein für den überbordenden Wasserkopf der Flensburger Verwaltung war. Hier saß im Moment auch die Verkehrsüberwachung. Ich öffnete die Tür und ließ Biene vor.

Im zweiten Stock fanden wir das Großraumbüro, ein idealer Ort für diese Tätigkeit; das einzige Fenster ging auf einen grünen Hinterhof. Das ganze Büro schien aus der Zeit zu stammen, als das Rathaus noch ein Neubau war und die Möbel hatten vermutlich noch den Reichsadler auf der Unterseite eingebrannt.

Die Frau, die uns jetzt entgegenkam und mit Abscheu auf Cremeschnitte zeigte, hatte diese Möbel wahrscheinlich bei ihrer Erstanlieferung schon auf Beschädigung kontrolliert.

»Hunde haben hier keinen Zutritt, verlassen Sie sofort dieses Büro.« Wie sie das Wort 'sofort' betonte war talkshowreif. Ich wünschte mir Stefan Raab herbei, der daraus garantiert einen Hit machen würde.

Biene hielt ihr ihren Dienstausweis unter die Nase.

»Polizei?« Sie flüsterte jetzt mehr, als das sie sprach. »Was ist denn los?« Seltsamerweise sah sie mich fragend an, nicht Biene.

Ich würde den Teufel tun und ihr erzählen, dass ich nicht mal ein Hilfssheriff war, geschweige denn ein Polizist. Ich beugte mich zu ihr herunter und flüsterte »Drogen, Menschenhandel, Mafia.«

Sie vergaß sofort das Hundeverbot und wurde noch grüner im Gesicht. Ich schob sie auf einen Stuhl, bevor sie in Ohnmacht fallen konnte und drückte sie auf die Sitzfläche. »Aber keine Angst, wir haben alles im Griff.«

Sie fasste sich ans Herz, und Biene zog mich weiter. »Hör mit dem Scheiß auf, oder willst du, dass Robo Beschwerden von ihrem Amtsleiter auf den Tisch kriegt? Wir haben auch so genug um die Ohren.«

Ramona erkannte mich sofort und kam uns entgegen. »Chip, schön dich zu sehen. Was treibt dich denn her?«

Ich nahm sie in den Arm und drückte sie herzlich. »Rambomaus, kennst du Sabine Wohlfahrt?«

Die beiden sahen sich an, gaben sich die Hand, »Ihr Name kommt mir bekannt vor, und gesehen habe ich Sie auch schon mal, nicht wahr? Halt, Polizei, oder? Sind Sie nicht bei meinem Mann in der Abteilung?«

Biene nickte. »Frau Bohlke, können wir hier irgendwo ungestört reden?« Sie war sehr ernst.

Ramona sah sich um. »Unser Chef ist heute nicht da, wir können sicher in sein Büro, kommt doch mit.« Sie öffnete eine kleine Tür in ein geräumiges Büro, in dem ebenfalls die Zeit stehen geblieben schien. Wir traten ein, sie sagte noch ein paar Worte zu einer Kollegin, kam dann hinterher und schloss die Tür hinter sich.

Wir setzten uns in die Sitzecke vor dem Fenster. »Na, was liegt denn an?« fragte sie unbekümmert.

Biene sah mich an und nickte mit dem Kopf.

»Ramona, hat Robert erzählt, was am Wochenende passiert ist?«

Sie sah mich fragend an. »Natürlich, eine Tote irgendwo am Lachsbach. Aber was habe ich damit zu tun?« Etwas verunsichert sah sie zwischen uns beiden hin und her.

Biene räusperte sich. »Die Tote hieß Lydia Lichter.«

Ramona schien verwirrt. »Lydia Lichter? Sollte ich die kennen?«

Ich beugte mich zu ihr vor. »Sie wurde Lilly genannt, Ramona.«

Binnen einer Sekunde wich alle Farbe aus dem sorgfältig geschminkten Gesicht der hübschen Frau. Sie sah mit einem Schlag zehn Jahre älter aus. »Lilly ist tot?«

»Ramona, wir beide, Biene und ich haben Lillys Computer untersucht und Fotos gefunden. Fotos von dir.«

Sie zitterte. »Und jetzt? Kannst du die nicht löschen?«

Ich schüttelte den Kopf. »Du weißt, dass das nicht geht. Wahrscheinlich hast du sogar Informationen, die uns zum Mörder führen könnten, wir können nicht so tun, als hättest du sie nicht gekannt.«

»Dann erfährt Robert es auch.« Sie sah mir in die Augen. »Oder weiß er es schon?«

Ich schüttelte wieder den Kopf. »Deswegen sind wir hier. Du musst mit ihm reden. Oder wir müssen es tun.«

Sie hatte ein Papiertuch aus dem Schreibtisch ihres Chefs geholt und schnäuzte sich lautstark.

»Lillys Name wird heute im Laufe des Tages zumindest gerüchteweise im Rathaus umlaufen. Das wäre doch ein guter Ansatzpunkt, dass du mit ihm redest.«

Sie fasste sich jetzt langsam wieder.

Biene räusperte sich. »Frau Bohlke, ich kann mir vorstellen, wie schwer das für Sie sein wird, aber glauben Sie mir, anders geht es nicht. Wir können noch bis Mittwoch so tun, als hätten wir die Bilder nicht gesehen, aber dann müssen wir zu ihm gehen und es ihm erzählen.«

Ramona hatte sich etwas gefasst und nickte. »Ich krieg das schon irgendwie hin, aber was dann? Wie geht es dann weiter?«

Ich lehnte mich erleichtert in dem bequemen Sessel zurück. »Wenn du mit Robert redest und ihm alles erzählst, werde ich das Verzeichnis mit den Bildern von dir erst mal nicht finden. Und wenn ich es nicht finde, dann kann ich es natürlich auch niemandem zeigen, oder?«

Sie lächelte mich dankbar an.

»Dafür möchte ich aber, dass du mit keinem Wort erwähnst, dass wir beide hier waren, okay?«

Sie nickte und stand auf. »Ich hab schon lange gewusst, dass das nicht gut gehen würde.« Biene und ich erhoben uns.

»Darf ich dich noch was fragen, Ramona?«

»Klar, immer raus damit.«

»Warum? Hast du finanzielle Schwierigkeiten?«

Sie lachte bitter. »Das Geld hat mich nicht interessiert, ich hab's immer Lilly gegeben. Kannst du dir vorstellen, wie es ist, mit einem Polizisten verheiratet zu sein? Kennst du die Dienstzeiten? Weißt du, dass Freizeit für ihn ein absolutes Fremdwort ist? Ich habe Robert manchmal über Wochen und Monate nur zum Frühstück gesehen. Und ich bin noch nicht einmal vierzig. Kerngesund bin ich auch, und eine Frau obendrein. Gerade du solltest das doch verstehen, oder?«

Der Hieb saß. Ich nahm sie trotzdem wieder in den Arm. »Und wie bist du an Lilly geraten?«

Sie schmiegte sich an mich. »Lilly hat hier gearbeitet, bevor sie zur Stadtentwicklung gegangen ist. Da sie die Einzige war, die halbwegs in meinem Alter war, haben wir uns angefreundet und ich hab ihr mein Herz ausgeschüttet. Sie hatte eine Lösung für meine Probleme. Dachte ich zumindest, aber wie gesagt, ich hab schon länger befürchtet, dass das nicht mehr lange gut geht.«

Ich drückte sie noch einmal. »Rambo, auch wenn das eine beschissene Suppe ist, du kriegst sie schon ausgelöffelt. Ich ruf dich morgen früh hier an oder ich komme vorbei, okay?«

»In Ordnung, ich werde wohl heute Abend zur Beichte ansetzen, wenn Robert dann mal nach Hause kommen sollte.« Sie gab Biene die Hand und brachte uns zur Ausgangstür.

Obwohl wir uns nicht beeilt hatten, waren wir zu früh dran, um schon in die Kantine zu gehen. Aber die Zeit reichte auch nicht mehr, noch etwas Sinnvolles zu erledigen.

Wir schnappten uns also den Hund und schlenderten zum Lutherpark, wo er voller Begeisterung und Tatendrang aufopferungsvoll gegen das Austrocknen der Flensburger Stadtbäume ankämpfte.

Wir rauchten und vermieden krampfhaft jedes Gespräch über uns, oder gar über irgendwelche Elkes oder Bernds. Ein paar Minuten vor der Zeit schlenderten wir zurück zum Rathaus. Ich wickelte Cremeschnittes Leine um einen Fahrradständer, er legte sich brav zu Boden und schien sofort einzuschlafen.

Wir trafen Robo bei einem Kaffee in der Kantine, das örtliche Klatschblatt vor sich auf dem Tisch. Er schob es uns hinüber. Sie hatten trotz der sehr knappen Pressemitteilung Wind von der Sache bekommen und berichteten auf der Lokalseite von einem mysteriösen Todesfall am Ostseebad.

»Die Schmierfinken haben es noch nicht mal geschafft, den Ort richtig zu recherchieren, obwohl mindestens hundert Gaffer da waren.« Robo hasste die Redaktion, seit die Leute versucht hatten, ihn bei einer Ermittlung als Deppen hinzustellen und lächerlich zu machen.

»Und sonst?« Biene rührte in ihrem Kaffee.

»Die Kleine war nicht beim Bauamt, sondern beim Amt für Stadtentwicklung.« Robo sah mich vorwurfsvoll an.

Ich zuckte mit den Schultern. War ich Behördenspezialist?

»Ich habe mit dem Leiter des Hauptamtes gesprochen und ihn gebeten, absolutes Stillschweigen zu bewahren, ich will selbst in die Dienststelle. Die sitzen außerhalb, in dem Gebäude gleich gegenüber. Aber vorher möchte ich mit euch zum Leiter der Datenverarbeitung. Chip soll sich mal den Dienst-PC der Dame ansehen.«

Wir tranken unseren Kaffee und nahmen die Treppe ins Erdgeschoss. Martin Asmussen, der Leiter der stadtinternen EDV-Abteilung, öffnete sofort. »Ich habe Sie schon erwartet, der Hauptamtsleiter hat gerade angerufen.«

Ich gab ihm sicherheitshalber nicht die Hand. Ich kann es nicht ausstehen, wenn ich beim Händedruck nur ein Stück totes Fleisch zwischen den Fingern spüre. »Hallo Martin. Herr Bohlke, Frau Wohlfahrt, Kripo.« Ich stellte auch ihn vor.

Robo sah mich verwundert an. »Woher kennt ihr euch?«

Ich lachte. »Die EDV-Szene ist klein in Flensburg, wir sitzen in einigen Ausschüssen bei der IHK zusammen, außerdem ruft seine Abteilung mich manchmal, wenn es Probleme gibt und niemand anderes zu kriegen ist.« Der letzte Halbsatz war mehr als wahr.

Asmussen grinste mich an. »Herr Reimann sagte mir, sie würden gerne einige Computer in unserem Hause untersuchen?« begann er förmlich. »Darf ich fragen, worum es geht?«

Robo räusperte sich, »Natürlich, wir führen eine Todesfallermittlung durch, es besteht Mordverdacht. Ich kann leider noch nichts Genaues sagen, aber wir haben die Hoffnung, auf einigen Rechnern Hinweise zu finden, die uns weiterhelfen.«

Asmussen lehnte sich genussvoll zurück. »Sie wissen ja besser als ich, dass wir Ihnen den Zugang nur gegen Vorlage einer richterlichen Anordnung gewähren müssen.« Er grinste Robo an. »Aber natürlich haben wir nichts zu verbergen, Sie können sich selbstverständlich überall umsehen. Ich muss allerdings darauf bestehen, dass einer oder zwei meiner Mitarbeiter dabei sind. Das wird Ihnen sicherlich gelegen kommen, die beiden kennen natürlich auch die entsprechenden Passwörter und Zugangsdaten.«

In meinem Nacken fing es an zu kribbeln.

Er drehte sich mit seinem Stuhl um und griff zum Telefon. Er drückte eine Kurzwahltaste und sprach einige Wörter in den Hörer. »Herr Fiebig und Herr Brenninger werden Sie unterstützen.«

Meine Nackenhaare standen jetzt waagerecht vom Körper ab, »Oh nein, Martin, nicht die beiden, wenigstens einen anderen.«

Er zuckte scheinbar hilflos mit den Schultern. »Tut mir wirklich leid, wenn du Probleme mit ihnen hast, aber jemand anderes ist hier im Moment wirklich nicht verfügbar.«

Robo sah mich an. »Wo ist das Problem?«

Die Tür öffnete sich, die beiden traten ein und gaben Robo und Biene artig Händchen.

Ich ignorierte die ausgestreckten Pfoten. »Das Problem sind die beiden«, sagte ich und zeigte in ihre Richtung. »Andererseits hat man hier offensichtlich wirklich nichts zu verbergen, weil die Heinis so wenig Ahnung haben, dass sie nicht mal merken würden, wenn ich ihnen die PCs gegen Toaster austauschen würde.«

Asmussen warf sich heldenhaft vor seine Mitarbeiter. »Chip hör auf, Herr Fiebig ist seit Jahren hier in der Abteilung.«

Ich grinste ihn nur an. »Deswegen ist er ja mittlerweile auch Abteilungsmeister beim Online-Poker.«

Ich hatte es geschafft, Fiebig wurde rot wie die Abendsonne über der Hamburger Hallig im Spätsommer.

Martin schüttelte den Kopf. »Und Herr Brenninger ist ausgebildeter IT-Systemkaufmann.«

Ich zog abfällig die Nase hoch. »Der seine Prüfung auch im dritten Anlauf nicht geschafft hätte, wenn ich mit geprüft hätte.« Brenningers Vater war der Geschäftsführer eines der größten Flensburger Bauunternehmen, der Nordbau, und hatte wirklich alle Beziehungen spielen lassen, für Sohnemann eine Sonderprüfung anzusetzen, während ich im Urlaub war. Zweimal hatte ich es verhindern können, weil der Bursche wirklich keine Ahnung hatte, aber natürlich hatten Asmussen und die anderen ihn beim dritten Mal bestehen lassen.

»Sei's drum, sollen sie halt mitkommen, vielleicht lernen sie dabei ja endlich mal was.« Ich stand auf. »Ich möchte Frau Wohlfahrt noch mal schnell Herrn Rosenberg vorstellen, muss ich die beiden dabei auch mitnehmen?«

Asmussen grinste. »Natürlich nicht. Ich weise die Herren noch schnell ein, sie kommen dann gleich rüber, okay?« Ich nickte, nahm Biene mit und verließ den Raum ohne Gruß.

»Sauer, Chip?«

Ich holte tief Luft. »Brenningers Vater hat versucht, mich zu bestechen, damit ich den Junior durch die Prüfung schleuse, und zwar derart plump, dass er anschließend einen Strafbefehl über damals achttausend Euro löhnen musste, um einer Verurteilung zu entgehen. Seitdem ich ihn angezeigt habe, macht er mir das Leben schwer, wo er nur kann, und sein Sohn genauso.

Sauer ist gar kein Ausdruck.« Ich klopfte an Rosenbergs Tür, die sofort aufging.

»Hi Chip«,

»Hallo Rosi, das ist Biene Wohlfahrt, Kripo Flensburg.« Die beiden sahen sich an und waren sich anscheinend sofort sympathisch. Kein Wunder.

»Rosi, ich hab ein Problem.«

Er zog zwei Stühle aus dem Chaos von Computerteilen hervor, das sein Büro füllte. »Na, wo hakt es denn?«

»Biene untersucht einen Mordfall, und ich soll ihr helfen, ein paar Rechner hier im Rathaus anzusehen.«

Er zog einen Aschenbecher aus den Tiefen seines Schreibtisches und schob ihn mir herüber. »Und?«

Ich zündete mir eine Zigarette an. »Brenninger und Fiebig sollen mir auf die Finger sehen.«

»Scheiße«, grinste er.

»Du sprichst ein wahres Wort gelassen aus.«

Wir lachten. »Aber ich krieg das trotzdem hin, ich möchte nur, dass du mir einen kleinen Gefallen tust.«

Er verzog das Gesicht. »Du und deine kleinen Gefallen. Worum geht's?«

»Es würde mir schon sehr helfen, wenn der Backupserver mal ein paar Stunden nicht am Netz ist. Ganz unauffällig, ohne dass es jemand merkt.«

Er pfiff, er wusste sofort, was ich vorhatte. »Glaubst du wirklich…«

Ich unterbrach ihn. »Ich glaube das nicht, ich weiß es. Die beiden sind so dumm. Mit einem Backup von heute Morgen kann ich es ihnen erstens nachweisen, und zweitens habe ich dann die Daten, die ich wirklich brauche.«

Er drückte seine Zigarette aus. »Na ja, ich kann ja mal rüber gehen, und nachsehen, ob im Serverraum alles in Ordnung ist. Manchmal löst sich ja ein Netzwerkkabel oder so, das merkt man ja gar nicht.«

Ich stand auf und gab ihm die Hand. »Davon hab ich auch schon gehört, verdammt unangenehm so was. Nur gut, dass so was bei euch nicht passiert.«

Er grinste, schlug mir auf die Schulter und gab Biene die Hand. »Wir sollten mal auf ein Bier um die Häuser ziehen, was haltet ihr davon?«

Biene nickte begeistert.

»Ich ruf' dich an, okay?« entgegnete ich.

Er nickte.

Wir gingen auf den Flur und sahen schon die beiden Komiker auf uns zu kommen.

Brenninger ergriff das Wort und sprach, mit Absicht, Biene an. »Herr Asmussen meint, wir sollten in mein Büro gehen, da haben wir auch zwei Computer, damit Sie ungestört an dem einen arbeiten können.«

Er machte widerlich unrhythmische Sprechpausen zwischen den einzelnen Wörtern, in denen er mit der Zunge metallisch knackende Geräusche von sich gab. Biene legte die Strin in Falten und sah mich fragend an.

»Wahrscheinlich ein Fehler beim Klonen«, flüsterte ich laut genug, dass er es hören konnte. Okay, ich war gemein, er konnte schließlich nichts für seinen Sprachfehler. Aber immerhin war er ein Arsch.

Wir gingen die Treppe hinunter ins Kellergeschoss und dann einen langen, schmalen Gang entlang.

Es erschien mir logisch, dass sie Brenninger hier unten, ziemlich dicht bei den Müllcontainern, untergebracht hatten. Wir gingen hintereinander, Fiebig vorne, dahinter Biene, dann ich und Brenninger am Schluss. Wir bogen um eine Ecke und ich sah einen gelb abgeklebten Betonträger, der die Höhe des Gangs erheblich verringerte.

Ich war gerade dabei, mich zu bücken, als ich von hinten ein metallisches Klacken und den hastigen Ruf »Vorsicht, Kopf einziehen!« hörte.

In diesem Moment spürte ich einen gewaltigen Stoß zwischen den Schulterblättern. Ich kam gar nicht dazu, zu reagieren, stolperte vorwärts und knallte in voller Geschwindigkeit mit der Stirn gegen den Betonträger.

Ich sackte zu Boden und fasste mir an den Kopf. Kein Blut, aber ich konnte fühlen, wie die Beule, die binnen Sekunden schon etwa so groß geworden war wie ein halbes Hühnerei, weiter wuchs. Mir wurde kurz schwarz vor Augen, dann spürte ich, wie Biene neben mir kniete und prüfend meine Stirn abtastete. Sie half mir hoch. »Chip, was ist denn los?«

Ich war viel zu benommen, um zu antworten.

Brenninger erledigte das für mich. »Ist wohl mit dem Kopf gegen den Träger gelaufen, der Kollege. Ja, man muss verdammt wach sein, hier unten. Ich wollte ihn noch warnen, aber da war's schon zu spät.«

Wäre ich bei Kräften gewesen, ich hätte ihm seinen Sprachfehler zu den Ohren hinaus geprügelt. So blieb mir aber nichts anderes übrig, als mich darauf zu konzentrieren, mich umzudrehen und den Gang entlangzuschleichen.

Eine Sekunde später lag ich schon wieder auf dem Boden. Ich war zwar schwach und benommen, aber den Fuß in der Kniekehle hatte ich trotzdem gespürt.

Brenninger beugte sich über mich, als wolle er mir helfen.

Ich giftete ihn an. »Verpiss dich, du Wichser.«

Er lachte. »Bisschen schwach auf den Füssen, wie? Na, das legt sich wieder.«

Mir war klar, dass er Recht hatte und ich wusste, ich würde es ihm beweisen.

Wir erreichten sein Büro, mir war immer noch übel, die Beule fühlte sich mittlerweile an, als hätte sie Melonengröße.

Ich setzte mich an den Schreibtisch, auf den Brenninger wies, und schaltete den Computer ein. Die anderen verteilten sich auf die reichlich vorhandenen Stühle und sahen mir zu. Ich loggte mich mit einem der Useraccounts ein, die ich von meinen früheren Aufträgen her kannte, und sah mir die Verzeichnisstruktur des Servers an.

Dann öffnete ich eine Vorlagendatei mit dem Briefkopf eines Amtes und tippte vorsichtig ein paar Worte, darauf bedacht, dass die anderen nicht sahen, was ich machte.

Fiebig stand auf und tat mir, wie ich es gehofft hatte, den Gefallen, aufs Klo zu gehen.

Ich sah Biene an. »Nebenan ist ein Waschraum. Kannst du nicht mal versuchen, mir ein paar nasse Tücher für meine Beule zu besorgen?«

Sie sprang auf, ich kam auch hoch und schleppte mich zu dem Stuhl, den sie freigemacht hatte. Ich ließ mich darauf nieder, nahm den Kopf in die Hände und stöhnte wehleidig. »Verdammt, vielleicht sollte ich das doch einem Arzt zeigen. Es tut Hölle weh.«

Brenninger schnalzte begeistert mit den Zähnen.

»Ich glaube, ich hab auch schon gefunden, was ich gesucht habe.«

Biene streichelte mir über den Hinterkopf und ging hinaus.

Brenninger war wirklich so dumm, wie ich ihn eingeschätzt hatte. Er blickte zu mir herüber, ich hatte immer noch die Hände vor der Stirn. Dann trat er an den Schreibtisch. Er tat mir den Gefallen, stellte sich vor die Ecke und beugte sich vornüber, um lesen zu können was auf dem Bildschirm stand.

Ich stand leise von meinen Stuhl auf und machte ein Schritt vorwärts. Dann sammelte ich meine Kräfte und trat ihm in den Rücken, direkt oberhalb des Hinterns, mit der flachen Schuhsohle.

Er machte einen Satz vorwärts und krachte mit den Weichteilen genau gegen die Ecke der Schreibtischplatte. Er würgte kurz, dann klappte sein Oberkörper vornüber auf die Tischplatte und er verteilte sein Frühstück quer über den Tisch.

Ich rief laut »Vorsicht, die Schreibtischkante!« und setzte mich wieder auf meinen Stuhl.

Als Fiebig zurück ins Büro kam, lag der Idiot immer noch kotzend auf dem Tisch.

Ich winkte Fiebig zu, verzweifelt bemüht nicht laut loszulachen. »Der Kollege ist gegen die Schreibtischkante gerannt, ich hab noch versucht, ihn zu warnen, aber das war wohl zu spät.«

Fiebig blickte mich entgeistert an. In diesem Moment trat Biene durch die offene Tür. »Was ist denn hier los?«

Ich grinste hämisch. »Ja, man muss schon verdammt wach sein, hier unten. Der Kollege hatte einen kleinen Unfall.«

Fiebig blickte wütend zu mir herüber. »Der muss zum Arzt, Mann. Hilf mir lieber mal.«

Ich stand auf, immer noch die Hand an der Stirn. »Der muss erst mal unter die Dusche, er stinkt ja noch schlimmer als normalerweise.« Der Gestank von Erbrochenem stieg mir Ekel erregend in die Nase.

Trotzdem nahm ich Brenninger bei den Schultern und hob ihn hoch. Fiebig fasste ihn am Arm und wollte gerade eine Drehung machen, um ihn vom Schreibtisch wegzutragen, als mich die Kraft verließ, und ich ihn unglücklicherweise aus zwanzig Zentimeter Höhe wieder auf die Tischplatte knallen ließ. »Tut mir echt leid, Jungs, aber es scheint ich habe im Moment wirklich nicht die Kraft für solche Rettungsaktionen. Vielleicht solltest du die Jungs vom Grünflächenamt anrufen! Die sitzen doch gleich hier um die Ecke.«

Grinsend setzte ich mich wieder auf meinen Stuhl und beobachtete, wie Biene und Fiebig den Schwachkopf vom Schreibtisch auf den Teppich wuchteten. »Außerdem kennen die sich auch mit Abfallbeseitigung aus«, konnte ich mir nicht verkneifen, hinterher zu schieben.

Biene legte das arme Unfallopfer in die stabile Seitenlage, während Fiebig nach Hilfe telefonierte.

Brenninger sah zwar nicht gut aus, aber das tat er ja nie. Er war grün, blau, gelb gesprenkelt, und ziemlich ekelhaft mit seinem eigenen Erbrochenen besudelt.

Biene schob ihm ein Stuhlkissen unter den Kopf und er funkelte wütend in meine Richtung. Er klackte unkontrolliert mit den Zähnen.

»Elende Sau«, zischte er, was ich mit einem »angenehm, Computerfachmann.« quittierte.

Mir wurde etwas übel. Ich brüllte »ich glaub, jetzt muss ich auch noch kotzen von der ganzen Sauerei hier!« und sprang auf. Ich machte einen eleganten Satz über ihn hinweg, blieb dabei leider mit dem rechten Fuß ziemlich unsanft an seinem Knie hängen, kam ins Stolpern, fing mich aber wieder und stolperte in Richtung Klo. Ich setzte mich auf den Waschtisch und lachte, bis mir die Tränen kamen.

Als ich, frisch gewaschen und trotz meiner Monsterbeule auf der Stirn bestens aufgelegt, zurück in das muffige Kellerbüro kam hoben zwei in Weiß gekleidete Sanis Brenninger gerade auf eine Trage.

Ich schnauzte Fiebig an, er solle doch mal die Sauerei auf dem Schreibtisch beseitigen, so könne ich schließlich nicht arbeiten. Dann entschied ich, dass die Zeit genau richtig für einen kleinen Imbiss in der Kantine sei. Ich schnappte mir Biene, und wir machten uns auf den Weg zum Aufzug.

Sie ging mit zusammengekniffenen Lippen neben mir her, erst im Aufzug explodierte sie. »Hast du eigentlich noch alle Tassen im Schrank? Ich dachte, wolltest du den Kerl umbringen? Was sollte denn der Unsinn?«

Ihre Vorwürfe trafen mich nicht wirklich. »Wenn ich ihn umgebracht hätte, hätte es wohl Probleme gegeben, das als Unfall darzustellen.« Ich quetschte mich an ihr vorbei aus dem Aufzug. »Nett übrigens, dass du auch mit mir so mitgefühlt hast, als er mich gegen den Betonträger geklatscht hat.«

Sie sah mich mit offenem Mund an. »Du bist gar nicht von selbst dagegen gelaufen?«

Ich fasste mir an die Beule. »Meinst du etwa, ich bin blöd, oder was? Er hat mich geschubst, der Schwachkopf.«

Wir stellten uns an, nahmen trotz der Hitze Schweinebraten mit Rotkohl und suchten uns einen freien Tisch. Sie verstand immer noch nicht. »Was habt ihr beiden denn gegeneinander?«

Ich schnaubte in mein Essen. »Wenn ich was gegen ihn hätte, würde ich es benutzen, keine Sorge.«

Sie blickte mich stirnrunzelnd an.

Ich gab es auf. »Das ist auch alles viel zu lange her, und es hat sich halt immer ein Steinchen auf das andere gesetzt. Jetzt ist es zu spät, da noch was zu ändern. Obwohl solche Sachen wie heute eher die Ausnahme sind. Das letzte Mal, dass so etwas passiert ist, ist schon fast zwei Jahre her.«

Sie aß weiter und fragte mit vollem Mund. »Und was war da?«

Ich musste wieder lachen bei dem Gedanken. »Er hat drei Schläger angeheuert, mit denen er mich verprügeln wollte.«

Biene blickte auf. »Und?«

»Die Jungs haben Angst vor mir gekriegt und sich verkrümelt. Und dann hab ich ihn auseinander genommen. Seitdem knackst er so mit den Zähnen, er ist wohl ein bisschen unglücklich aufs Jochbein gefallen.«

Biene schob ihren Teller weg. »Erzähl mir keinen Unsinn, verarschen kann ich mich alleine.«

Ich sah sie erstaunt an.

»Chip, du bist nicht der Typ, vor dem drei Schläger vor Angst weglaufen, oder?«

»Ach das. Na ja, der eine war ein ziemlich guter Kumpel von mir. Er hat mir auch von der Sache erzählt.«

»Und dann, wie ging das weiter?«

Ich war fertig mit dem Essen und zog meine Kaffeetasse heran. »Brenninger hat mich damals zivilrechtlich verklagt, auf Schadenersatz und Schmerzensgeld. Er hat die Klage dann aber ganz schnell zurückgezogen, als mein Anwalt die drei Schläger als Zeugen benannte und eine eidesstattliche Versicherung ankündigte.« Ich nippte an dem Kaffee, der mittlerweile fast kalt geworden war.

Biene grinste jetzt auch. »Zumindest hast du jetzt ein paar Tage Ruhe vor ihm, vor dem Wochenende kann er garantiert nicht wieder arbeiten.«

»Das war zwar nicht unbedingt beabsichtigt, ist aber auch kein Beinbruch. Fiebig alleine ist zumindest zu dumm, um mich wirklich zu stören.«

»Was macht denn dieser Fiebig hier, wenn er so dumm ist?«

Wir trugen unsere Teller zum Geschirrwagen. »Die Abteilung hat ihn aufs Auge gedrückt bekommen, weil niemand ihn haben will, und jetzt ziehen sie ihn solange mit durch, bis sie ihn woanders hin wegloben können. Offiziell hat er sogar eine Zuständigkeit. Aber wenn seine Kollegen das nicht erledigen, wird eine Firma beauftragt, die dann seine Arbeit macht und bezahlt bekommt.«

Biene schüttelte ungläubig den Kopf. Wir fuhren mit dem Fahrstuhl nach unten und fanden den Hund in exakt derselben Stellung vor, in der wir ihn zurückgelassen hatten und wir machten einen ausgiebigen Spaziergang mit ihm. Ich kaufte eine Tüte Hundefutter und dann brachten wir ihn nach Hause. Er stürzte sich auf die braunen Brocken wie ein Ertrinkender auf den Rettungsring. Ich nahm mir vor, in Zukunft mein Fast-Food alleine zu essen.

Nach einem Mittagskaffee in der Küche gingen wir durch die Friesische zurück zum Rathaus. Brenningers Büro stand offen, irgendjemand hatte sauber gemacht, auf den Schreibtisch hatte Fiebig einen Zettel mit seiner Telefonnummer gelegt. Jetzt konnte ich anfangen zu arbeiten.

Ich suchte nach einem offenen Administrator-Account, und fand auch schnell einen, der ursprünglich wohl mal für einen Programmierer gedacht war, der längst nicht mehr hier arbeitete. Ich probierte ein bisschen und stellte fest, dass der Account im ganzen System und auf allen Servern gültig war.

Jetzt suchte ich nach dem Kontext, in dem Lilly sich normalerweise einloggte. Das Ganze war ein wenig unübersichtlich, da eine Windows-NT- und eine Novell-Struktur sich überlagerten. Überall gab es lokale und globale Server, mal unter Novell, mal unter Windows, und schließlich fand ich am Rande auch noch ein paar Linux-Server.

Es dauerte eine Zeit bis ich begriff, wie es funktionierte. Jeder Fachbereich hatte einen Verzeichnisbaum, für jede Abteilung im Fachbereich gab es Äste an dem Baum und innerhalb der Abteilungen manchmal auch noch Zweige.

Die Zugriffsrechte des Users ergaben sich aus seinem Anmeldekontext. Meldete er sich am Baum an, hatte er, zumindest theoretisch auf alle Äste Zugriff. Meldete er sich an einem der Äste an, hatte er nur auf diesen Zugriff. Und wenn jemand sich an einem Zweig anmeldete, bekam er wirklich nur seine eigenen Sachen zu sehen.

Dazu kam eine Unzahl von Zugriffsbeschränkungen und Berechtigungen. Ich stöhnte und wusste plötzlich, warum das Handbuch, das die Support-Mitarbeiter hier mit sich herumschleppten, so dick war.

Ich sah mir den Account von Brenninger an und war verwundert, wie dumm er sein konnte. Er hatte einen Ordner angelegt, unterhalb seines eigenen Verzeichnisses, den er Bilder genannt hatte, und in dem er Bilder gespeichert hatte. Ich sah mir die Dateinamen an. Nichtssagend, wahrscheinlich Schmuddelbildchen.

Ich machte eine Kopie des Ordners und legte sie in einer Ecke des Systems ab, die er garantiert niemals anschauen würde.

Dann nahm ich mir Lillys Kontext vor. Ich fand schnell ihren eigenen Ordner, hatte aber zu meinem Erstaunen dort keine Zugriffsberechtigung. Ich sah mir die Details an. Seltsamerweise konnte ich die Rechte für den Zugriff ändern, nicht aber selbst auf den Ordner zugreifen.

Ich machte ein paar Mausklicks, wunderte mich, wie jemand eine derart dämliche Beschränkung einrichten konnte, und sah mir die aktuellen Protokolldateien an. Bevor ich die Änderungen gemacht hatte, hatte den Account seit mehreren Monaten niemand angefasst, also konnte auch außer Lilly und jemandem, dem sie ihr Kennwort verraten hatte, niemand die Daten gesehen haben, zumindest theoretisch.

Ich reorganisierte die Datenbank für die Zugriffsrechte. Sofort konnte ich mir Lillys Ordner ansehen. Das heißt ich hätte es gekonnt, wenn nicht wie von Zauberhand eine Datei nach der anderen von der Arbeitsfläche verschwunden wären.

Ich pfiff Biene heran. »Ruf mal ganz schnell Robo an, ob er in Lillys Dienststelle ist. Er soll sich merken, wer da gerade alles am PC arbeitet, okay?«

Sie hatte ihr Handy schon in der Hand.« Was ist denn los?«

Ich blieb ganz ruhig. »Irgendjemand löscht gerade die Daten aus ihren Verzeichnissen, und eigentlich kann das nur jemand sein, der ihr Kennwort hat.«

»Mist, Robo meldet sich nicht.« Sie schüttelte das Gerät, das ja auch nichts dafür konnte.

»Mal ganz ruhig, die Daten gehen nicht verloren, die kriege ich wieder. Aber ich möchte gerne wissen, wer das macht, und wenn Robo gerade da ist, können wir den Kreis schon ganz schön einschränken.«

Jetzt hatte sie ihn am Apparat, drehte sich um und sprach hektisch mit ihm. »Ist okay, er sieht sich an, wer an ihrem Rechner sitzt.«

Ich verdrehte die Augen. »Ruf bitte gleich noch mal an. Der- oder diejenige braucht nicht an Lillys PC zu sitzen. Das kann man von jedem PC im Stadtnetz aus machen.«

Diesmal hatte sie ihn schneller am Rohr. »Okay, er hat sich die Leute aufgeschrieben, die am PC arbeiten, und auch an welchem Rechner sie sitzen.«

»Perfekt.« Ich sah dem Verschwinden immer weiterer Dateien und Ordner jetzt noch gelassener zu. Schließlich war der Backup-Server wegen irgendwelcher Probleme nicht zu erreichen. Endlich war das Werk getan. Lillys Ordner waren leer, bis auf die Standardanwendungen. Textverarbeitung, Tabellenkalkulation, Mailprogramm.

Sogar das Adressbuch und die Druckerverknüpfungen, mit denen sie Dokumente auf Druckern in anderen Räumen oder sogar Gebäuden ausdrucken konnte, waren gelöscht worden. Ich sah mir den Reorganisationsordner an, viel war im Moment ohnehin nicht los. Schnell fand ich die gesamten gelöschten Daten und kopierte sie zu den Sachen, die ich bei Brenninger entdeckt hatte. Dann zog ich den ganzen Kram auf die lokale Platte und schob einen CD-Rohling in den Brenner. Immerhin, fast 200 Megabyte an Daten. Ich schätzte, dass ich mich auf eine lange Nacht vorbereiten musste.

Während der Brenner lief, druckte ich mir Dutzende von Protokolldateien aus, die ich gerne zu Hause überprüfen wollte. Anschließend verließen wir das muffige Büro, bepackt mit Stapeln von Papier. Die CD hatte ich sicher in der Seitentasche meiner Hose verstaut.

Ich hatte es mir schon gedacht, aber eine Diskussion über das Verhältnis zwischen Biene und mir kam nicht zu Stande, weder auf dem Nachhauseweg noch während des Spaziergangs mit dem Hund.

Reichlich genervt setzte ich mich schließlich an meinen Laborrechner im Arbeitszimmer und fing mit der Arbeit an. Biene brachte mir gelegentlich Kaffee, ließ mich aber ansonsten konzentriert arbeiten bis gegen neun plötzlich die Klingel tönte und Robo in die Wohnung stürmte.

Ich machte Schluss, packte meine Notizen und Ausdrucke zusammen und ging zu den anderen in die Küche. Bei Kaffee und Wurstbroten werteten wir den Tag aus.

Robo fing an. »Erstens: Was war da mit diesem Brenninger oder wie der heißt? Habt ihr Ärger gehabt?«

Ich winkte ab. »Der Junge hat wohl gestern Abend ein paar Bier zu viel gehabt, ist gegen den Schreibtisch gestolpert und hat sich auf der Tischplatte ausgekotzt. War eklig, aber kein Drama.«

Robo sah Biene an, die bestätigend nickte. Ich hätte sie umarmen können.

»Wie dem auch sei, er hat einen Schambeinbruch, beidseitige Hodenquetschungen und eine mittlere Gehirnerschütterung. Der Arzt meinte wohl, so würden sonst nur Leute aussehen, die er nach Bordellschlägereien in den OP kriegt.« Er sah nicht gerade begeistert aus. Ich konnte mir vorstellen, warum.

Gerade deshalb verkniff ich mir mein Grinsen und machte ein betroffenes Gesicht. Robo sah zu mir herüber. »Und die Beule da, wo stammt die her?«

Ich fasste mir an die Stirn. »Die? Ach, ich bin im Kellergang im Rathaus gegen einen Betonträger gelaufen, nicht weiter schlimm. Kommt da unten öfter mal vor.«

Robo hatte es eilig. »Weiter im Text. Dieses ganze Amt für Stadtentwicklung ist mir äußerst suspekt. Als ich ankam, meinten sie, Lilly wäre heute im Rathaus, entweder bei der SSW-Fraktion oder sonst irgendwo. Das Mädel konnte sich die Arbeitszeit bei denen selbst einteilen, keiner wusste je, ob sie da war oder wo sie gerade steckte.« Er machte sich eine Zigarette an und griff nach seinem Kaffee. »Ihre Stempelkarte steckte unter anwesend. Gestempelt heute Morgen um 7.30 Uhr, aber angeblich will das niemand für sie gemacht haben. Ich habe also die Karte sichergestellt und einen von Lämmchens Leuten rangepfiffen, um allen die Fingerabdrücke abzunehmen. Das wird gleich morgen früh ausgewertet. Außerdem habe ich erst nach endlosem Herumfragen herausbekommen, was sie eigentlich gemacht hat. Ihr werdet es nicht glauben.« Er blickte uns triumphierend an.

»Praktikantin beim Oberbürgermeister?«, versuchte ich einen Witz.

Robo ließ sich nicht irritieren. »Sie war mit den Hafensilos befasst, beim Amt für Stadtentwicklung, bei der SSW-Fraktion und im Ausschuss für Stadtentwicklung und Bauplanung. Außerdem war sie in dieser Sache die Ansprechpartnerin für die Pressestelle.«

Ich pfiff durch die Zähne, denn mir wurde jetzt einiges klar.

»Ihre Chefs, sowohl ihr direkter Vorgesetzter, ein gewisser«, Robo blätterte in seinem zerfledderten Notizbuch, »Herr Hallmann. Also weder Hallmann noch der Amtsleiter, ein Herr Boden, wussten überhaupt, was sie eigentlich genau machte. Ihnen reichte es, dass sich nie jemand über ihre Arbeit beschwerte. Als ich von ihrem Tod erzählt habe, haben die beiden sich beinahe in die Hose gemacht. Die anderen in der Abteilung übrigens auch. Je höher sie standen, desto schlimmer war es. Ich könnte mir vorstellen, dass wir da auf eine Riesensauerei stoßen.« Robo lehnte sich zurück.

»Das kann ich mir allerdings auch vorstellen. Wann hast du ihnen gesagt, dass Lilly tot ist?«

Er schaute in sein Notizbuch. »So gegen 14.30 Uhr.«

»Das passt genau. Ab 14.45 Uhr versuchte jemand aus dem Amt für Stadtentwicklung Lillys Ordner im städtischen Computernetz zu löschen. Bis um 15.15 Uhr wurde von vier verschiedenen Arbeitsplätzen aus dem gleichen Amt versucht, auf die Ordner zuzugreifen Diejenigen haben aber nichts unternommen, wohl weil sie gesehen haben müssen, dass da schon jemand am Löschen war.«

»Und wer war das?« Robo schob mir einen Zettel mit Namensangaben und Computernamen herüber.

Ich glich ihn kurz mit meinen Listen ab. »Gelöscht hat Hallmann, zugegriffen haben Herr Lausen, Frau Petersen und jemand, den ich so nicht zuordnen kann.« Ich griff mir an den Kopf und schaute noch mal in meine Liste. »Stopp, der Vierte kam nicht aus dem Amt.« Ich flitzte ins Arbeitszimmer und holte den Ordner, in den ich die Logdateien geheftet hatte. Ich fand die Liste sofort. »Der vierte saß in der Pressestelle.«

Biene schaute ratlos auf meine Aufzeichnungen. »Und ihr meint, da könnte man irgendwo ein Motiv für einen Mord finden?«

Robo schaute sie mitleidig an.

Jetzt kam mein Part. »Meinst du, 200 Millionen Euro reichen als Motiv?«

Ihr blieb der Mund offen stehen. »200 Millionen?«

»Das ist das Investitionsvolumen für die Hafensilos, grob geschätzt. Kann auch etwas mehr oder weniger sein.«

Ich warf einen Ausdruck auf den Tisch. »Jetzt kommt der nächste Hammer. Diese Bilder habe ich auf Brenningers Computer gefunden. Sie waren zwar versteckt, aber so dilettantisch, dass sogar die meisten Beamten aus der Abteilung sie gefunden hätten, wenn sie danach gesucht hätten.«

Robo und Biene starrten auf die streichholzschachtelgroßen Bilder von Lilly. Es waren alles Bilder, die auch auf ihren privaten PCs abgelegt waren. »Das ist sozusagen eine Best-Of-Sammlung, die unser Freund sich da angelegt hat. Sie hatte Tausende von Bildern von sich auf ihren PCs, aber das hier sind wohl die härtesten.«

Robo schob das Blatt in seine Aktenmappe. »Und was schließt du daraus?«

Ich überlegte. »Bisher noch gar nichts. Aber ich weiß, dass Brenninger und Fiebig in der ganzen Stadtverwaltung nur einen einzigen Freund haben, und das ist Hanni Lorenzen. Und jetzt ratet mal, wo der sitzt?«

Sie schauten mich unwissend an, nicht bereit zu raten.

»Okay, ich verrate es euch. Er sitzt in der Pressestelle. Schlüsse müsst ihr aber selbst ziehen, ich bin schließlich nur der Computerfuzzi.«

Die beiden verzogen sich mit ihren Kaffeetassen und Aufzeichnungen ins Wohnzimmer. Ich schenkte mir noch einen Kaffee ein und ging hinterher. Dann fiel mir Rosi ein. Ich griff zum Telefon, Robo und Biene beobachteten mich.

»Hallo Renate, ist Rosi da? Danke.« Ich wartete. »Rosi, du Socke, was ist mit Eurem Backupserver?«

Er lachte.

»Ich schalte mal den Lautsprecher ein, die Kripo hört mit, okay?«

»Okay«, krächzte es metallisch aus dem Lautsprecher. »Unser Backupserver ist defekt. Ich habe um 16.00 Uhr einen Auftrag für Peter Mohr von Sima-IT geschrieben, den einmal zu überprüfen. Aber vor übermorgen wird das nichts, wenn ich da nicht persönlich Druck mache.«

»Rosi, du musst jetzt ganz anders Druck machen, kannst du das?«

Seine Stimme krächzte, und ich überlegte, ob vor Angst oder wegen des Lautsprechers. »Lass hören!«

»Ich möchte, dass Sima-IT heute Nacht noch einen komplett neuen Backupserver aufsetzt, dem man aber nicht anmerkt, dass er neu ist, klar? Und den alten Rechner kriegt für ein paar Tage die Kripo. Das Ganze soll nur ein bisschen inoffiziell laufen, unterhalb der Abteilungsleiterebene, klar?«

Er war verdutzt. »Was soll denn der Scheiß? Ich kann dir doch von den Serverplatten ein Image auf Band ziehen, dann spielst du das bei dir wieder ein und hast alles, was du brauchst.«

Es tat mir weh, seinen Glauben an das Gute im Menschen zerstören zu müssen. »Rosi, irgendjemand versucht, auf euren Servern Daten zu löschen, die mit einer Riesensauerei zusammenhängen.«

Er unterbrach mich. »Stimmt es, dass Lilly tot ist?«

»Ja, das stimmt.«

»Und damit hängt das zusammen?«

»Du bist heute der absolute Schnellmerker.«

»Und was soll dann der neue Backupserver?«

»Der schneidet jeden Zugriff auf den Server und auf den Backupserver mit und protokolliert ihn. Wer, von wo, wann, wie und was.«

Er pustete in den Hörer. »Und was ist mit Datenschutz?«

Ich drückte alle Tasten an meinem Telefon gleichzeitig, ein fürchterliches Piepsen erklang im Raum. »Was hast du gesagt? Ich hab dich nicht verstanden.« Bevor er antworten konnte, hatte ich schon wieder alle Tasten zugleich gedrückt.

»Du bist mir ein Heini«, kam es schließlich aus dem Lautsprecher. »Weißt du überhaupt, was passiert, wenn mein Chef das mitkriegt?«

»Rosi, dein Chef weiß überhaupt nicht, wieso da so viele graue Kästen in seiner Abteilung herumstehen! Der kann doch einen Server nicht von einer elektrischen Schreibmaschine unterscheiden. Der kriegt nichts mit.«

»Kannst du denn nicht irgendwas vom Staatsanwalt kriegen, von wegen Amtshilfe oder so?«

»Natürlich, Weihnachten vielleicht, oder nächstes Jahr zu Ostern. Komm Rosi, du brauchst nur Peter Mohr anzurufen, der ruft dann mich an und wir regeln das. Nächste Woche kriegst du deinen Server wieder und alles ist in Butter, okay?«

Er musste sich noch selbst überzeugen. »Na ja, schließlich muss ja morgen Früh eine Datensicherung gefahren werden, und wenn Sima heute Nacht noch kommen würde, das wäre schon in Ordnung. Ich rufe da gleich mal an, okay?«

»Okay, Rosi, ich danke dir. Und Peter soll mich sofort anrufen, ja?«

»Alles klar.« Er wirkte nicht gerade glücklich mit seiner Entscheidung.

»Und Rosi?«

»Was denn jetzt noch?«

Ich lachte. »Sag deiner Frau, sie soll mich anrufen, wenn sie sich jemals scheiden lassen will.«

»Wozu das denn?« Er war hörbar verblüfft.

»Damit ich dich dann heiraten kann.« Ich legte auf.

Robo war nicht sonderlich begeistert von meinem Erfolg. »Ich hoffe nur, du weißt, was du da tust«, meinte er besorgt. »Gerichtsverwertbar ist nichts von dem was wir da erfahren.«

»Das ist mir durchaus klar«, entgegnete ich, »aber wenn alles so klappt, wie ich mir das denke, wissen wir morgen um diese Zeit schon eine ganze Masse mehr über die Zusammenhänge.«

In diesem Moment klingelte das Telefon, Peter Mohr von Sima-IT, der beste Mann der einzigen Firma in Flensburg, die vernünftige Dienstleistungen im Computerbereich erbringt. Rosi hatte ihn schon grob eingewiesen, ich erledigte jetzt die Feinarbeit.

»Pass auf, Pedi, du kommst jetzt zu mir und holst den Rechner ab. Ein Teil ist bereits fertig eingerichtet, der macht Real-Time-Logging. Der andere Teil soll, wenn du ihn eingerichtet hast, genau so aussehen wie der originale Backupserver, den du mir anschließend vorbei bringen wirst. Außer dass du das Administratorpasswort ändern sollst, so dass niemand mehr den Rechner administrieren kann, außer dir und mir.«

Begeistert war er nicht gerade. »Sei nur froh, dass du noch einen oder zwei gut hast bei mir. So ein Schiet, mitten in der Nacht. Dankeschön.«

Ich lachte. »Pedi, es ist für einen guten Zweck, okay?«

»Ja, ja, Rosi hat schon so was angedeutet, ich bin in zwanzig Minuten bei dir.« Er legte auf.

Ich ging ins Arbeitszimmer und machte einen Zettel mit den wichtigsten Angaben über den Rechner fertig, den er einbauen sollte. Kennwörter, IP-Adressen, alles was er brauchen würde. Als unterstes schreib ich meine Handynummer auf und die Bitte, den Zettel anschließend sauber zu entsorgen. Eine halbe Stunde später war Pedi mit dem Server unter dem Arm auf dem Weg ins Rathaus und ich hatte unglaublichen Durst auf ein Bier.

Ich wollte gerne noch los, aber Robo wollte lieber nach Hause und ich hatte wenig Lust, seiner Rambo die Chance zur Beichte zu nehmen. Biene druckste zuerst herum, dann gab sie zu, dass auch sie nach Hause wollte. Ich spürte, wie etwas in meinem Bauch dagegen protestierte. Ich wollte sie jetzt gerne in den Arm nehmen, mit ihr reden, sie überzeugen. Aber ich gab, völlig cool, noch einen dämlichen Kommentar ab und verzog mich in Richtung Innenstadt. Sollte sie doch mit ihrem Bernd treiben, was immer sie wollte.

Ich beschloss, dass mich das nicht interessieren würde und fühlte mich dabei so beschissen wie lange nicht.

Ich beschloss, ins Kaffeehaus zu gehen, das war die einzige Kneipe, in der ich an einem Montagabend vernünftige Musik erwarten durfte. Ich stiefelte also die Friesische hinunter, am Rathaus vorbei, in dem Pedi jetzt wohl gerade zu schuften anfing, ließ mich auch von den Schickimickis in den Kneipen in der Roten Straße nicht von meinem Weg abbringen und stapfte wütend auf mich selbst durch den unteren Teil der Angelburger Straße.

Die Läden auf der rechten Seite standen zu einem großen Teil leer, seit hier die neue Passage gebaut worden war. Links hielten sich die Läden noch, obwohl auch hier die Innenstadt abseits der Fußgängerzone immer mehr verslumte.

Ich ging durch eine Toreinfahrt, in der es fürchterlich nach Urin und Erbrochenem stank, über den trostlosen Parkplatz des größten Bekleidungsgeschäftes der Stadt und landete im gemütlich mit Windlichtern beleuchteten Biergarten der Szenekneipe, die gar keine sein wollte.

Ich hatte gar nicht ernsthaft damit gerechnet, hier draußen einen Tisch für mich alleine zu bekommen, also hielt ich nach angenehmer Gesellschaft Ausschau.

Am Tisch direkt am Eingang saßen, ihre Hunde unter dem Tisch abgelegt, ein paar Punker und besäuselten sich langsam. Ich fragte, ob ich mich setzen dürfte. Natürlich. Sie rückten zusammen. Ich bestellte eine Runde Bier für die ganze Bande, der Kollege hinter dem Tresen legte mir zuliebe ‚Live at the Greek Theater‘ von Flogging Molly in den CD-Player und nach fünf Minuten waren wir in tiefsinnige Gespräche über Sid Vicious vertieft. Nach einer Viertelstunde zeigte mir eines der Mädels ihr selbstgefertigtes Brustwarzenpiercing und bot, als ‚The Son never shines‘ anlief, auch noch an, mir ihren Schamlippenstecker zu zeigen. Ich lehnte dankend ab und zog stattdessen lieber ausgiebig an der herumgereichten Tüte.

Ich besoff mich nicht, ich steuerte langsam aber sicher auf einen Pegel zu, der mich die Situation wesentlich gelassener sehen ließ. Dann legten sich zwei angenehm kühle Hände über meine Augen.

Ich hatte keine Lust zu raten, aber die Unterarme über den Händen hielten meinen Kopf geradeaus, und ich brachte nicht mehr die Energie auf, sie wegzuschieben. »Okay, ich rate ja«, gab ich meinen Widerstand auf. »Also los. Inge Meisel? Madonna? Mutti? Komm, hör schon auf und zeig mir dein elfengleiches Antlitz und deinen Alabasterkörper.«

Die Hände lösten sich von meinen Augen, die Arme vom Kopf, ich drehte mich um und schluckte. Im ersten Moment dachte ich, Lilly stünde hinter mir, dann fiel mir gerade noch ihr Name ein.

»Jenni, was machst du denn hier, mitten in der Nacht?«

Sie lachte fröhlich und setzte sich auf meinen Schoß. »Ich will feiern. Ich hab mir nämlich zu Herzen genommen, was deine

Kollegin mir gesagt hat. Heute Morgen war ich beim Arbeitsamt, heute Mittag habe ich mich vorgestellt und heute Nachmittag einen Vertrag unterschrieben.«

»Geil«, freute ich mich für sie. »Wo und was?«

Telefonistin im Call-Center in der Gartenstadt draußen. Ab nächsten Montag werde ich angelernt, bei 70 Prozent Gehalt, und am nächsten Ersten fange ich richtig an.« Sie küsste mich feucht auf den Mund. »Das heißt, eigentlich will ja noch was anderes, da rede ich aber nicht drüber. Also nehme ich erst mal das und versuche weiter, meinen Traum wahr zu machen.«

»Das ist echt ein Grund zum Feiern. Du darfst mir das nächste Bier ausgeben.«

Sie stand auf und suchte nach dem Kellner. »Ich dachte schon, ich finde gar niemanden mehr. Heute wollen alle früh ins Bett, sind wohl noch geschafft vom Wochenende.« Sie ging in den Laden hinein und kam mit einem Bier und einem Longdrink für sich zurück. Die Punker machten sich einer nach dem anderen auf den Weg.

Wir unterhielten uns, tranken noch einen und irgendwann, wir waren mittlerweile die Letzten in dem Laden, fingen wir an zu knutschen. Richtig zu knutschen.

Der Kellner unterbrach uns. »Tut mir ja echt leid, ihr Turteltäubchen, aber jetzt ist hier langsam Schluss. Ich muss morgen Früh um neun in der Uni auf der Matte stehen.«

Wir unterbrachen das Gefummel und machten uns auf den Weg. Ich wollte nach Hause, wollte es wirklich. Allein, der Geist war willig, aber mein Fleisch war so schwach.

Jenni wohnte unglücklicherweise auch noch auf dem Weg, in einem der Mietshäuser an der Friesentreppe.

Als sie die Tür aufschloss, wusste ich schon, dass es nicht beim Kaffee bleiben würde.

Ich wehrte mich mit den albernen Argumenten, dass sie verheiratet sei, dass sie viel zu jung für mich sei und dass ich außerdem noch etwas mit Biene hätte. Sie wischte alle Argumente beiseite, indem sie einfach ihre Klamotten auf den Boden und sich auf mich warf.

Sie hatte einen drahtigen und muskulösen Körper mit hübschen kleinen Brüsten, einer schlanken Taille und erstaunlich langen Beinen. Zudem zierte kein einziges Haar ihre Scham.

Wir gaben uns reichlich Mühe und es war auch nicht wirklich unangenehm. Trotzdem hatte ich danach einen schalen Geschmack im Mund. Vor allem, weil ich dabei die ganze Zeit an Biene denken musste. Als ich aus ihrer Dusche kam und mich jetzt doch noch zum Kaffee an den Küchentisch setzte fühlte ich mich rundum beschissen.

Doch dann unterhielten wir uns noch eine ganze Weile, sie war wirklich nicht ohne und ich spürte, dass es mir leid tat, dass wir miteinander geschlafen hatten. Nicht wegen Biene. Auch nicht weil Jenni verheiratet war, sondern weil ich meinte, wir könnten unbefangener miteinander umgehen, ohne diese Vorgeschichte. Aber auch darüber konnte ich mit ihr reden, und als ich mich endlich auf den Weg machte, fühlte ich mich eigentlich schon wieder rundum wohl.

Wie es einem nach durchzechten Nächten so ergeht, stand mir die nächste Überraschung schon bevor. Im Hausflur standen hellbraune Lederschuhe, Damenschuhe. Ich schloss sehr leise die Wohnungstür auf und schlich mich ins Schlafzimmer. Im Bett lag Biene.

Ich überlegte einen Moment, dann zog ich mich zurück ins Wohnzimmer und wollte es mir auf der Couch bequem machen, aber Fehlanzeige. Robo hatte sich in meine Decke gewickelt und schnarchte mit dem Hund um die Wette, der es sich auf seinen Füßen bequem gemacht hatte.

Ich verfluchte die ganze Welt, bemitleidete mich bei einer Zigarette in der Küche und schlich mich wieder ins Schlafzimmer. Natürlich wurde Biene wach, als ich versuchte mich möglichst vorsichtig neben sie zu legen. Von einer Sekunde auf die andere war sie hellwach. Ich hatte momentan absolut keine Lust mit ihr zu reden, von anderen Dingen ganz zu schweigen, aber sie ließ mir einfach keine Ruhe.

»Weißt du, was die zweitschlimmste Sache auf der ganzen Welt ist?«, fragte ich.

»Keine Ahnung, sag's mir.«

»Eine Frau im Bett, die einen angetrunkenen und übermüdeten Mann nicht schlafen lassen will.« Ich rollte mich zusammen und versuchte meinen angeschlagenen Kopf unter die Bettdecke zu ziehen.

»Und was ist das Schlimmste?«

Ich gähnte herzhaft. »Kekskrümel auf dem Laken.« Sie lachte, nahm mich von hinten in den Arm, ich spürte ihre Wärme an meinem Rücken und schlief im selben Moment ein.

Das Erwachen war hart und grausam. Meine Augenlider schienen mit Kontaktkleber aneinander festgemacht zu sein.

Die Beule an meiner Stirn fühlte sich an, als hätte sie die Ausmaße eines Medizinballes, meine Kehle war ausgedörrt und vertrocknet und mein Schädel brummte, als hätte sich ein

Schwarm Hornissen in ihm festgesetzt. Ich stöhnte, reckte mich, versuchte wieder unter die Decke zu krabbeln und weiterzuschlafen, aber es hatte alles keinen Sinn. Bin ich erst mal wach, muss ich mich auch den Härten des Lebens stellen.

Zum Glück hatte Biene gerochen, dass ich wach war und brachte mir Kaffee ans Bett. Ich nahm einen Schluck, merkte, dass meine Blase kurz vorm Platzen war und rannte aufs Klo. Dabei verschüttete ich den Kaffee über den ganzen Flur und trat auch noch den Hund an eine empfindliche Stelle.

Er jaulte herzzerreißend. Ich ging in die Küche und machte mir eine Zigarette an. Biene hatte mir einen neuen Kaffee eingeschenkt, sie sah mich schweigend an, wartete wohl, dass ich das Gespräch beginnen würde. Sollte sie warten. Ich habe schließlich nicht umsonst jahrzehntelange Erfahrung als Morgenmuffel.

Schließlich gab sie auf und fing selbst an. »Wundert es dich nicht, dass ich hier bin?«

Ich gähnte und kratzte mir den Bart. »Wieso sollte mich das wundern? Ich hab dir schließlich den Schlüssel gegeben. Solltest du jemals nicht mehr willkommen sein, werde ich dich bitten, ihn mir zurückzugeben.«

Sie strahlte mich an. »Ich war gestern Abend zu Hause.«

»Das hast du mir gestern schon erzählt.« Ich ahnte schon, was kommen würde und ich wollte es nicht hören.

»Ich habe mit Bernd geschlafen.«

Ich wurde langsam wütend. »Sind wir hier bei der Beichte, oder was? Was soll denn der Scheiß, warum erzählst du mir das?«

Sie fing schon wieder an zu heulen. Ich hasse es, wenn Frauen weinen, vor allem weil ich meistens sofort mitmachen muss. So auch jetzt. Ich spürte, wie mir die Tränen in die Augen schossen.

»Ich erzähl dir das, weil es Mist war. Ich hab mich beschissen gefühlt, ich hab die ganze Zeit an dich gedacht, ich hab dich vermisst, und ich hab wirklich gehofft, dich hier zu finden.«

»Was soll's, Robo war doch da, oder?« Ich wollte nicht gemein sein, aber ich konnte nicht anders. Es tat einfach zu weh.

Sie starrte mich entgeistert an. »Ich dachte eigentlich, du magst mich. Entschuldige, dass ich mich geirrt habe. Ich geb' dir nachher den Schlüssel zurück. Das war's dann wohl, oder?«

Ich hätte kotzen können. »Entschuldige, ich hab's nicht so gemeint.« Ich zog sie um den Tisch herum auf meinen Schoß. »Ich weiß nicht, was mit mir los ist. Ich glaube, ich bin eifersüchtig, kann das sein?«

Sie wischte ihr verrotztes Gesicht an meinem T-Shirt ab und gab mir einen tränenfeuchten Kuss auf den Mund. »Du armer Irrer.«

»Danke.« Ich küsste sie auch. »Ich kann doch nichts dafür. Ich will keine Probleme. Ich will einfach nur, dass du hier bleibst.« Wir nahmen uns in die Arme und drückten uns, bis unsere Knochen anfingen zu knacken.

Dann platzte Robo aus dem Wohnzimmer herein. Er sah so aus, wie ich mich fühlte. Er setzte sich auf den freien Stuhl und zündete sich eine Filterlose an. Ich war alarmiert. Wenn Robo ohne Filter rauchte, fühlte er sich entweder unendlich wohl, was offensichtlich nicht der Fall war, oder er war völlig am Ende.

Er nahm einen tiefen Zug und hustete sich beinahe die Lunge aus dem Leib. »Ich werde wahrscheinlich die Ermittlungen im Lachsbachfall abgeben.«

Ich schaute ihn ungläubig an. »Du wirst was?«

Er langte nach der Kaffeekanne. »Ich bin absolut urlaubsreif, außerdem habe ich noch zwei Wochen Resturlaub vom letzten Jahr. Ich weiß gar nicht, wann ich den sonst nehmen soll. Also werde ich nachher zum Chef gehen und ihm vorschlagen, jemand anderen mit der Leitung der Ermittlungen zu betrauen.«

Ich brauchte ein paar Sekunden bis mir klar wurde, was los war. »Robo, was ist los?«, fragte ich. Ich wusste, er suchte die Gelegenheit, sich auszuheulen.

»Was soll los sein, ich bin urlaubsreif. Das ist alles.«

»Das kannst du einem erzählen, der sich die Hose mit der Kneifzange zumacht, verarsch mich doch nicht. Ich will wissen, was mit dir los ist.«

Er blickte mich mit traurigen Dackelaugen an.

»Stress mit Ramona?«, half ich ihm auf die Sprünge.

Er nickte matt und stützte den Kopf in die Hände. »Richtig Stress, wirklich richtig Stress«, flüsterte er leise.

Ich nahm ihn in den Arm. Froh, meinen eigenen Scheiß zur Seite schieben zu können. »Erzähl mal.«

Er zitterte und schluchzte, dann berichtete er von Ramonas Beichte. Sie hatte sich an unsere Abmachung gehalten. Er wusste nichts von den Bildern, und ich hoffte, diese Drecksdinger würden nicht zufällig noch mal irgendwo anders auftauchen.

Robo schwankte zwischen Wut, Selbstmitleid und heftigen Vorwürfen, Gegen sich selbst, gegen Ramona, gegen die ganze Welt und vor allem gegen diesen Scheißjob, der die beiden in eine derartige Situation gebracht hatte.

Am Ende hatte er den Kopf auf die Unterarme auf den Tisch gelegt und heulte wie an dem Tag, als ihm Petra Müller, die Tochter des Milchmanns aus Marxloh und unser beider Kindergartenliebe, meinetwegen den Laufpass gegeben hatte.

Ich gab ihm ein Küchentuch und ließ ihn heulen. Ich spürte, es war genau das Richtige für ihn.

Eine Viertelstunde später war es vorbei, wir konnten den Dingen jetzt realistisch ins Gesicht sehen.

»Und was willst du jetzt wirklich machen?«, fing ich an.

Er zuckte mit den Schultern. »Zum Alten muss ich auf jeden Fall, ich kann die Sache nicht unter den Teppich kehren. Ich werde ihm anbieten, mich aus der Ermittlung zurückzuziehen. Ich sage ihm aber auch, dass ich gerne weiter dabei wäre. Vielleicht kann er ja auf dem Papier die Leitung übernehmen und wir machen weiter wie bisher.«

Ich sah Biene an. »Und was bedeutet das für unsere Arbeit?«, wollte ich wissen.

Biene seufzte. »Solche Touren wie gestern Abend sind dann nicht mehr drin. Wenn der Alte die Leitung hat und wir drehen solche Dinger ohne sein Wissen, können wir beide uns gleich freiwillig zur Verkehrspolizei melden.«

Robo nickte zustimmend.

»Also, worauf wartest du noch?«, fragte ich, »auf ins Präsidium und zu deinem Boss.«

Robos Lebensgeister schienen zu erwachen. »Ich warte auf Rührei mit Schinken. Einen Termin beim Chef habe ich ohnehin um zehn. Bis dahin sollten wir noch besprechen, was ihr heute machen werdet. Nicht dass ihr meint, ihr könntet den Tag im Bett verbringen. Vielleicht sogar noch gemeinsam.« Er grinste uns an.

Als er gegangen war, beschlossen wir den Tag zumindest im Bett zu beginnen, wenn wir ihn schon nicht dort verbringen durften. Wir schafften es allerdings nicht mehr bis dorthin. Nachdem wir Cremeschnitte ins Wohnzimmer verbannt und die Türe hinter ihm geschlossen hatten, fielen wir schon im Flur übereinander her. Danach machten wir einen Spaziergang mit ihm, bei dem wir gleich mein Auto suchten, weil ich mal wieder vergessen hatte, wo es stand.

Im Treppenhaus begegnete uns meine Nachbarin, die natürlich als erstes nach Elke fragen musste. Ich schenkte ihr mein charmantestes Lächeln. Cremeschnitte sprang an ihr hoch und leckte ihr die Hände ab. Sie kniete sich hin und streichelte ihn. Das sah aus wie Liebe auf den ersten Blick.

Ich wagte die Frage. »Frau Neumann, also, äh, ja wissen Sie, ich habe im Moment sehr viel zu tun, und da …«

Sie sah Biene an. »Das sehe ich ja, dass Sie sehr viel zu tun haben!«

Biene strahlte sie an. »Ich habe mich ja noch gar nicht vorgestellt.« Sie reichte ihr die Hand. »Sabine Wohlfahrt, Kripo Flensburg.« Mit der linken hatte sie ihren Dienstausweis aus der Hosentasche gezogen und hielt ihn der Neumann vor die Nase.

»Kripo?« Sie sah mich erschrocken an.

Biene lachte. »Wissen Sie, Herr Zcipiorski hilft uns derzeit bei einer Ermittlung. Wir haben bei der Polizei keine eigenen Computerspezialisten, da nehmen wir seine Dienste in Anspruch.«

Binnen Sekunden übersprang ich bei ihr im Status dutzende von Stufen.

»Na wissen Sie«, entgegnete sie, »da haben Sie ja genau den Richtigen. So ein fleißiger junger Mann, manchmal brennt ja in seinem Arbeitszimmer die ganze Nacht das Licht. Ja, ja, diese Computer. Ich kenn mich ja nicht aus damit, aber mein Sohn…«

Ich unterbrach sie, bevor sie wieder mit der Geschichte vom abgebrochenen Studium und der Banklehre ihres Nachwuchses anfangen konnte. »Frau Neumann, ich wollte Sie eigentlich fragen, na wissen Sie …«, ich kam ins Stottern. »Der Hund hier«, ich zeigte auf Cremeschnitte, der sich zwischen unseren Füßen hatte fallen lassen, »na ja, den habe ich mitgenommen, weil sein Frauchen ermordet wurde.«

Sie sah mich mit schreckensbleichem Gesicht an. Ich fuhr fort. »Und bevor er ins Tierheim muss, wissen Sie, da dachte ich, nehme ich ihn eben mit. Aber im Moment habe ich so viel Arbeit.«

Sie unterbrach mich resolut. »Das ist doch wohl kein Problem.« Sie nahm mir die Leine aus der Hand und beugte sich zu Cremeschnitte hinunter. »Wie heißt du denn?« Sie kraulte ihn zwischen den Ohren.

Er antwortete mit einem müden »Wuff.«

Sie sah auf, wartete auf eine Antwort von mir.

Ich war kurz davor, »Helmuth« zu sagen weil ihr Sohn auch so hieß, besann mich aber doch noch eines Besseren. »Ja, äh, also …« Es war mir wirklich ein bisschen peinlich. »Cremeschnitte heißt er.«

Biene grinste breit.

Die Neumann runzelte nur kurz die Stirn und zog Cremeschnitte dann in Richtung ihrer Wohnungstür. »Na ja, du siehst ja wirklich aus wie eine Cremeschnitte, nicht wahr?« Und, zu mir gewandt, »Machen Sie mal ihre Arbeit, den Kleinen werde ich schon versorgen. Was frisst er denn so?«

Ich fasste in die Tasche, zog einen Zwanziger heraus und drückte ihn ihr in die Hand. »Eigentlich alles, wäre echt nett, wenn Sie irgendwas vom Supermarkt mitnehmen würden.«

Sie sah mich entsetzt an. »Dosenfutter? Das kommt mir gar nicht in die Tüte.« Sie sah auf den Geldschein. »Ich werd dann nachher mal zum Schlachter und kaufen ihm ein ordentliches Stück Leber, das ich ihm dann kochen kann mit Reis.«

Vor lauter Begeisterung war sie ins Flensburger Platt gewechselt, das so genannte Petuh. Sie dackelte mit Cremeschnitte in ihre Wohnung.

Biene und ich schauten uns an. Sie lachte. »Nee, bist du süß, wenn du verlegen bist. Du hast dich angehört, wie ein Fünftklässler den man beim Rauchen erwischt.«

»Ich bin immer süß«, gab ich entrüstet zurück.

Sie lachte. »Auf geht's. Sachen packen und los.«

Wir nahmen mengenweise Kartons und Wäschekörbe mit zum Auto. Dann fuhren wir als erstes zu Biene und sie packte die wichtigsten Sachen hinein. Obwohl niemand zu Hause war, mochte ich nicht mit reingehen. Ich wartete an der Tür, schleppte die Sachen in den Wagen und rauchte, bis der nächste Karton kam.

Als wir die Sachen im Auto hatten, fuhren wir ins Rathaus. Rosi hatte den alten Backupserver in seinem Büro stehen. Ich schleppte auch den noch in mein Auto, dann holte ich mir bei ihm den Schlüssel für Brenningers Büro.

Rosi hielt mich auf. »Chip?«

»Na, ist noch was?«

Er grinste. »War das mit Brenninger wirklich ein Unfall?«

Ich grinste zurück. »Natürlich, er hatte wohl ein bisschen zu viel getrunken, nehme ich an. Warum?«

Er machte ein bemüht trauriges Gesicht und sah sich um, ob Asmussen irgendwo zu sehen war. »Na ja, sonst hätte ich mich im Namen aller Kollegen der Abteilung bei dir bedanken sollen.«

Biene lachte laut auf.

Peter Mohr hatte den neuen Server perfekt eingerichtet. Ich nahm meine To-Do-Liste und fing oben an. Als Erstes sah ich mir Lorenzens Ordner an und fand, was ich erwartet hatte, einen mehr schlecht als recht getarnten Ordner mit Nacktbildern.

Diese Idioten waren sogar zu dumm, brisante Daten lokal abzulegen, so dass man zumindest physikalischen Zugang zu dem Rechner haben musste, um sie zu finden.

Als Nächstes spielte ich Lillys Ordner wieder an ihren alten Platz zurück und schickte Biene los zum Amt für Stadtentwicklung in die Bahnhofstraße.

»Und was soll ich denen erzählen?«

Ich zog sie auf meinen Schoß. »Du bittest sie einfach, Lillys PC anzuschalten und dir die Daten zu zeigen, die sie abgespeichert hatte. Wenn Sie dir mit der Ausrede kommen, sie wüssten das Kennwort nicht, sag ihnen, sie sollen ‚Bremen' nehmen, das klappt. Und am besten wäre es, du lässt diesen Hallmann das machen. Wenn er nicht da ist, dann den Lausen oder die Petersen, okay?«

Sie nickte. »Und dann tue ich so, als ob ich mir was anschauen würde, mache die Kiste aus und komme zurück, oder?«

Ich schob sie hoch und umfasste mit beiden Händen ihren Hintern. »Nein, du druckst was aus, irgendein Schriftstück, dessen Titel dir interessant erscheint. Am besten irgendetwas, das mit den Silos am Hafen zu tun haben könnte. Wenn du das Schreiben in der Hand hältst, tust du, als ob du es durchlesen würdest und wirst dann völlig hektisch. So, als ob du etwas Wichtiges gefunden hättest. Dann verschwindest du und wir treffen uns hier wieder.«

»Und was machst du inzwischen?«

»Ich gehe in die Telefonzentrale und versuche herauszukriegen, mit wem die Leute telefonieren, wenn sie merken, dass Lillys Ordner doch nicht verschwunden sind.«

Ich hatte gehofft, Rita in der Zentrale anzutreffen und ich hatte Glück. Vor Jahren einmal hatte ich in einem Preisausschreiben eine Woche Kanarische Inseln für zwei Personen gewonnen und sie war die erste gewesen, die ich nach der Benachrichtigung gesehen hatte. Kurz entschlossen hatte ich sie gefragt, genauso kurz entschlossen hatte sie zugesagt und wir hatten eine tolle Woche miteinander verbracht. Seitdem waren wir richtig gut befreundet.

»Na Chip, biste jetzt Privatdetektiv geworden?«

Natürlich wissen die Mitarbeiterinnen der Telefonzentrale als erste, was der Flurfunk im Rathaus zu vermelden hat.

»Hat sich das schon herumgesprochen?« Ich gab Rita ein Küsschen auf die Wange.

»Soll einigen Herren im Haus ganz schön die Muffe gehen, hab ich gehört«, gab sie zurück, »da gab es wohl ein paar außerdienstliche Kontakte zu Lilly. Sagt man auf jeden Fall.«

Ich nickte. »Kann ich mir gut vorstellen. Tust du mir einen Gefallen?« Ich zeigte auf ihren Bildschirm.

Sie blickte mich entsetzt an. »Du willst doch nicht etwa Gespräche mithören, oder?«

Ich lachte. »Nee, ich weiß doch, das dürft nur Ihr.«

Sie lachte auch. »Was soll ich denn machen?«

Ich drückte ihr eine handgeschriebene Liste in die Hand. »Von ein paar dieser Nummern wird gleich hektisch telefoniert werden, ich möchte gerne wissen, wann und mit wem die Herrschaften telefonieren.«

Sie griff sich Tastatur und Maus. »Wie lange?«

Ich sah auf die Uhr. »Wenn du in fünf Minuten anfängst und dann eine Stunde ein Auge drauf hast, reicht mir das.«

»Okay, kann losgehen. Willst du warten?«

Ich drückte ihr einen Kuss auf die Stirn. »Du machst das schon, ich geh lieber Kaffee trinken.«

Ich ging bei Rosi vorbei, rauchte eine Zigarette mit ihm und schnorrte mir einen Kaffee. Dann klingelte mein Telefon, ich sah Robos Nummer, hatte aber inmitten der Tonnen von Stahlbeton des Rathauses keinen ordentlichen Empfang, also ging ich durch den Nebenausgang hinaus und rief ihn zurück.

Er hatte das Gespräch mit seinem Chef so überstanden, wie er es sich vorgestellt hatte. Wir konnten nur hoffen, dass seine Frau in der ganzen Sache keine Rolle mehr spielen würde, denn sein Chef hatte sich vorbehalten, alles was mit ihr zusammenhing persönlich zu bearbeiten und auch Robo hielt das so für richtig.

Dann kamen die interessanten Informationen. »Ich habe einen Mann aus dem Kommissariat für Wirtschaftsdelikte bekommen, der uns ein paar Tage lange helfen kann, bei den Sachen, die mit den Hafensilos zusammenhängen. Ich möchte gern wissen, wie solche Dinge eigentlich laufen, wer da an den Entscheidungen beteiligt ist und so weiter. Habt ihr was zu tun für ihn?«

Und ob ich hatte. Ich erklärte es ihm und er versprach, mir einen Kurier ins Rathaus zu schicken.

Die Tür war zugefallen und ließ sich von außen nicht mehr öffnen, so dass ich um das ganze Gebäude herum musste. Ich ging wieder in Rosis Büro, bat ihn, mir kurz einen PC zu geben und kopierte die Ordner, die ich am Tag vorher sichergestellt hatte, auf eine neue CD, wobei ich diejenigen mit den Bildern außen vor ließ. Ich war kaum fertig, als auch schon der Pförtner anrief, es wolle jemand etwas abholen.

Am Haupteingang erwarteten mich zwei Streifenpolizisten, die die CD in Empfang nahmen. Kaum waren sie mit ihrem Wagen vom Parkplatz verschwunden, kam auch schon Biene durch die Drehtür. »Und, wie war's?«

»Keine Ahnung, für so was habe ich doch meine Leute«, grinste ich.

Wir machten uns auf den Weg in die Telefonzentrale.

Rita sah aus, als hätte sie einen Marathonlauf hinter sich. »Du machst mir vielleicht Sachen, Kleiner. So schnell konnte ich ja fast gar nicht gucken, wie da gewählt wurde.«

Sie grinste und drückte mir eine handgeschriebene Liste mit Telefonnummern in die Hand. »Da, es sind allerdings nur die Durchwahlnummern, die Namen kriegst du ja wohl selbst raus. Auf der Vorderseite findest du die Gespräche, die zu Stande gekommen sind, auf der Rückseite Versuche, bei denen besetzt war oder nicht abgenommen wurde, jeweils mit der Uhrzeit, zu der gewählt wurde. Wenn telefoniert wurde, habe ich auch die Gesprächsdauer mit aufgeschrieben. Reicht dir das oder brauchst du es noch ausführlicher?«

Nur meine mir angeborenes Feingefühl und Bienes Anwesenheit hinderten mich daran, sie zu knutschen. »Das reicht nicht nur, das ist absolute Spitzenklasse. Wenn das Ganze vorbei ist, bist du zum Essen eingeladen, okay?«

»Schon in Ordnung, melde dich ruhig, wenn du mal wieder Hilfe brauchst.«

Ich gab ihr nun doch einen Kuss, wenn auch nur auf die Wange. »Und du rufst mich an, wenn die Gerüchteküche etwas Neues vermeldet?«

Sie strahlte. »Ehrensache. Mach ich.«

Wir verließen die Telefonzentrale, gingen in die Kantine und nahmen uns Kaffee und vegetarische Menüs. Bei krossen Karottenbrätlingen sah ich Ritas Liste durch. »Wie ich es mir gedacht habe.«

Biene kaute ungerührt weiter.

»Hallmann hat zuerst versucht, seinen Chef anzurufen, aber der war nicht da, zumindest nahm er nicht ab. Dann, als nächstes, rief er Lorenzen von der Pressestelle an, welcher dann interessanterweise bei Hallmanns Chef sofort durchkam. Währenddessen rief Hallmann wohl wen an?«

Ich blickte Biene in die Augen. Sie schluckte und sagte »Fiebig natürlich, der ist im Moment so verdächtig unauffällig, dass er jetzt mal auftauchen muss.«

»Bingo, die Kandidatin hat einhundert Punkte. Und ich bin mir ziemlich sicher, dass Fiebig exakt eine Sekunde nach dem Anruf Lillys Account geöffnet und die Daten erneut gelöscht hat. Wollen wir wetten?«

Biene schaute mir tief in die Augen. Höchstens darum, wer heute Nacht oben liegen darf. Du hast nämlich mit ziemlicher Sicherheit recht.«

Ich schaute auf die Uhr, es war exakt 13.30 Uhr, und im gleichen Moment kam auch schon die Kassiererin an unseren Tisch.

Sie setzte sich neben mich und schob mir einen Aschenbecher herüber. »Halb zwei, ab jetzt darfst du rauchen.« Sie beugte sich zu mir herüber und schaute fragend auf Biene.

Ich stellte sie vor. »Biene Wohlfahrt, Kripo Flensburg.«

»Stimmt also doch. Ist wegen Lilly, oder?«

Ich nickte. »Weißt du irgendwas?«

Sie steckte sich eine Zigarette an und lehnte sich zurück. »Wissen ist irgendwie zu viel gesagt, aber ich mochte Lilly ziemlich gern, und sie mich wohl auch.«

Ich schwieg, ich hasse es, den Leuten Dinge aus der Nase ziehen zu müssen, obwohl sie darauf brennen, diese zu erzählen.

»Na, und da ist mir eingefallen, dass Lilly mir letztes Jahr mal einen etwas merkwürdigen Vorschlag gemacht hat.«

Jetzt wurde es interessant. »Lass mich mal raten. Sie hat dir vorgeschlagen, dass du dir locker ein paar Euronen nebenbei verdienen könntest, mit ganz leichter Arbeit, oder?«

Sie schaffte es, rot anzulaufen. »Also war ich nicht die Einzige, oder?«

Ich ging nicht auf ihre Frage ein. »Wollte sie was ganz konkretes, oder war das nur so ein allgemeines Angebot?«

Die junge Frau zog ihren blaugestreiften Kittel zurecht und wischte sich die Haare aus der Stirn, das Ganze war ihr sichtlich peinlich. »Ich weiß gar nicht, wie ich das sagen soll, weißt du? Also das war schon ziemlich ungewöhnlich.«

Ihr Gesicht ähnelte sehr stark einer überreifen Tomate, ganz kurz vor dem Aufplatzen. Sie holte tief Luft und trank aus meinem Kaffeebecher. »Also ich hatte Lilly mal erzählt, dass ich mal was mit zwei Freunden gehabt hatte. Also mit zwei Männern, also, … weißt du, was ich meine?«

Ich konnte mir ein Grinsen nicht verkneifen. »Natürlich, ist doch nichts unnormales, viele haben was mit Zweien gleichzeitig.« Ich dachte mit schlechtem Gewissen an die letzte Nacht.

»Nee, du verstehst doch nicht. Also, die Beiden, die wussten…, also wir haben sozusagen zu dritt, verstehst du?«

Mir ging ein Licht auf, »Ach so, alles klar.«

Biene mischte sich ein. »Und was hat das jetzt mit Lillys Angebot zu tun?«

»Also ich hatte Lilly eben davon erzählt, und auch, dass mir das schon Spaß gemacht hatte und so. Nun meinte sie, sie würde da einen kennen, und den mochte sie wohl nicht so, aber sie müsste eben mit ihm, und ob ich nicht Lust hätte, weil er…«, sie unterbrach sich. »Mann ist das komisch, ich weiß gar nicht, wie ich das so erzählen soll.«

Ich stand auf und ging zum Kaffeeautomaten. »Sammel' dich erst mal, ich hol' noch mal Kaffee.«

Als ich wiederkam, hatte sie sich etwas beruhigt. »Also Lilly war wegen der Geschichte mit meinen beiden Männern auf mich gekommen und der, den sie meinte, der kam immer mit einem anderen zusammen. Lilly meinte, er konnte nur, wenn der Andere zuerst … Verstehst du?«

Ich verstand. »Und, was hast du ihr gesagt?«

Jetzt kamen wir auf sichereres Gebiet, sie wurde ruhiger. »Ich hab' abgelehnt, das war mir zu merkwürdig, weißt du? Also zwei Männer gleichzeitig, das ist eine Sache. Aber ich hab doch keine Lust, dass einer dasitzt und glotzt, und dann nachher … Also nee, das ist nicht mein Ding.«

»Und wie hat Lilly reagiert?«, wollte Biene wissen.

»Sie war total nett, sie hat das auch verstanden, vor allem weil, der eine, also der um den es ihr ging …, den kenne ich wohl.«

Biene schreckte auf. »Haben Sie sie denn nach seinem Namen gefragt?«

»Gefragt hab ich schon, aber keine Antwort gekriegt. Ich meine das hätte mich ja auch gewundert. Man kann über Lilly viel sagen, aber eine Tratschtante war sie nicht. Ich habe keine Ahnung, wer das gewesen sein könnte.«

»Und damit hatte es sich dann?« Ich musste die ganzen Informationen erst mal richtig einsortieren.

»Nicht ganz.« Sie schaute zwischen Biene und mir hin und her. »Ein paar Monate später saßen wir hier mal nachmittags zusammen, als nichts mehr los war. Da habe ich sie gefragt, wie das denn ausgegangen sei. Sie sagte, ich solle nur froh sein, dass ich abgelehnt hätte. Sie meinte, sie würde den Typen am liebsten umbringen, so eine Drecksau sei der, aber er wäre so wichtig für sie, dass sie gute Miene zum bösen Spiel machen müsste. Ich wollte wissen, was denn los war, aber sie sagte überhaupt nichts mehr dazu. Und geheult hat sie, wie ein Schlosshund. Sie tat mir so leid an dem Tag. Wenn ich doch nur gewusst hätte, was da los ist. Ich hätte sie doch noch mal ansprechen können. Das ist alles so beschissen.«

Biene nahm sie in den Arm. »Nun machen Sie sich bloß keine Vorwürfe. Es ist ja auch gar nicht gesagt, dass diese Sache überhaupt etwas mit Lillys Tod zu tun hatte.«

Ich reichte ihr ein Papiertaschentuch.

»Aber jetzt muss ich Sie noch mal bitten, nachzudenken und mir die Zeiten zu sagen, wann diese beiden Gespräche stattgefunden haben.«

Sie schniefte heftig in das Tuch. »Das erste Mal, als sie mich gefragt hat, das muss so im Spätsommer gewesen sein, kurz bevor ich mir die Haare abgeschnitten habe. Also September oder ganz früh im Oktober.«

Biene schrieb in ihr Notizbuch. »Und das zweite Mal?«

»Das war in der Woche, in der Personalratswahlen waren, also im Februar.«

Biene nahm noch ihre Personalien auf und sagte ihr, wie sehr sie ihr geholfen hatte. Mit schlechtem Gewissen ließen wir sie am Tisch sitzend zurück und gingen in Brenningers Büro.

Es war, wie ich es mir gedacht hatte. Fiebig hatte den Ordner, den ich zurückgespielt hatte, gelöscht. Und zwar sofort nachdem Biene sich ausgeloggt hatte. Anschließend hatte er den gesamten Account gelöscht und zwei Reorganisationsläufe gefahren, jeweils mit anschließender Datensicherung.

Ich kannte das System der umlaufenden Sicherungen im Haus nicht genau, vermutete aber, dass es unter normalen Umständen nun nicht mehr möglich sein würde festzustellen, warum die Daten weg waren und wer sie gelöscht hatte. Interessanterweise hatte Lorenzen eine Stunde später auch noch mal versucht, sich mit Lillys Daten einzuloggen, war aber abgewiesen worden.

Ich zeigte Biene die entsprechenden Logfiles, »Vertrauen ist gut, aber bei Fiebig fände ich mittlerweile auch Kontrolle angebrachter«, sagte sie trocken.

Wir schlossen das Büro ab, nachdem ich mir sicher war, dass niemand nachvollziehen konnte, was ich gemacht hatte. Dann brachten wir den Schlüssel zurück und verließen den Betonklotz in Richtung Parkplatz. Wir fuhren zu mir nach Hause und waren die nächsten zwei Stunden damit beschäftigt, Bienes Sachen hineinzutragen und unterzubringen.

Die Hitze und das Tragen setzten uns ordentlich zu, so dass wir anschließend unter die Dusche gingen, uns etwas zum Abendbrot auf dem Balkon zurecht machten und nur noch die Seele baumeln lassen wollten.

»Ich muss noch Robo anrufen«, meine Biene gähnend.

»Das kannst du dir sparen, der meldet sich schon noch.« Als hätte er es gehört, klingelte das Telefon.

Ich nahm ab, meldete mich und reichte den Hörer an Biene weiter.

Sie hörte konzentriert zu, ich sah die Adern an der mir zugewandten Seite ihres Halses anschwellen, dann explodierte sie. »Ich glaub ich steh im Wald! Denkst du eigentlich, wir liegen den ganzen Tag auf der Couch, oder was?«

Sie holte Luft. »Ja, ja, wir haben auch gearbeitet, und ich habe dir auch einiges mitzuteilen, aber diese Art ist so beschissen, so…«

Sie brach ab und hörte zu, entspannte dabei auch wieder. »Na gut, das klingt schon anders. Und warum kommt ihr nicht hierher?«

Sie lauschte und sah mich an. »Können wir die Besprechung mit dem Mann vom Wirtschaftsdezernat hier machen?«

Ich nickte.

»Ja, natürlich geht das. Bringt ihr was zu trinken mit?«

Sie hörte wieder zu. »Ach so, na gut. Dann bis gleich.«

Sie streckte sich in ihrem Gartensessel. »Robo ist gleich hier. Er ruft nur noch Michaelsen an, dass wir uns hier treffen. Der hat den ganzen Tag die Unterlagen durchgearbeitet, die er von dir gekriegt hat.«

Sie stand auf und ging ins Schlafzimmer. Als sie wieder herauskam, hatte sie zu meiner Enttäuschung das bauchfreie T-

Shirt und die knappen Hotpants gegen Jeans und Sweatshirt getauscht. Ich zog sie auf meinen Schoß und küsste sie.

»So züchtig?«

Sie grinste fies. »Ist nur wegen Michaelsen, ich möchte sein empfindliches Gemüt nicht verwirren.« Ich sah sie fragend an, sie lachte.

»Er ist halt ein Sensibelchen, wäre auch gern bei uns, aber immer wenn er eine Leiche sieht, muss er kotzen und wird anschließend krank. So was gibt's, er ist ein hervorragender Kriminalist, wirst du schon merken. Aber Leichen sind eben nichts für ihn, ebenso wenig wie leicht bekleidete junge Damen.«

»Leicht bekleidete hübsche junge Damen«, entgegnete ich und fasste unter ihr Sweatshirt. Sie legte den Kopf in den Nacken und genoss meine Hände an ihren Brüsten. Sie fing gerade an zu schnurren und mir kam der Gedanke, ins Schlafzimmer zu wechseln, als die Klingel schrillte.

»Interruptus!« lachte Biene und sprang auf.

Sekunden später stand Robo mit zwei Sixpacks Bier in der Hand im Flur. »Ich war extra noch an der Tanke, um Köpi zu besorgen«, grinste er, »ich werd' mich auch in den nächsten zwanzig Jahren nicht an die hiesige Plörre gewöhnen.«

Dankbar nahm ich ihm die Päckchen ab und stellte sie in den Kühlschrank. Mir ging es genauso wie ihm. »Braucht ihr mich im Moment, oder könnt ihr erst mal alleine anfangen?«, fragte ich. Ich wollte endlich mal den Kram erledigen, der seit drei Tagen bei mir liegen blieb.

Sie brauchten mich nicht, und so überließ ich ihnen die Küche und verzog mich mit einem Bier in mein Arbeitszimmer und erledigte meine Büroarbeit, bis Biene mich zu der Besprechung dazu holte.

Elf

Sörensen war, wie Biene ihn beschrieben hatte. Auf den ersten Blick ein etwas zu früh gealterter Primaner, ein wenig schüchtern, der es kaum schaffte, Biene in die Augen zu sehen. In Wirklichkeit aber ein eiskalt denkender und analytisch kombinierender Kripobeamter. Wir setzten uns alle in die Küche, Biene und Robo machten den Tisch frei, damit er seine Unterlagen auslegen konnte und wir fingen an.

Robo übernahm die Leitung. »Sören, als erstes möchte ich, dass du uns ein bisschen darüber erzählst, wie so ein Projekt wie das der Hafensilos eigentlich abläuft. Wer hat die Idee, wie kommt man an einen Investor, wie sind die Entscheidungswege, und so weiter und so fort. Wir haben da nämlich überhaupt keine Ahnung, okay?«

Michaelsen nickte und fing an. »Wir müssen hier natürlich zwischen Theorie und Praxis unterscheiden. In der Theorie sollte ein solches Projekt aus den Reihen der Ratsversammlung kommen, die anschließend den Oberbürgermeister beauftragt, die Machbarkeit zu prüfen. Theoretisch legt die Ratsversammlung die Ziele und Grundsätze fest, nach denen die Stadtverwaltung, deren Chef der OB ist, zu arbeiten hat.«

Robo machte sich Notizen. »Und in der Praxis?«

»In der Praxis«, fuhr der Fachmann fort, »ist der OB mit seiner Verwaltungsspitze der Herrscher aller Reußen in Flensburg. Er legt die Ziele und Grundsätze fest und die Ratsversammlung hat das Ganze abzunicken. Tut sie das nicht nutzt er die Kniffe, die ihm die Schleswig-Holsteinische Gemeindeordnung in die Hand gibt, und macht trotzdem, was er will. Das nennt sich in der Theorie wiederum, ‚er bereitet die Beschlüsse der Ratsversammlung vor und führt sie aus.' Alle Klarheiten beseitigt?«

Wir hörten interessiert zu. Biene wollte wissen »und was ist mit der Opposition in der Ratsversammlung?«

Michaelsen lachte. »Die gibt es nicht. Traditionell arbeiten die Parteien, die Mitglieder in der Versammlung haben, nach sachlichen Gesichtspunkten mit- oder gegeneinander. Einmal stimmen die Grünen mit dem SSW, der Partei der dänischen Minderheit, das nächste Mal mit der CDU oder den Linken und dann mit der SPD, je nach Thema. Und so machen das alle Parteien.« Er nahm Bienes Feuerzeug in die Hand, zog eine Flasche Bier aus dem Kasten unter dem Tisch und öffnete sie geschickt, bevor er fortfuhr.

»Den OB interessiert das alles aber gar nicht, denn er ist der gesetzliche Vertreter der Stadt Sein Wort ist entscheidend und verbindlich. Und da er von den Bürgern der Stadt direkt gewählt ist, wobei man eigentlich dazu sagen muss, dass er von knapp 10.000 Menschen gewählt wurde, während über 50.000 erst gar nicht zur Wahl gingen«, er schaute uns verwirrt an, »jetzt habe ich den Faden verloren, was wollte ich sagen?«

»Der OB ist direkt gewählt worden«, half ich ihm.

»Ach ja, weil er eben direkt gewählt wurde, kann die Ratsversammlung ihn auch nicht absetzen, oder anders loswerden, sondern muss sich zähneknirschend ansehen, was er macht.«

Robo langte nach seinen Zigaretten. »Da lebst du ein halbes Leben lang hier, aber von so was haste keine Ahnung. Oder wusstet ihr das?«, fragte er uns. Wir schüttelten den Kopf.

»Jetzt zum Konkreten«, fuhr Michaelsen fort. »Die Umgestaltung des Geländes mit den Silos ist eine Idee der Verwaltung, sagt sie selbst und auch der OB. Man munkelt zwar, dass die Idee vom OB kam und die Verwaltung sie nur argumentativ aufgearbeitet hat, aber das ist natürlich Spekulation, denn jeder weiß, dass der OB sich für solche Dinge gar nicht interessiert.

Ursprünglich war nur eine grundsätzliche Planung für das ganze Ostufer, auf dem die Silos stehen geplant. Das wiederum war eine Idee der Ratsversammlung. Und die kam zustande, weil das Projekt einer windigen Investorin am Harniskai ganz fürchterlich gegen die Wand gefahren war.«

Er trank aus der Flasche, bevor er weitersprach. »Während nun die Rahmenbedingungen für diese Umgestaltung geplant wurden, zum Teil mit erheblichem Personaleinsatz von Seiten der Verwaltung und interessierter Bürger, ließ die Verwaltung im Geheimen schon Pläne für die Umgestaltung des Silogeländes ausarbeiten. Es wurden verschiedene Investoren, die etwas Ähnliches schon einmal gemacht haben, angesprochen und um Konzepte gebeten, die nur eine Bedingung erfüllen mussten, nämlich keine erheblichen Kosten für die Stadt, das wäre nicht durchsetzbar gewesen.

Dann wurde innerhalb der Verwaltung, ohne Ausschreibung oder Begründung ein Anbieter ausgesucht, der OB stellte den wichtigen Leuten in der Ratsversammlung und den Parteien und Ausschüssen dessen Konzept vor und forderte sie auf, dieses Konzept im Rat zu beschließen.

Seltsam erschien schon, dass gerade ein Anbieter ausgewählt wurde, den man wohl als sogenannte Abschreibungsgesellschaft bezeichnen muss.«

Robo kratzte sich die Bartstoppeln. »Und was hat die Ratsversammlung gemacht?«

Michaelsen grinste. »Na, beschlossen natürlich, gegen heftigen Protest der Bürger. Es wurden gegen diesen Beschluss in einem Bürgerbegehren mehr Stimmen gesammelt, als der OB bei seiner Wahl auf sich vereinte. Aber es hat nichts genützt. Am Ende haben nur die Linken und die Wählergemeinschaft dagegen gestimmt und die Grünen haben sich enthalten, aber das hat eben nicht gereicht.

Es gab reichlich Protest, auch innerhalb des Rates, weil eine Flensburger Investorengruppe, die sich auch beworben hatte, nicht zum Zuge kam.

Glücklicherweise waren in dieser Gruppe aber hauptsächlich Bauunternehmen versammelt. Die hat man dann von Seiten der Strombol, der Gruppe, die den Zuschlag bekommen hat, wohl mit dem Versprechen auf lukrative Aufträge bei der Ausführung des Projektes ruhig gestellt. Jedenfalls ist von dieser Seite lange nichts mehr zu hören gewesen.«

Biene stellte frisches Bier auf den Tisch. »Einiges davon habe ich auch mitgekriegt, ich habe damals sogar beim Bürgerentscheid unterschrieben, aber warum hat das nichts genützt?«

»Das Bürgerbegehren muss gegen einen Verwaltungsakt gerichtet sein, der anfechtbar ist. Dazu haben sich die Gegner der Umgestaltung den Verkauf eines winzigen städtischen Grundstücks ausgesucht, das am Rand dieses Geländes liegt. Dann hat aber das Innenministerium entschieden, dass dieser Verkauf nicht anfechtbar ist, und die Gerichte haben das genau so gesehen.«

»Jetzt wird also umgebaut, oder?« wollte ich dieses Thema langsam beenden.

»So sieht es wohl aus«, antwortete Sörensen, »obwohl ich mich frage, wie sie das machen wollen, weil nach EU-Richtlinien Vorgänge in dieser Größenordnung ausschreibungspflichtig sind. Das steht allerdings auf einem anderen Blatt. Auf jeden Fall sieht es wirklich so aus, als ob jetzt Tatsachen geschaffen werden.«

»Und was hat unser Fall damit zu tun?« wollte Robo wissen.

Michaelsen nahm einen Zettel von seinem Stapel. »In den Unterlagen, die aus der Wohnung des Mordopfers und auf der CD von euch stammen, geht es zu einem großen Teil um dieses Projekt. Manchmal sogar sehr detailliert.«

»Also war Lilly damit beruflich befasst?« fragte Biene.

»Nein, eben nicht, obwohl das bei ihrer Stelle im Amt für Stadtentwicklung ja anzunehmen wäre«, machte er weiter. »Die Unterlagen sind in der Hauptsache nicht von der Toten, sondern von anderen Sachbearbeitern. Sie berichten über den Stand der Dinge, über die Taktik, die man gegen Widerstände einschlagen wollte oder will, über Maßnahmen, die man ergreifen wollte oder ergriffen hat.«

Ich resignierte. »Das begreife ich nicht, was soll das denn?«

Michaelsen griff zu seinem Bier. »So erging es mir zuerst auch, dann hatte ich eine Idee.« Er sah uns triumphierend an. »Es sieht alles danach aus, als ob diese ganzen Dokumente gesammelt worden wären, um sie irgendjemandem vorzulegen, der ein Interesse an dem Projekt, aber keinen Zugang zu diesen Unterlagen hat.«

»Und wer ist das?« Robo schaute auf seinen Block.

Sörensen wand sich nicht. »Nach meiner Einschätzung die Strombol Bauträger und Bauvertriebsgesellschaft. Also der Investor, der dieses Projekt durchziehen soll und wird. Die wenigen Dokumente, die von der Ermordeten stammen, waren zum großen Teil auch an Strombol adressiert, allerdings ohne dass ich da bis jetzt konkret irgendeinen Zusammenhang herstellen könnte.«

Robo richtete sich auf. »Sören, jetzt mal Butter bei die Fische. Für uns Laien, was ist da abgelaufen?«

Er holte tief Luft. »Okay, allerdings nicht zitierfähig, ist ja wohl klar. Die Tote hat für Strombol in Flensburg Informationen gesammelt, und zwar auf, na sagen wir mal, nicht ganz astreine aber nicht illegale Weise. Sie hatte wahrscheinlich so ziemlich alles an Schriftverkehr, was innerhalb der Stadtverwaltung frei umlief, in ihren Unterlagen.«

Er blätterte in seinen Ordnern. »Keine besonders geheimen Unterlagen, aber davon gibt es bei solchen Sachen auch nicht viele. Dinge die nicht bekannt werden sollen, werden in einer Verwaltung oder in großen Unternehmen immer nur mündlich abgehandelt.«

Er sah wieder in seine Unterlagen. »Außerdem sieht es so aus, als habe sie auch das betrieben, was man zu Kohls Zeiten ‚Landschaftspflege' nannte. Sie hat also für Strombol gut Wetter bei bestimmten Leuten gemacht, die am Rande oder mittendrin bei den Entscheidungen mitwirkten. Die Briefe an Strombol lesen sich wie Rechenschaftsberichte für geleistete Arbeit, wobei auf die Arbeit gar nicht Bezug genommen wird, sondern nur auf die Ergebnisse. Pressemitteilungen, Veröffentlichungen, Abstimmungsergebnisse und solche Dinge.«

Er klappte seinen Ordner zu. »Aber wie sie das gemacht hat, das dürft ihr mich nicht fragen.«

Robo sah ihn an. »Wie sie das gemacht haben könnte, ist uns ziemlich klar. Das Warum interessiert uns viel mehr.«

»Verdammt, das hätte ich jetzt fast vergessen. Sie hat ein paar Wochen, bevor sie den ersten dieser Berichte an Strombol geschickt hat, eine Genehmigung zur Nebentätigkeit beantragt und auch sofort bekommen. Bis zu 10 Stunden in der Woche, sofern ihre Arbeitsleistung dadurch nicht beeinträchtigt wird, jederzeit widerrufbar und bezogen auf ‚allgemeine Beratungsleistungen', was auch immer das sein soll. Das war in der Personalakte vermerkt.«

Er trank sein Bier aus. »So, das war's jetzt aber. Ich fürchte, mehr kann ich euch noch nicht helfen. Dazu braucht es noch ein paar Tage, wenn ihr meint, dass sei notwendig.«

Robo schien zufrieden. »Eins noch, Sören, stimmt das mit den zweihundert Millionen Euro?«

Michaelsen war schon aufgestanden, er kratzte sich am Kopf. »Ich vermute, das ist zu hoch gegriffen. Offiziell wird von etwa einem Drittel dieser Summe gesprochen, als reines Investitionsvolumen für die Bautätigkeit. Kann sein, dass es etwas mehr wird. Aber zweihundert Millionen ist definitiv zu viel.«

Robo bedankte sich und brachte ihn zur Tür. Anschließend setzten wir uns zu dritt auf den Balkon.

Wir streckten die Füße aus, ließen uns den jetzt nicht mehr ganz so warmen Wind um die Nase wehen und überlegten, was wir bislang wussten. Robo fasste Wissen und Vermutungen in eine Theorie zusammen.

»Lilly Lichter, eine junge Frau mit, sagen wir mal recht unkonventionellen Moralvorstellungen und einem Job im mittleren Dienst bei der Stadtverwaltung, lernt, wie auch immer, jemanden kennen, der ihr einen Nebenjob bei der Strombol anbietet, die gerne in Flensburg ein äußerst umstrittenes Projekt durchführen will. Sie soll ihren Auftraggeber über den stadtinternen Stand der Dinge informieren und ‚Landschaftspflege' betreiben.

Da sie kein Kind von Traurigkeit ist und zahlreiche sexuelle Bekanntschaften mit Männern hat, für die sie sich, zumindest gelegentlich, auch bezahlen lässt, beschließt sie, diese beiden Dinge miteinander zu verbinden.

Also geht sie mit Männern ins Bett oder besorgt Männern andere junge Frauen. Die Männer wiederum, ihre Kunden, beschaffen ihr entweder die entsprechenden Informationen oder sie richten ihre Entscheidungen an den Interessen von Lillys Auftraggebern aus.«

Biene unterbrach ihn. »Ersteres ist eher unwahrscheinlich. Beim dem Klüngel im Rathaus hat sie die Informationen auch ohne derartige Gegenleistungen beschaffen können, oder?« Sie sah uns fragend an.

»Gut, aber nebensächlich«, fuhr Robo fort. »Das Ganze läuft nämlich so ab, wie sie und ihr Auftraggeber sich das vorgestellt haben. Sie bekommt also eine äußerst großzügige Entlohnung für ihre Dienste, die ihr allerdings manchmal trotz des Geldes so unangenehm sind, dass sie jemanden sucht, der ihr diese Arbeit abnehmen könnte. Was allerdings offensichtlich nicht immer klappt. Und dann kommt jemand und erwürgt sie in der Nacht von Freitag auf Samstag. Einfach so.«

Ich ging in die Küche, um die letzten Flaschen ordentlichen Bieres zu holen. Als ich zurückkam, brüteten die beiden schweigend vor sich hin.

»Okay, nehmen wir an, so war es«, machte ich weiter, »was dann?«

»Dann kommt Kriminalistik, Ende erstes Semester«, entgegnete Biene, »nämlich ‚qui bono'. Wer hat etwas davon, dass Lilly tot ist?«

Robo beugte sich vor und zog die Schuhe aus. »Und spätestens da begeben wir uns komplett in den Bereich der Spekulation. Selbst wenn wir bisher noch auf dem Boden der Tatsachen stehen, was ja auch schon nur eine Annahme ist.«

»Lass uns doch mal alle Gedanken durchgehen und bewerten, okay?«, meinte Biene.

»Gut, die unwahrscheinlichsten zuerst«, fing Robo an. »Sie hatte einen Kunden, der mit der Sache überhaupt nichts zu tun hatte. Eine Zufallsbekanntschaft aus der Kneipe oder aus dem Internet. Der hat sie aus irgendeinem Grund erstickt.«

»Vergessen wir's. Ich hab was ähnlich Unwahrscheinliches. Ihr Noch-Ehemann kommt vorbei und merkt, was sie jetzt treibt. Da er das nicht erträgt, bringt er sie um.« Sie sah uns an. »Okay, jetzt du.« Sie zeigte auf mich.

»Ihr Auftraggeber meint, dass er sie nicht mehr braucht und beschließt, sie aus dem Weg zu räumen oder räumen zu lassen.«

Robo sah mich an. »Hältst du das für so unwahrscheinlich?«

Ich antwortete »Ja, das wäre doch absolut unprofessionell. Wer solche Aufträge vergibt, sichert sich doch vorher ab. Es gibt bestimmt irgendwo einen Vertrag, dass sie Repräsentationspflichten wahrzunehmen hat- Aber wenn herauskommt, dass sie stattdessen mit Beamten oder Politikern gebumst hat, ist der Auftraggeber natürlich völlig entsetzt und distanziert sich von so etwas. Mord passt da nicht rein.«

»Okay, jetzt ein bisschen näher an der Realität«, machte Robo weiter. »Sie hat versucht, noch mehr Knete dabei zu machen und einen oder mehrere ihrer Kunden erpresst, solange bis einer durchgedreht ist.«

»Das klingt besser«, meinte Biene, »ich hab auch noch einen ähnlichen. »Einer ihrer Kunden hat sich in sie verliebt, und als er mitbekam was sie machte, ist er durchgedreht.«

Wir schwiegen. »Was meinst du, Chip? War sie eine Frau, in die man sich verlieben konnte?«

»Nicht so, wie du das meinst. Sie war zum Verlieben, wie man das nennt, weil sie einfach so herzensgut war. Aber sie machte Männern sofort klar, dass man zwar ihren Körper und ihr Herz haben konnte, aber nicht ihre Seele. Aber ich denke, es gibt viele Männer, denen es trotzdem passieren könnte, sich in sie zu verlieben.« Ich legte meine Füße auf die Balkonbrüstung, es war mittlerweile endlich dunkel geworden, aber immer noch viel zu heiß. »Aber die wussten dann von Anfang an, was sie machte. Also taugt diese Vermutung auch nicht so viel.«

»Und deine nächste Theorie, Chip?«

Ich überlegte. »Jemand kam dahinter, was sie machte. Er erpresste sie, verlangte Geld, verlangte Sex und wollte, dass sie Dinge mit ihm macht, die sie nicht mochte. Sie spielte zuerst mit, weil sie nicht wusste, was sie hätte tun sollen. Dann drehte sie den Spieß um. Sie drohte ihm mit irgendetwas, vielleicht weil er verheiratet war oder so, und er drehte durch.«

»Das klingt so, wie das, was ich gesagt habe«, maulte Robo.

»Aber mit einer logischen Begründung«, warf Biene ein.

»Und durch zarte Hinweise untermauert«, entgegnete ich.

Robo richtete sich auf. »Was für Hinweise?«

Ich stützte den Kopf in die Hände. »In dem Gespräch mit der Bedienung haben wir gehört, dass Lilly Dinge tat, die sie gar nicht tun wollte. Ich glaube kaum, dass sie das im Rahmen ihrer normalen Nebenbeschäftigung tat. Dann hätte sie lieber einen Befürworter des Projektes abgeschrieben, da steckte mehr dahinter.«

»Weiter«, drängte Robo.

»Es waren Fotos von Lilly im Umlauf, die sie an ihrem Arbeitsplatz absolut kompromittiert hätten, die Bilder hätten locker für einen Rausschmiss gereicht.«

»Okay, und womit hat sie den Spieß umgedreht? Gibt's auch da Hinweise?«

»Der Typ ist schwul, aber verheiratet«, entgegnete ich.

Die beiden sahen mich an wie einen Exhibitionisten in der Fußgängerzone. »Wie kommst du denn da drauf?« Biene war von den Socken. »Ich meine, wo gibt's denn für so was einen Hinweis? Das ist nun wieder totale Spekulation.«

»Du hast doch gehört, was Lilly der Bedienung erzählt hat, was sie für ihn machen sollte, oder?«

»Ja, und? Was hat das damit zu tun?«

»Mädchen, hast du nicht Ken Follet gelesen? Die Pfeiler der Macht?«

Sie war verwirrt. »Klär mich bitte auf, großer Meister, okay? Ich kenne von Follet nur ‚Die Nadel', aber die fast auswendig.« Sie lächelte mich an.

»Da geht es genau um dieses Ding, eine der Hauptpersonen, ein Weichei vor dem Herrn, kann nur, wenn sein Freund die Frau vor ihm bestiegen hat, anders geht es nicht. Und das ganze natürlich nur, weil er in Wirklichkeit den Freund liebt. Hey, stellt euch nicht so verdammt dumm an, das muss einfach so sein, denn was anderes fällt mir nicht ein.« Ich grinste, weil sie den Witz offenbar nicht verstanden.

Robo schlug sich mit der Faust vor die Stirn. »Dass ich da nicht selber drauf gekommen bin. Klar, wir suchen einfach nach verheirateten Schwulen in Flensburg, befragen sie nach ihrem Alibi, und schwupp, haben wir den Täter.« Er trank sein Bier aus. »Du redest genau so einen Scheiß wie die Polizeipsychologen, woher hast du denn so was? So kenne ich dich gar nicht.«

Ich grinste. »Tiefenpsychologie für Dummies, 12 Euro im Ossietzky Buchladen, solltest du auch mal probieren.« Vermutlich war es einfach nur nicht die Zeit für dämliche Witze. »Okay, ihr habt gewonnen. Das war nur ein dummer Witz, der so schön zu den ebenso dummen Schwulenklischees passt, dachte ich. War nicht böse gemeint.«

Robo gähnte. »Was dagegen, wenn ich deine Couch benutze?«

Ich schüttelte den Kopf, »Wenn dich die Nahkampfgeräusche, die gleich aus dem Schlafzimmer erklingen werden, nicht stören, kein Problem.«

Er sah uns an. »Ist das was Ernstes mit euch?«

Wir nickten beide. »Ich bin bei Bernd ausgezogen«, fing Biene an, stand auf und ging ins Bad.

Er sah mich an. »Und Elke?«

»Ich hole sie Freitag vom Flieger ab und erzähle es ihr.« Ich steckte mir noch eine Gutenachtzigarette an. »Wir gehen sowieso schon seit Monaten jeder unsere eigenen Wege. Zum Schluss war das eher eine WG hier.«

Robo gähnte und machte sich auf den Weg ins Wohnzimmer. »Schön und Schade. Ich mag Elke und ich mag Bernd, aber euch beide mag ich lieber.« Er zog sein Hemd aus. »Ich will Trauzeuge werden, wenn das was wird.«

Ich lachte. »Und Rambo wird Taufpatin, okay.«

Robo schlüpfte aus der Hose, streckte sich auf der Couch aus und rollte sich in die Decke. »Ach, Rambo.«

»Was ist denn jetzt mit euch?«

Ihm stand das Wasser bis zum Anschlag in den Augen. »Ich hab sie zu ihrer Mutter geschickt, Urlaub hat sie noch genug. Ich muss jetzt erst mal sehen, ob ich damit klarkomme.«

Ich konnte mit ihm fühlen, setzte mich in den Sessel. »Und? Was meinst du?«

Er schniefte. »Keine Ahnung, immer wenn ich einen Mann sehe, stell ich mir vor, wie er sie vögelt. Ich würde mich am liebsten eingraben. Nachts sehe ich ganze Kompanien von Männern über sie her steigen, da kann ich doch nicht einfach zur Tagesordnung übergehen.«

»Scheiße so was. War es denn so schlimm?«

Er schüttelte den Kopf. »Ich will gar nicht wissen, wie schlimm es war. Ich weiß doch auch nicht, was sie alles gemacht hat, bevor ich sie kennen lernte. Außerdem war ich in unserer Ehe ja auch nicht immer ein Heiliger. Aber gegen die Filme in meinem Kopf kann ich einfach nichts machen.«

Ich legte meine Hand auf seinen Ellbogen. »Hast du mal daran gedacht, mit einem Profi darüber zu reden?«

Er grinste. »Eigentlich wollte ich morgen zum Ossietzky Buchladen, mir ‚Tiefenpsychologie für Dummies' holen.«

Ich platzte beinahe vor Lachen. »Weißt du, solange du deinen Humor noch nicht verloren hast, kann's nicht ganz so dramatisch sein.«

»Ich habe Freitag einen Termin beim Psychologen, und nächste Woche hole ich Ramona ab und wir fahren gemeinsam nach Kiel zum Eheberater. Wenn's nach mir geht, packen wir das schon. Irgendwie.«

»Ich drück euch so die Daumen, auch wenn das jetzt platt klingt. Aber ich mag euch auch beide sehr gerne. Ich würde euch so wünschen, dass ihr das auf die Reihe kriegt.«

Er drehte sich zur Seite. »Danke. Aber wenn ich jetzt nicht ein paar Stunden Schlaf bekomme, kriege ich überhaupt nie mehr irgendetwas auf die Reihe. Schlaf gut.«

Ich wünschte ihm gute Nacht, löschte das Licht und ging auch ins Bett. Die Kampfgeräusche in dieser Nacht hielten sich wohl in mehr als erträglichen Grenzen. Wir fielen nicht übereinander her. Wir suchten uns nur und umklammerten uns wie zwei Ertrinkende, die sich bewusst sind, das jeder Kuss der letzte sein kann.

In dieser Nacht träumte ich schlecht.

Robo saß an meinem Bett und zwang mich, seine Frau zu besteigen. Er stand mit seiner Polizeipistole hinter mir und trieb mich an, während Biene an der anderen Bettseite saß und mir klarmachte, es sei alles aus, wenn ich nicht sofort aufhören würde. Ich erwachte schweißgebadet.

Biene saß aufrecht im Bett und sah mich entsetzt an. »Ist dir nicht gut?«

»Geht schon. Ich hab was Dummes geträumt.«

Sie nahm mich in den Arm und sofort wurde ich ruhiger.

»Aber dafür ist mir was eingefallen. Wir müssen mit Rambo reden.«

Biene schüttelte den Kopf. »Vergiss es. Rambo ist Chefsache.«

Ich kuschelte mich in ihren Arm. »Ach was, ich will ja nur so als alter Freund mit ihr reden. Das hat mit deinen Ermittlungen doch nur am Rande zu tun.« Ich grinste schmierig.

»Und was willst du von ihr?«

Ich legte mich wieder hin und zog sie zu mir herunter. »Also. Lilly hat versucht, jemanden zu finden, der ihr diese Sache, die ihr so unangenehm war, abnimmt. Die Kleine aus der Kantine hat abgelehnt. Jenni wusste nichts von dem Hintergrund, aber so wie sie das Herz auf der Zunge trägt, hätte sie es erzählt, wenn Lilly ihr so ein Arschloch geschickt hätte. Jetzt bleibt also nur noch Ramona.«

»Aber Robo hat doch mit ihr darüber gesprochen.« Sie war wirklich naiv.

»Mädchen, du glaubst doch nicht, dass sie ihm gegenüber so was erwähnt hätte, oder? Sie hat ein bisschen was Allgemeines erzählt, er war froh, dass er nicht mehr hören musste, und sie, dass es so einfach ging. Ich bin mir da nicht sicher, aber ich denke, wir sollten auf jeden Fall mit ihr reden.«

»Wo steckt sie denn?«

Ich gähnte. »Bei ihren Eltern in Rendsburg. Ich muss doch am Freitag ohnehin nach Hamburg. Ich dachte, ich fahr mal vorbei, wenn ich sozusagen sowieso in der Nähe bin, oder?«

Sie kuschelte sich in meinen Arm. »Tu doch, was du nicht lassen kannst. Ist dir doch eh egal, was ich davon halte.«

Ich küsste sie. »So was darfst du nicht sagen. Und außerdem musst du mir noch ein paar Fotos besorgen, aus den Personalakten im Rathaus.«

Sie schoss hoch wie ein aufgescheuchtes Reh. »Bist du wahnsinnig? Was für Fotos?«

Ich zog sie wieder zu mir runter. »Ganz ruhig mein Schatz. Ich hab da so ein komisches Gefühl, das würde ich gerne ausräumen, okay?«

Trotz der Unterbrechung schliefen wir friedlich weiter, bis Robo um fünf Uhr in der Frühe wie ein Elefant ins Schlafzimmer polterte. »Wieso haben wir da eigentlich noch gar nicht dran gedacht?«

Ich blinzelte, Biene griff nach der Bettdecke, um sich wenigstens halbwegs zu bedecken. »Woran hätten wir denken sollen?« ihr Verstand begann eindeutig schneller mit der Arbeit als meiner.

»Lilly hatte eine Vereinbarung über ihre Tätigkeit. Vermutlich mit Strombol, oder mit jemandem, der von Strombol damit beauftragt wurde. Das heißt also, es muss irgendjemanden geben, der weiß, was sie machte, und der sie jetzt eigentlich vermissen müsste, oder?«

Biene überlegte kurz, »Wenn das so ist, streitet er alles ab. Das war doch unter der Hand aufgezogen, sonst hätten wir doch Zahlungsbelege gefunden. Rechnungen, Briefverkehr, irgendwas.«

Robo setzte sich auf den Bettrand. »Das Ganze nicht an die große Glocke zu hängen ist eine Sache, aber jetzt zu lügen, das wäre kriminell. Und ich denke nicht, dass die uns anlügen werden, es sei denn, sie sind selbst in die Sache verwickelt.« Er stand auf, »Ich ruf' da mal an.«

Ich biss ins Kissen. »Robo, es ist fünf Uhr morgens. Da arbeitet jetzt kein Mensch. Die werden schließlich nicht von irgendwelchen Irren um diese Zeit aus dem Bett geschmissen.«

Er sah auf seine Armbanduhr. »Verdammt, das tut mir leid. Die Sonne schien so hell, da dachte ich …« Er ging rückwärts in Richtung Tür. »Nichts für ungut, war echt keine Absicht.« Er zog die Tür hinter sich zu. »Dann schlaft mal schön.«

Biene schüttelte sich vor Lachen. Ich drehte mich entnervt auf die Seite. Aber wir waren einfach zu wach, um wieder einzuschlafen. »Wenn wir sowieso wach sind, könnten wir die Zeit doch eigentlich auch nutzen, oder?« schnurrte Biene.

Ich ließ mich gerne überzeugen und wehrte mich nicht, als sie sich unter meine Decke schlängelte.

Als ich unter die Dusche schlich, schlief Robo schon wieder wie ein Murmeltier. Ich knallte die Tür hinter mir zu und sang während des Duschens lauthals schmutzige Lieder, aber das ging an ihm vorbei. Ich musste ihn unter Einsatz von roher Gewalt wecken, während Biene in der Dusche war. Dann allerdings lief er zu Hochform auf.

Um Punkt acht telefonierte er zum ersten Mal mit Strombol. Um halb neun hatte er einen Termin mit dem zuständigen Projektleiter, der, welch merkwürdiger Zufall, seit einer Woche in Flensburg war. In seinen Augen glänzte es. »Um zehn zum Frühstück im Bellevue. Wenn ich mich mit dem Duschen beeile, schaffe ich es vorher noch ins Präsidium. Eigentlich sollte die Leiche jetzt freigegeben sein, ich muss mit dem Ehemann reden, damit sie beerdigt werden kann. Ich muss mir den endgültigen Obduktionsbericht ansehen und die Wohnung freigeben.«

Ich unterbrach ihn. »Willst du das wirklich alles jetzt machen, in einer Stunde? Und nebenbei auch noch Duschen?«

Er lachte. »Ach, Chip, wir haben ja schließlich auch noch ein paar Kollegen, die an diesem Fall mitarbeiten, oder? Meinst du etwa, Fischi sitzt seit drei Tagen zu Hause und langweilt sich? Aber entscheiden, wer was macht, das werde ich wohl müssen. Dafür reicht die Zeit aus.« Er sprang ins Bad und sang sowohl lauter als auch falscher die gleichen Lieder, die auch ich schon intoniert hatte.

Dreizehn

Während Robo im Präsidium war, machten Biene und ich einen Abstecher ins Rathaus. Um Punkt zehn trafen wir uns im Bellevue, einer Gaststätte direkt am Wasser. Treffpunkt für Touristen und Segler, die mit ihren Booten bis auf wenige Meter an den Laden herankamen. Unser Gesprächspartner kam zehn Minuten zu spät. Er war groß, dunkelhaarig, sportlich braun gebrannt und hatte einen offenen, sympathischen Gesichtsausdruck.

»Entschuldigen Sie bitte meine Verspätung, ich hatte noch ein Telefonat mit der Geschäftsleitung. Es scheint, ihr Anruf hat in Berlin einen Menge Staub aufgewirbelt.« Er grinste breit und stellte sich vor. »Davidsen, guten Morgen.«

Auch wir stellten uns vor. Robo kam sofort zur Sache. »Sie hätten den Staub schon im Vorfeld verhindern können, wenn Sie sich bei uns gemeldet hätten.«

Er wirkte keineswegs zerknirscht. »Wissen Sie, ich habe die Berichterstattung über diesen ‚Lachsbachmord' im Tageblatt verfolgt. Aber bis vor einer halben Stunde war mir keineswegs wirklich klar, dass es sich bei der Toten um Frau Lichter handelt. Und angesichts der Tatsache, dass ein wichtiger Faktor meiner Arbeit hier die Diskretion ist, hielt ich auch nichts davon, aufgrund eines sehr vagen Verdachtes schlafende Hunde zu wecken.«

»Sie haben sich aber schon gedacht, dass es Frau Lichter sein könnte?« wollte Biene wissen.

»Gedacht ist schon beinahe zu viel, aber ich habe sie seit Freitag nicht erreichen können. Ihr Handy war bis Sonntagabend besetzt, seitdem kommt vom Band, der Teilnehmer sei nicht erreichbar.«

Robo funkelte mich wütend an. »Handy? Wir haben kein Handy gefunden.«

Ich zuckte mit den Schultern. Warum hätte gerade ich daran denken sollen, dass sie natürlich ein Handy hatte?

Unser Gesprächspartner sah diskret zur Seite, während wir uns angifteten, dann fuhr er fort. »Aber es kam öfter mal vor, dass Frau Lichter ein paar Tage lang nicht zur Verfügung stand. Das war nichts Besonderes.«

»Erzählen Sie uns doch mal die Geschichte von Anfang an, wenn es Ihnen nichts ausmacht«, bat Robo. »Wie haben Sie Frau Lichter eigentlich kennen gelernt? Sucht man in Ihrer Branche gezielt nach solchen Frauen?«

Er hüstelte geziert. »Kommt das alles in Ihre Ermittlungsakten?«

Robo beruhigte ihn. »In die Akte kommt das sicherlich, aber es sollte schon mit dem Teufel zugehen, wenn es irgendwann öffentlich würde.«

Ich sah das nicht so einfach, aber er nahm es so hin. »Ich habe Frau Lichter kennen gelernt, bevor ich wegen des Silo-Projektes in Flensburg zum ersten Mal in diese Stadt kam. Über eine Internet-Kontaktbörse.«

»Und dann kamen Sie hier her und sind mit ihr ins Bett gegangen«, spekulierte Robo ins Blaue hinein.

»Das klingt zwar etwas hart, aber es stimmt. Wir gingen essen, anschließend tanzen, und dann sind wir bei ihr im Bett gelandet.«

»Hat sie dafür Geld verlangt?«

Er sah Robo offen an. »Nein, aber ich habe ihr Geld gegeben, und das schien für uns beide in Ordnung zu sein.«

»Und dann?« wollte Biene wissen.

»Dann trafen wir uns gelegentlich, wir lernten uns etwas besser kennen, fast könnte man sagen, wir freundeten uns an. Ich bekam mit, was sie machte, wir fuhren an einem Wochenende an die Nordsee. Na ja, wie so etwas sich eben entwickelt.«

»Leben Sie allein?«

»Ich lebe getrennt von meiner Frau, wir werden uns scheiden lassen, und auch sie lebte ja alleine. Wir hatten also beide keinen Grund, nicht zu tun, was wir getan haben.«

Ich musterte ihn unauffällig von der Seite, er wirkte keineswegs schuldbewusst.

Er fingerte allerdings nervös in seiner Jackentasche, zog Zigaretten heraus und zündete sich eine an. Er blickte aufs Wasser. »Bis ich merkte, dass ich nicht der Einzige war.«

Robo blickte auf. »Und Sie wurden eifersüchtig.«

Er lachte. »Nein, das nun wirklich nicht. Aber ich war der Meinung, sie wäre dabei, sich in mich zu verlieben. Ich war ganz froh, dass das nicht so war.«

»Und dann?« Biene winkte dem Kellner und bestellte nochmals Kaffee.

Davidsen wurde wieder ruhiger, drückte seine halbgerauchte Zigarette aus. »Dann habe ich ihr den Job angeboten. Ich war der Ansicht, sie wäre die ideale Frau dafür.« Der Kaffee kam und wir warteten, bis der Kellner gegangen war.

»Was war das für ein Job, was sollte sie tun?«

»Nun, im Vertrag stand Promotion und Öffentlichkeitsarbeit, aber sie sollte natürlich bestimmte Personen von den Vorzügen meines, entschuldigen Sie, unseres Projektes überzeugen.«

Biene sah ihn abfällig an. »Dadurch, dass sie mit ihnen ins Bett ging.«

Er sah ihr mit unschuldigem Blick ins Gesicht. »Ja, warum nicht? Hätte sie einen anderen Weg gefunden, wäre mir das auch recht gewesen. Hätte sie gesagt, sie möchte das nicht, wäre ich auch nicht böse geworden.«

Biene schnaufte. »Sie erwarten nicht, dass wir Ihnen das so abkaufen, oder?«

Er beugte sich vor und sah ernst in die Runde. »Es ist mir egal, ob sie das glauben oder nicht, aber ich mochte Lydia Lichter. Ich mochte sie sehr gerne. Allerdings nicht gerne genug, um etwas Ernstes mit ihr anzufangen. Aber immerhin so gern, ihr das von Anfang an ehrlich zu sagen. Und sie ist trotzdem mit mir ins Bett gegangen. Und die Idee, wie sie für mich arbeiten sollte, die kam von ihr, nicht von mir.«

Wir schwiegen, er schien wirklich betroffen.

»Was hatten Sie denn mit ihr vor?«, fragte Robo in das Schweigen hinein.

»Ich hatte mir gedacht, sie könnte für mich eine Art Pressespiegel erstellen, zu Versammlungen gehen, auf denen über das Projekt diskutiert wurde und dort die Stimmung in der Bevölkerung aufnehmen und für mich und unsere Geschäftsleitung zusammenfassen. Das hat sie übrigens während der gesamten Zeit auch gemacht, und zwar hervorragend, wie ich Ihnen versichern kann.«

»Dafür hätten Sie ihr aber nicht so viel Geld bezahlt, oder?«

»Vom Geld war zu Anfang überhaupt nicht die Rede. Ich sagte ihr, was sie machen könnte, als sie mit ihrem Vorschlag kam. Zuerst war ich ziemlich entsetzt.«

Biene grinste hämisch.

»Sie können ruhig grinsen, aber wenn Sie sich einmal die Strombol Gruppe ansehen, werden Sie feststellen, in welchen Abhängigkeiten sie steht. Es gibt wenige Adressen in den so genannten ‚ersten Kreisen' der deutschen Wirtschaft, auf die wir nicht Rücksicht nehmen müssten. Entweder weil sie an uns beteiligt sind, sehr diskret natürlich, oder weil wir große Projekte für sie durchführen. So eine Vorgehensweise ist für uns, zumindest offiziell, indiskutabel.«

»Aber inoffiziell durchaus üblich«, antwortete Robo.

»Nicht nur das. Hier in Flensburg geht es noch, aber teilweise wird so etwas sogar verlangt. Sie kommen über ein erstes Angebot gar nicht hinaus, wenn Sie nicht vor den Entscheidern die Puppen auf dem Tisch tanzen lassen. Im wahrsten Sinne des Wortes. Und das Ganze bezahlen, natürlich.«

Biene legte ihren Notizblock zur Seite. »Aber derartige, mmh, Dienstleistungen sind doch nicht alles, was es für einen Auftrag in dieser Größenordnung braucht, oder?«

Er lachte. »Sie verlangen doch nicht im Ernst, dass ich dazu etwas sage, oder? Halt, dass ich mehr sage als, ‚Sie haben natürlich völlig recht mit Ihrer Annahme'. Wenn Sie wissen wollen, wie es in unserer Branche läuft, lesen Sie besser den Spiegel. Aber wir machen so etwas natürlich nicht.« Er grinste.

Biene zuckte die Schultern, Robo kam wieder aufs Thema zurück. »Und dann hat Frau Lichter für Sie hier sozusagen ‚gut Wetter' gemacht und ist dafür von Ihnen bezahlt worden, richtig?«

Er nickte. »Vorher haben wir natürlich einen ordnungsgemäßen Vertrag abgeschlossen, aber dann lief es so.«

Robo beugte sich zu ihm hinüber. »Haben Sie den Vertrag hier?«

Er sah ihn an. »Hier natürlich nicht, aber den ich kann Ihnen gerne von Berlin aus faxen lassen, kein Problem. Denken Sie nur nicht, er wird Ihnen weiterhelfen. Da steht nichts drin, über die Dinge, die sie machen wollte und gemacht hat.«

»Was hat sie denn genau gemacht?«

Er lehnte sich wieder zurück und zündete sich eine neue Zigarette an. »Sie hat sich die Jungs geangelt, die bei der Entscheidung mitreden oder zuarbeiten durften. Im Grunde war die Entscheidung ja schon gefallen, aber es gab enorme Widerstände in der Öffentlichkeit und das schlug Wellen. Sowohl in der Verwaltung als auch in der Politik. Lydia kannte jeden, der da auch nur irgendwie beteiligt war und hat ihn bearbeitet.«

»Gebumst.« Biene mochte ihn nicht, obwohl er anscheinend nichts vor uns verbarg.

»Ich weiß nicht, was das soll«, meinte er ruhig. »Warum machen Sie mich die ganze Zeit an? Ich hab's doch schon gesagt. Natürlich hat sie dafür auch gebumst, wie Sie es nennen, aber sie hat auch andere Mittel und Wege gehabt. Eine Einladung zum Essen. Sie hat eine Tour zu einem ähnlichen Objekt wie diesem hier, das wir in Hof in Bayern realisiert haben, organisiert. Sie hat eben PR gemacht. Und wenn sie meinte es passt, dann ist sie dafür auch mit jemandem ins Bett gegangen.«

»Um jeden Preis?« fragte Robo.

»Das glaube ich nicht. Sie hatte ihre Prinzipien, das machte sie mir schnell klar. Ich denke, zwingen hätte man sie dazu nicht können.« Er schwieg.

»Wie viel Geld hat sie von Ihnen bekommen, alles in allem?«

Er überlegte. In der ganzen Zeit, also in anderthalb Jahren vielleicht fünfzigtausend. So über den Daumen. Ich kann das aber feststellen und Sie anrufen.«

Robo nickte. »Nur der Vollständigkeit halber, wo waren Sie in der Nacht von Freitag auf Samstag?«

Jetzt wurde er tatsächlich rot. »Ich war mit einer Frau zusammen. Wissen Sie, ich weiß, dass das blöd klingt, aber sie ist verheiratet. Ich möchte nicht, dass sie deswegen irgendwelche Schwierigkeiten bekommt.«

Ich sah, wie Robo blass um die Nase wurde.

Biene rettete die Situation. »Da brauchen Sie sich gar keine Sorgen zu machen. Schreiben Sie mir mal den Namen und die Adresse in mein Notizbuch, wir können da sehr diskret sein.«

Wir verabschiedeten uns, und ich ging mit Robo zum Tresen um zu bezahlen, während Biene seine Angaben aufnahm. Dann gingen wir alle drei über die Hafenspitze zum Präsidium. Robo rannte sofort in sein Büro.

Biene und ich blieben auf dem Flur stehen. Ich sah sie an. »Und?«

Sie schüttelte den Kopf. Ich atmete erleichtert auf. »Dann geh mal besser zu Robo und erzähl ihm, um wen es sich handelt.

Sie nickte. »Bin schon unterwegs.«

Für den Rest des Tages war Routine angesagt. Ich ging bei Rosi vorbei, der mich bat, ein Angebot für den Server zu schreiben, den ich ihnen hingestellt hatte, der Alte sei ohnehin zu langsam geworden. Ich trank einen Kaffee mit ihm und schrieb das Angebot gleich vor Ort auf seinem Rechner.

Natürlich schaffte er es, dass wir auch auf den Fall zu sprechen kamen. »Seid ihr denn schon weitergekommen mit der Sache?«

Ich zuckte mit den Schultern. »Ich schätze in den nächsten Tagen werden die Zusammenhänge klar werden. Bis jetzt gibt's jede Menge Spuren und Hinweise, aber man sieht buchstäblich den Wald vor lauter Bäumen nicht. Heute Nachmittag will die Kripo hier im Haus ein paar Vernehmungen machen.«

Rosi lachte. »Hat mich schon gewundert, dass es hier so ruhig geblieben ist.«

»Wie geht's denn Brenninger?«

Er griente. »So wie ich gehört habe, kommt er am Montag aus dem Krankenhaus, dann muss Fiebig wenigstens nicht mehr morgens und abends da hin pilgern. Aber er soll noch zwei Woche krankgeschrieben sein, gerüchteweise.«

Wir freuten uns gemeinsam, und ich lud Rosi zum Mittagessen in der Kantine ein.

»So freizügig? Woher kommt das denn?«

Ich winkte ab. »Alles in mein Angebot einkalkuliert.«

Rosi sprang auf. »Das nenn ich mal einen ordentlichen Bestechungsversuch, auf geht's.«

Wir wollten uns vor dem Haupteingang mit Biene und Robo treffen. Robo musste noch einen Parkplatz suchen, weil sich in der alten Standesamtsvilla zwei nicht mehr ganz so junge Menschen ins Unglück stürzen wollten. Ihre Fanclubs wollten sich das Spektakel nicht entgehen lassen und hatten alle Parkplätze vor dem Rathaus belegt.

Der Platz war zugestellt mit Autos der gehobenen Oberklasse und alten Motorrädern, die man wirklich noch als solche bezeichnen konnte. Gold Wings, Harleys, BMWs. Rosi und ich schauten neidisch hinüber.

Dann kam Robo und wir machten uns auf den Weg in den dritten Stock. Es war Hauptessenszeit, die Schlange war entsprechend lang. Die Kleine an der Kasse nahm freundlicherweise nur den Personalpreis, als ich für uns alle bezahlte. Dann kämpften wir uns durch die Reihen völlig überarbeiteter Beamter, die in diesem Moment plötzlich all die Lebensenergie entwickelten, die ihnen in ihren Büros zumindest immer dann fehlte, wenn ich dort als Bittsteller stand.

Wir flachsten herum und waren eigentlich recht guter Laune, als Robo unauffällig auf die Schlange vor der Essensausgabe zeigte. »Asmussen und Lorenzen, sie haben uns noch nicht gesehen.« Die beiden standen nicht zufällig hintereinander, sie waren offensichtlich gemeinsam gekommen und in ein Gespräch vertieft und bester Laune.

Das änderte sich, als Lorenzen uns am Tisch sitzen sah. Die beiden kamen an unserem Tisch vorbei und grüßten. Asmussen ging weiter, stellte sein Tablett auf den übernächsten Tisch und setzte sich.

Lorenzen blieb stehen. »Na da schau her, schon wieder die Kripo im Haus. Da muss man sich ja nicht wundern, dass Sie den Mörder der armen Frau nicht finden, wenn Sie statt ihn zu suchen, lieber städtische Mitarbeiter ins Krankenhaus bringen.«

Robo fuhr auf. »Was soll das heißen?«

Lorenzen zeigte abfällig mit dem Kinn auf mich. »Wundert mich sowieso nicht, wenn Sie solche Typen zur Unterstützung brauchen.

Ich blieb gelassen, Robo würde schon mit der Situation fertig werden. Mittlerweile waren rund um unseren Tisch die Gespräche verstummt, alle lauschten dem Streit, der sich da anbahnte.

Robo stand auf. »Herr Lorenzen, ich muss Sie bitten, sich jegliche Äußerung über meine und unsere Arbeit zu verkneifen, andernfalls sehe ich mich gezwungen, mich bei Ihrem Dienstvorgesetzten zu beschweren.«

Der lachte und hielt sein Tablett schief, der Suppenteller rutschte in meine Richtung und ich sah die heiße Suppe über den Rand auf mich nieder schwappen. Ich sah zu ihm auf, er beobachtete mich. Er hatte das Tablett mit voller Absicht so gehalten.

Ich drehte den Kopf in seine Richtung, die Suppe lief hinter meine Brille, ich schrie auf wie ein angeschossenes Tier, wedelte mit den Armen in der Luft und hieb meine Gabel mit aller verfügbaren Kraft in Richtung Lorenzens Bein. Das Gefühl war in etwa so, als wenn man in ein Stück nicht ganz durchgebratene Leber sticht, zuerst ein bisschen schwierig, dann, nachdem die Zinken eingedrungen waren, ging es ganz einfach weiter. Störend war dabei nur, dass Lorenzen versuchte, sein Bein wegzuziehen und mir gleichzeitig mit dem Tablett auf den Kopf zu schlagen.

Ich drückte die Gabel trotzdem bis zum Anschlag hinein und zog mich dann langsam aber unerbittlich an ihr nach oben. Er hatte mittlerweile das Tablett fallen lassen und schlug mit der Faust nach mir, ich bekam einen Schlag ans Ohr und einen gegen die Brille, die herunterfiel. Ich ließ die Gabel, die ich verzweifelt festgehalten hatte, los und trat einen Schritt zurück, wobei ich meinen Stuhl umwarf.

Robo und Rosi gingen auf Lorenzen los, der sich auf mich stürzen wollte, Biene stand mit einem Tuch vor mir und wischte mir die Suppe aus den Augen. Ich wartete darauf, dass die Umsitzenden sich in den Streit einmischten. Es hätte eine wunderbare Saalschlacht geben können, aber alle behielten die Ruhe.

Als ich wieder sehen konnte, blickte ich auf das Chaos. Der Tisch war nicht mehr als Essenstisch zu erkennen. Umgeworfene Teller, Tassen und Gläser, auf dem Boden Lorenzens Tablett und die kümmerlichen Überreste seiner Mahlzeit. Direkt daneben er, der sich jammernd das Bein hielt.

Ich gönnte ihm das Mitleid nicht, das aufkam, als sich ein roter Fleck auf seiner hellen Hose abzeichnete und Blut auf den Boden tropfte.

Also fing auch ich an zu jammern. »Ich bin blind, ich kann nichts mehr sehen. Er hat mir die Augen verbrüht, das Schwein.«

Biene nahm mich an den Schultern. »Chip, schau mich an, was ist los?«

Ich sah ihr in die Augen. »Siehst du mich Chip?«

Ich brüllte »Lass mich los, ich kann nichts sehen«, zwinkerte dabei aber heftig.

Biene hatte Mühe, sich ein Grinsen zu verkneifen. Sie nahm mich am Arm und führte mich zu einem Stuhl etwas abseits von der Szene.

Ich registrierte befriedigt, dass mindestens dreimal so viele Menschen um mich herum standen wie um Lorenzen, der jetzt nur noch leise schluchzte.

Als endlich die Sanitäter hereinkamen, intensivierte ich meine Schmerzensschreie, es klang wirklich gefährlich. Ich schaffte es tatsächlich, dass sie mich als ersten auf die Trage legten und nach unten brachten.

Der Krankenwagen stand vor dem Haupteingang, und als sie Lorenzen zwei Minuten nach mir nach unten brachten, schaffte er das Kunststück von seiner Trage zu springen und auf mich loszustürmen, nachdem ich ihm ein fröhliches »Na du alter Wichser«, zugezischt hatte.

Der Sanitäter, einen Kopf größer und locker 20 Kilo schwerer als er, außerdem nicht durch Gabelstiche im Oberschenkelbereich gehandicapt, war schneller. Er fasste ihn am Arm und drehte diesen in eine Position, die ihn schnell beruhigte. Ganz sachte führte er ihn zu seiner Trage zurück.

»So schlimm kann Ihre Verletzung ja wohl nicht sein, zumindest Ihre Beweglichkeit ist ja wohl nicht ernsthaft eingeschränkt.« Er schnallte ihn auf der Trage fest und sie schoben ihn in den Wagen.

Ich wartete, bis sie die Tür hinter uns schlossen. Zwei der Sanis gingen nach vorne zur Fahrerkabine, der dritte kam um den Wagen herum, um sich zu uns zu setzen.

Als wir alleine nebeneinander lagen, drehte ich mich zu Lorenzen um und grinste ihn an. »Ich wusste gar nicht, dass die Pressestelle jetzt auch Nachrichten produziert anstatt sie nur weiterzugeben.« Er kämpfte gegen die Gurte, aber sie waren stärker.

Nachdem die Krankenschwester im Krankenhaus meine Augen gründlich gereinigt hatte, kehrte mein Sehvermögen auf wundersame Weise blitzartig wieder zurück. Nach einem Sehtest hatte der Arzt keine Bedenken, mich sofort nach Hause zu entlassen.

Ich ging. Natürlich erst, nachdem ich einen befriedigten Blick auf Lorenzen geworfen hatte, der mit heruntergelassenen Hosen hinter einem Vorhang lag und sich die Wunde von den Resten seiner Mahlzeit reinigen ließ.

Gutgelaunt machte ich mich zu Fuß auf den Weg, ging an meiner Wohnung vorbei, um mich umzuziehen, und war gegen zwei schon wieder im Rathaus.

Von Robo und Biene war hier keine Spur, auch Rosi war nicht in seinem Büro. Ich ging in die Telefonzentrale. Rita machte gerade eine Zigarettenpause.

»Hey, Chip, da bist du ja«, meinte sie verwundert.

»Wieso nicht, wo soll ich denn sein?«

Sie nahm mich in den Arm, »den Gerüchten nach im Hubschrauber unterwegs nach Kiel in die Augenklinik. Angeblich hat Hanni Lorenzen in der Kantine versucht dir mit der Gabel in die Augen zu stechen.«

»Er hat nicht getroffen«, grinste ich. Ich hatte keinerlei Interesse, dieses Gerücht zu zerstreuen, oder gar gegen die Wahrheit auszutauschen. »Wo sind denn die beiden Polizisten, hast du von denen was gehört?«

Sie drückte ihre Zigarette aus. »Natürlich, die haben Fiebig in Handschellen abgeführt. Alle fragen sich, ob er der Mörder ist?«

Ich kratzte mir den Kopf, irgendetwas musste da an mir vorbeigelaufen sein. Ich verabschiedete mich und lief los in Richtung Präsidium.

Trotz meiner Neugier, was denn da wohl passiert war, konnte ich an den Flohmarktständen auf dem Südermarkt nicht vorbei gehen. Ich fand eine niedliche, uralte Brosche in Form einer Pistole, die ich für einen Zehner mitnahm und Biene schenken wollte, das passte zu ihr. Dann kam ich an einen Bücherstand, fand einen Mallet, den ich noch nicht besaß und ein Kochbuch von 1943, dass ich für Elke mitnahm, die, obwohl sie sogar Wasser anbrennen ließ, mit unglaublicher Leidenschaft alte Kochbücher sammelte.

Ich konnte mich nur schwer von all dem Trödel trennen, aber schließlich landete ich doch im Präsidium, bepackt mit meinen Erwerbungen und einigen Krimis, die ich am Grabbeltisch vor einer Drogerie in der Fußgängerzone erworben hatte. Biene saß in ihrem Büro.

»Na«, sagte ich gutgelaunt, »habt ihr Euren Mörder?«

Sie sah mich erstaunt an. »Wie kommst du denn darauf?«

»Ich habe gehört, ihr hättet Fiebig in Handschellen abgeführt, und er wäre es gewesen.«

Sie grinste. »Robo war so sauer wegen der Geschichte mit Lorenzen, dass er Fiebig festgesetzt hat, nachdem der sich weigerte, zu sagen, wie gut er Lydia Lichter kannte.«

Ich suchte nach der Brosche.

»Normalerweise weist man jemanden erst mal nett darauf hin, dass man eine Befragung auch auf dem Revier durchführen kann, aber er war so geladen, dass er ihn sofort mitnahm. Das mit den Handschellen ist Unsinn, die hatten wir gar nicht dabei. Außerdem ist er dann ja freiwillig mitgekommen.«

»Und jetzt?« Ich bedauerte, dass ich diese Show verpasst hatte.

»Seitdem sitzt er bei den Kollegen vorne in der Wache und wartet. Robo ist inzwischen bei Asmussen und will anschließend zu Brenninger und Lorenzen ins Krankenhaus. Fiebig kommt erst dran, wenn er normalerweise schon lange Feierabend hätte.«

Ich fand die Brosche und steckte sie ihr an das Revers ihrer Sommerjacke. »Das sind ja sehr gute Nachrichten. Hast du noch was von Lorenzen gehört?«

Sie küsste mich und betrachtete das Schmuckstück. »Der OB hat anrufen lassen, beim Alten, ob wir jetzt vorhätten, die Stadtverwaltung komplett außer Gefecht zu setzen. Aber der

Alte hat ihm erklärt, dass es sich offensichtlich um einen Angriff von Lorenzen gehandelt hat, und dass der mit einer Anzeige rechnen muss, wegen Behinderung der Ermittlungstätigkeiten.« Sie lachte laut auf.

»Das ist natürlich Unsinn. Aber die Show, die du abgezogen hast, war wirklich sehenswert. Die meisten Leute waren anschließend überzeugt, er hätte dich umbringen wollen und du wärst nur mit knapper Not entkommen.«

Ich fasste mir wehleidig an den Kopf.

»Na, komm. Das war doch eindeutig ein Unfall, oder? Ich denke, wir sollten ihm nicht auch noch einen Strick daraus drehen, was meinst du?«

Ich zuckte mit den Schultern. »Der hat Glück, dass ich kein Richter bin. Mordversuch! Lebenslänglich, gar keine Diskussion.« Ich lächelte und nahm sie in den Arm.

In diesem Moment wurde die Tür aufgerissen und Robo polterte herein. »Nun hört mal mit dieser schrecklichen Knutscherei auf, das ist ja nicht zum Aushalten, wo sind wir denn hier? Im Flitterwochenhotel, oder was?« Er grinste und nahm sich einen Stuhl, nachdem er die Tür geschlossen hatte.

»Und wie war's?« wollte Biene wissen.

Er streckte sich und nahm eine Zigarette. »Ich habe im Krankenhaus mit zwei Heiligen gesprochen, ich war sehr beeindruckt. Der Name Lilly sagte ihnen gar nichts, aber wirklich überhaupt nichts. Der Name Lydia Lichter, ja, da konnten sie sich dunkel erinnern, aber nur sehr dunkel. Nein, keinen Kontakt. Vielleicht einmal auf dem Flur oder in der Kantine, aber darüber hinaus… Nein, das tat ihnen leid, aber da konnten sie mir nicht weiterhelfen.«

»Hast du sie nach den Bildern auf ihren Computern gefragt?«

Er sah sich nach einem Aschenbecher um. »Nein, ich wollte sie erst einmal in Sicherheit wiegen. Ich habe mit den Ärzten gesprochen, sie werden frühestens am Montag entlassen. Ich möchte vorher gerne noch ein bisschen mehr herauskriegen.

Außerdem war ich auch noch im Rathaus. Asmussen bedauert natürlich den Unfall, den seine feingeistigen Augen heute Mittag mit ansehen mussten. Sag mal«, fragte er mich, »ist irgend was mit dem?«

»Wieso, was soll mit ihm sein?« meinte ich erstaunt.

»Wenn er redet, denke ich immer, ich hätte es mit einem Pastor zu tun, so salbungsvoll, den Blick völlig entrückt, geistesabwesend. Und sein Händedruck würde nicht mal einen Schmetterling aufwecken, so zart ist der. Oder soll ich sagen tuntig?« Er schüttelte sich angewidert.

Ich musste lachen. »Ich glaube, er hat das Gefühl, seine ungeheuren Fähigkeiten und Kenntnisse seien in diesem Haus wie Perlen, die vor die Säue geworfen würden. Als Diplominformatiker fühlt er sich eigentlich für größere Zusammenhänge zuständig. Sein Pech ist nur, dass er davon überhaupt keine Ahnung hat, genauso wie von dem, was er eigentlich machen soll. Aber im Grunde scheint er kein schlechter Kerl zu sein. Zumindest mögen seine Leute ihn und arbeiten so, dass seine Unfähigkeit nicht auffällt und er stets pünktlich befördert wird. Aber wer kann schon hinter so eine Fassade blicken?«

Robo nickte. »Dann war ich auch noch im Amt für Stadtentwicklung. Dass Lilly fehlt ist da immer noch nicht wirklich aufgefallen. Hallmann hat sich Urlaub genommen und ist mit unbekanntem Ziel verreist, sagt zumindest sein Chef.« Er sprang auf. »Und jetzt will ich einen Kaffee, bevor ich meinen Freund Fiebig in die Mangel nehme. Ich denke, er ist langsam reif.« Er grinste uns an. »Wenn ihr wollt, könnt ihr mitkommen.«

Wir gingen in die Wache und Robo bat einen der Uniformierten, Fiebig in sein Büro zu bringen. Dann wies er uns, besser gesagt mich, an uns auf jeden Fall herauszuhalten und keine Zwischenfragen zu stellen. Ich sah ihn an, er meinte es ernst.

Als erstes wurde Fiebig über die Art der Befragung informiert. Robo machte ihm in verständlichen Worten klar, dass er nicht als Beschuldigter oder Verdächtiger, sondern als Zeuge gehört werden sollte. Er schien erleichtert. Er warf zwar einige seltsame Seitenblicke zu mir herüber, sagte aber nichts.

Dann fing Robo mit der Befragung an, während Biene Notizen machte.

»Herr Fiebig, kannten Sie Lydia Lichter?«

»Nee, kennen wäre echt zu viel gesagt. Ich wusste natürlich, wer sie war, aber sonst…«, er ließ das Ende des Satzes im Raum stehen.

»Sie hatten also keinen näheren Kontakt zu ihr, weder dienstlich noch privat?« fragte Robo weiter?

»Genau.« Antwortete er, »Ich hab sie ab und zu mal gesehen, aber näheren Kontakt hatte ich nie mit ihr.«

»Wussten Sie, wo sie wohnt?«

»Woher denn? Keine Ahnung. Ich meine, ich kann doch nicht von jedem, den ich mal auf der Arbeit sehe, die Adresse wissen, oder?«

Robo nickte, »Nee, das wäre auch erstaunlich.«

Fiebig begann anscheinend, sich sicherer zu fühlen. Er rekelte sich auf seinem Stuhl.

»Wussten Sie denn, was sie dienstlich macht, wo sie eingesetzt ist?«

Er sah aus dem Fenster. »Dito. Wie gesagt, ich kannte wohl ihr Gesicht, aber mehr wusste ich nicht von ihr, leider.« Er sah in die Runde, als erwartete er, jetzt gehen zu dürfen.

Robo tat nichts, um seinem Eindruck entgegen zu wirken. Er kratzte sich am Hinterkopf. »Sind Sie eigentlich mit Herrn Brenninger befreundet?«

Er nickte, sagte aber, »Ach, befreundet ist vielleicht etwas zu viel gesagt, aber man lernt sich halt kennen, wissen Sie, wenn man eine Zeit lang zusammen arbeitet. Wir arbeiten schon recht lange zusammen.«

»Und Herrn Lorenzen kennen Sie sicherlich auch etwas besser, oder?«

Er schreckte auf. »Wieso soll ich den besser kennen?«

Robos Stimme wurde härter. »Kennen Sie ihn nun besser oder nicht?«

Fiebig blickte sich um. »Ich weiß gar nicht, warum Sie das alles von mir wissen wollen, was soll das denn?« Er redete nicht weiter.

»Herr Fiebig, kennen Sie Herrn Lorenzen besser, als man einen entfernten Arbeitskollegen normalerweise kennt, oder nicht?«

»Nein.« antwortete er verstockt.

»Hatten Sie dienstlich öfter mit ihm zu tun?«

Fiebig walkte seine Fingerknöchel. »Warum wollen Sie das wissen?«

Robo atmete pfeifend aus, ging zum Fenster und öffnete es. »Herr Fiebig, wenn Sie auf meine Fragen mit Gegenfragen antworten, kommen wir nicht weiter. Ich hoffe, wir müssen hier nicht andere Methoden anwenden. Hatten Sie also öfter mit Lorenzen zu tun?« Er kam zurück und stellte sich drohend vor dem verunsicherten Mann auf.

Fiebig wischte sich die Hände an den Hosenbeinen ab. »Nein.«

»Gut, und wie war das mit Herrn Hallmann?« fragte Robo weiter.

Fiebig schien zu überlegen. »Hallmann, der Name sagt mir etwas, aber ich weiß im Moment nicht, wer das sein soll.«

Robo schlug einen Aktenordner auf. »Herr Hallmann war der Vorgesetzte von Frau Lichter beim Amt für Stadtentwicklung. Den kennen Sie also auch nicht, oder?« Robo sah ihn an.

»Tut mir leid, vielleicht auch vom Sehen, aus der Kantine oder so, aber sonst…« er zuckte mit den Schultern.

Robo lehnte sich gemütlich zurück, ich dachte gerade, er wolle die Füße auf den Tisch legen, als er weitermachte. »Herr Fiebig, nachdem Sie weder Frau Lichter noch Herrn Lorenzen, noch Herrn Hallmann kennen, außer vom Sehen her, natürlich.

Erklären Sie mir doch bitte einmal, warum Sie gestern auf Anweisung von Herrn Hallmann Frau Lichters Nutzeraccount auf den Servern der Stadtverwaltung gelöscht und die zu diesem Account gehörigen Daten vernichtet haben!« Robo war aufgestanden.

Fiebig setzte an, »Das, das ist doch eine bodenlose…«

Doch bevor er weitermachen konnte, unterbrach Robo ihn. »Und warum Sie anschließend sofort Herrn Lorenzen darüber informiert haben!«

Fiebig schnappte nach Luft. Robo schrie jetzt. »Und warum Sie Brenninger, den sie während der Arbeit eben ein bisschen näher kennen gelernt haben, während der letzten beiden Tage von ihrem dienstlichen Telefon sage und schreibe mehr als zwanzigmal angerufen haben. Wollen Sie mir das jetzt erklären? Ja oder Nein?« Robo stand direkt vor ihm und sah ihn drohend an.

Fiebig sank in sich zusammen. »Ich möchte einen Anwalt sprechen. Das ist ja wohl eine Unverschämtheit.«

Robo ging zur Tür, winkte nach draußen, dann drehte er sich zu ihm um. »Das können Sie haben, der kann Sie dann gleich in der U-Haft besuchen. Herr Fiebig, ich nehme Sie wegen des dringenden Verdachts der Beteiligung an der Tötung von Frau Lydia Lichter vorläufig fest.«

Er drehte sich zu den beiden Uniformierten um, die auf seinen Wink eingetreten waren.

»Die Kollegen werden Sie jetzt mitnehmen, über Ihre Rechte aufklären und es Ihnen ermöglichen, sich mit Ihrem Anwalt in Verbindung zu setzen. Wir sehen uns dann später wieder.«

Die beiden Beamten nahmen den blass gewordenen Delinquenten mit hinaus und schlossen die Tür.

Robo beruhigte sich nur langsam. »Verarschen kann ich mich auch alleine, dazu brauch ich nicht so ein Würstchen wie den.«

Biene sah ihn ernst an. »Das kann ganz schön Ärger geben, weißt du das?«, fragte sie vorsichtig.

Robo holte tief Luft. »Ich hab schon mit dem Alten geredet. Das ist in Ordnung so. Ich werde ihn morgen vernehmen und anschließend wieder freilassen. Er lügt zwar von vorne bis hinten, aber ein Haftgrund ist das natürlich nicht.«

Er sah mich an. »Kannst du dafür sorgen, dass Brenninger und Lorenzen von seiner Festnahme erfahren? Wollen wir doch mal sehen, was passiert, wenn sich der Druck erhöht.«

Ich grinste. »Mal sehen, was ich machen kann.«

Ich probierte, im Rathaus anzurufen, aber da war schon Feierabend. Ich erwischte Rita auf dem Handy und erzählte ihr brühwarm die Neuigkeiten von Fiebigs Einlieferung in die U-Haft. Es kostete mich nicht viel Überredungskunst, bis sie sich bereitfand, die Nachricht in die richtigen Kanäle weiterzuleiten.

Ich war zufrieden. »Ich schätze, spätestens morgen früh wissen die beiden Bescheid.«

Robo nahm sein Diensttelefon. »Dann werde ich mal dafür sorgen, dass auch unser verehrter Herr Davidsen erfährt, dass wir auf einer heißen Spur sind.« Er telefonierte mit dem Repräsentanten der Strombol und legte zufrieden auf.

»So, der Stein rollt, mal sehen, ob er irgendwo eine Lawine auslöst. Machen wir Feierabend? Wollen wir noch irgendwo etwas Essen gehen?«

Biene und ich nickten.

Er setzte nach. »Ich lad euch zum Mexikaner ein, okay?«

Ich war überrascht. Er redete weiter und sah mich dabei mit traurigen Dackelaugen an. »Aber nur unter einer Bedingung.«

Ich schwieg.

»Mensch, ich halte das alleine zu Hause nicht aus. Kann ich heut Nacht noch mal deine Couch belegen?«

Irgendwie konnte ich ihn gut verstehen. »Klar doch, kein Problem. Ich stell dir nachher das Gästebett im Arbeitszimmer auf, dann hast du etwas mehr Ruhe.«

Wir packten unsere Sachen zusammen und machten uns an den Aufstieg zu meiner Wohnung.

Ohne zu fragen spannte ich die beiden ein, mir beim Aufräumen zu helfen. Die Bude sah aus wie immer: völlig chaotisch. Robo machte sich an Treppenhaus und Wohnzimmer, Biene übernahm die Küche und ich ging im Bad und im Arbeitszimmer ans Werk. Anschließend holten wir von Mutter Neumann den Hund ab.

Sie trennte sich nur schweren Herzens. »Nein wirklich, so ein liebes Tier. Und so folgsam! Man braucht ihn nur anschauen, so weiß er schon, was man will. Ich hab grad gestern noch mit meinem Sohn über ihn gesprochen.«

Ich ahnte, was kommen würde. »Liebe Frau Neumann, Sie wissen ja gar nicht, wie sie mir geholfen haben. Ich nehme ihn jetzt mit, morgen habe ich nämlich frei, da will ich mal ausgiebig mit ihm spazieren gehen.«

Sie ließ sich nicht irritieren. »Und mein Sohn hat gesagt, so ein Hund, Muttchen, hat er gesagt …«

Ich nahm Cremeschnitte an die Leine und ging zur Tür hinaus. »Vielen Dank erst mal, Frau Neumann, ich melde mich dann nächste Tage.« Sie redete noch weiter, als ich die Tür schon lange hinter mir zugezogen hatte.

Wir verzichteten auf den Mexikaner und ließen uns vom Lieferservice Chinesisches bringen, einschließlich einer Portion Extrarels für Cremeschnitte. Biene und Robo verwöhnten ihn mit Fleischbröckchen, woraufhin er binnen einer Viertelstunde mit lautstarken Blähungen seinen Dank kundtat.

Wir fläzten uns faul auf dem Balkon, spekulierten, wann es wohl endlich mal etwas abkühlen würde und hörten Tom Waits. Natürlich ‚Rain Dogs'. Genüsslich schwiegen wir uns an. Bei ‚Time' legte Biene ihren Kopf auf meinen Bauch und kurz darauf, ‚Raindogs' war gerade angelaufen, fing sie an, mir mit ihrer rauen Zunge den Bauchnabel und die Brust zu lecken. Ich schnurrte wie ein Kater, genoss meine Gänsehaut und zum ersten Mal kam mir der Gedanke, wie es wohl sein würde, mit dieser Frau alt zu werden.

»Oh, how we danced and we swallowed the night – For it was all ripe for dreaming – Oh, how we danced away all of the lights – We've always been out of our minds.«

Bevor wir zu Bett gingen, wurde Robo dann noch einmal dienstlich. »Ich bin morgen erst ab mittags einsatzbereit, und dann nehme ich mir zuerst die beiden im Krankenhaus und anschließend Fiebig vor, bevor ich ihn dann wohl entlassen muss. Was habt ihr vor?«

Biene druckste herum, ich nahm ihr die Entscheidung ab. »Ich fahre morgen nach Hamburg, um Elke abzuholen, auf dem Weg wollte ich Ramona besuchen.«

Robo sah mich an. »Was soll das denn?«

Ich hatte keinen Grund, zerknirscht zu sein. »Robo, ich möchte sie einfach fragen, ob sie irgendetwas weiß, das uns weiterhelfen kann, mehr nicht. Okay?«

Er war nicht sauer, aber auch nicht begeistert. »Wenn mein Chef davon erfährt…«

Ich unterbrach ihn. »Robo, ich bin mit Ramona seit Ewigkeiten befreundet, meinst du, er würde mir verbieten wollen, sie zu besuchen?«

Er schüttelte den Kopf. »Grüß sie schön von mir, okay?«

Ich nickte.

Am nächsten Morgen wurde ich wieder einmal lange vor Sonnenaufgang wach. Ich lag auf dem Rücken, schaute die Decke an, stand auf und ging in die Küche, rauchte und kochte Kaffee. Ich ahnte wohl, was mir alles bevorstehen würde.

Dann ging ich kurz entschlossen in Elkes Zimmer und fing an, zu packen. Ich holte die Umzugskartons vom Dachboden und verpackte sorgfältig, was mir in die Finger kam. Bücher, Kleidung, persönliche Unterlagen, Schmuck, CDs, mehr Bücher, Zeichnungen, Bilder.

Karton um Karton füllte ich und stellte jeden auf den Flur. Zuletzt nahm ich das erst gestern erworbene neue Kochbuch in die Hand, und griff nach einem Kugelschreiber. Ich schlug die erste leere Seite auf und schrieb. ‚Alles in allem – fand ich es trotzdem in Ordnung'. Name und Datum darunter und ab in die oberste Kiste.

Dann wurden die anderen wach. »Was ist denn mit dir los? Willst du umziehen?«, fragte Robo trocken.

»Elkes Sachen, ich hab' so ein Gefühl. Ich nehme sie mit nach Hamburg.«

Robo lachte schallend. »Du willst sie doch nicht am Flughafen mit ihren Sachen aussetzen, oder?«

Ich grinste. »So schlimm ist es nun nicht gerade. Aber wenn mein Gefühl mich täuscht, bringe ich sie eben wieder mit. Was soll's?«

Sie halfen mir, die Kartons zum Auto zu bringen. Ich baute die Sitze aus dem Espace aus und stellte den Wagen voll. Anschließend frühstückten wir. Ich sah Biene an.

»Willst du nun mit?«

Sie schüttelte den Kopf. »Wie denn, du hast zwei Sitze im Auto und willst jemanden abholen. Da kann ich ja wohl schlecht mit, oder?«

Ich schüttelte den Kopf. »Ich kann doch einen Sitz mehr einbauen, kein Problem«, aber sie wollte nicht.

»Ich werde den Tag ganz gut nutzen können, um Schreibkram zu erledigen. Anschließend helfe ich Robo bei den Befragungen, das ist immer gut, wenn man da jemanden bei sich hat, mit dem man sich gut versteht.«

Wir verließen die Wohnung, ich begleitete die beiden noch mit dem Hund bis hinter den Park, dann machte ich mich auf den Rückweg. Ich packte Cremeschnitte vor den Beifahrersitz und machte mich auf den Weg.

Ich tuckerte auf die Autobahn zu, eigentlich wäre ich gerne schneller gefahren, aber ich drängte mich nicht nach dem, was mich da erwartete.

Außerdem hatte ich schließlich Elkes Hausstand im Wagen, und zudem ein Loch im Auspuff, was mich ab einem Tempo von 100 immer nach einem Trecker Ausschau halten ließ, der gerade dabei war, mich zu überholen.

So kam ich in einer knappen Stunde nach Rendsburg, nachdem ich die Autobahn eine Abfahrt zu früh verlassen hatte und von Norden her in die Stadt eingefahren war. Ich musste eine Zeitlang suchen, dann fand ich das Haus, in einer dieser tristen Vorortsiedlungen gelegen, zwischen lauter Häusern, die beinahe genauso aussahen. Ich klingelte einmal kurz, dann länger.

Endlich hörte ich Ramonas Stimme. »Ich komm' ja schon, langsam, langsam.« Sie öffnete die Tür und starrte mich an. »Chip, was willst du denn hier?« Sie hatte nur ein Handtuch um den Körper gewickelt, unter den Armen verknotet.

Ich sah auf meine leeren Hände. »Hab leider keine Blumen dabei«, strahlte ich sie an, »ich will mit dir reden. Und von Robo soll ich grüßen.«

Sie trat zur Seite. »Komm doch rein.«

Nachdem ich festgestellt hatte, dass es im Haus weder Hund noch Katze gab, holte ich Cremeschnitte aus dem Auto und wir gingen in den Garten.

Sie holte uns etwas zu trinken aus dem Haus, stellte Cremeschnitte eine Schüssel Wasser hin, was wir ihr beide hoch anrechneten, dann setzte sie sich auf eine Liege in die Sonne und wickelte sich aus dem Handtuch. Darunter war sie nackt.

»Was wird das denn, willst du mich heißmachen?«

Sie strahlte mich an. »Hätte ich etwa Chancen?« Ich strahlte zurück. »Nicht die Spur, ich bin frisch verliebt.«

»Stört es dich, wenn ich mich weiter sonne?«

Ich sah sie an. »Ja, im Moment stört es mich wirklich, sorry.« Sie nahm das Handtuch und ging ins Haus. Als sie wiederkam, trug sie einen blauen Bademantel, der ihr beinahe genauso gut stand wie ihre leicht gebräunte Haut. »Nun, was willst du mir erzählen? Hat Robo dich geschickt?«

Ich schüttelte den Kopf. »Ramona, ich will dir nichts erzählen, ich will dich ein paar Sachen fragen, bei denen ich glaube, dass du uns weiterhelfen kannst.«

Sie stöhnte auf. »Ach komm, hör auf, was soll ich euch schon helfen können. Ich hab Robo doch schon alles gesagt. Gut ich habe Unsinn gemacht. Aber ich habe Lilly in den Wochen vor ihrem Tod überhaupt nicht mehr gesehen, was soll ich denn da zu ihrem Tod sagen können?«

Ich nahm meine schmale Aktenmappe. »Es geht um etwas anderes, und ich denke, darüber wirst du mit Robo sicher nicht reden wollen. Es geht um einige Männer, die«, ich stockte, »also mit denen du…, ach du weißt schon, oder?«

»Mit denen ich gevögelt habe, wolltest du sagen, oder?«

Ich sah sie mitleidig an. »Pass auf Ramona, zu so einem Mist habe ich keine Lust. Unterstell mir bitte nichts, was ich weder meine noch sagen wollte. Mir ist es egal, was du machst oder gemacht hast, auch wenn mir nicht egal ist, was das mit Robo macht. Aber wenn du mich weiter anpöbeln willst, dann fahre ich wieder und Robos Chef kommt zu dir ins Haus, und der macht eine ordnungsgemäße Vernehmung. Du kannst dir vorstellen, was dann mit Robo und dir passiert, oder?«

Ich war wirklich sauer. »Außerdem könntest du wirklich mal daran denken, dass da ein sehr nettes Mädchen auf ekelhafte Art und Weise ermordet worden ist. Also was ist jetzt, reden wir normal miteinander oder nicht?«

Sie kam an meine Seite. »Entschuldige, Chip. Ich glaube, es ist die Wut auf mich selbst, die ich an dir auslassen wollte. Ich bin zu meinen Eltern im Moment genauso, deshalb sehen sie auch zu, dass sie so oft wie möglich in den Schrebergarten gehen.« Sie grinste schief. »Also, was willst du wissen.«

Ich sah ihr in die Augen. »Hast du Lilly gelegentlich Kunden abgenommen, die sie nicht mochte?«

Sie nickte.

»Männer, die du kanntest?«

Sie nickte wieder, Tränen stiegen ihr in die Augen.

Ich musste schlucken, auch mir fiel es schwer, solche Fragen zu stellen. »Ging es dabei auch um, sagen wir mal, etwas seltsame Praktiken?« Jetzt hatte ich den Punkt bei ihr erreicht.

Sie fing an hemmungslos zu weinen, warf sich in meinen Arm. Ich ließ sie schluchzen. Dann sammelte sie sich, trank etwas. »Das arme Mädchen hatte ja regelmäßig mit denen zu tun, ich hab wirklich nur ab und zu mal gesagt, ich mach das.«

»Was?« Sie sah mich verständnislos an. »Was hast du nur ab und zu gemacht?«

Sie schluchzte wieder. »Na mit diesen Arschlöchern.«

»Und was wollten die Arschlöcher von dir?«

Sie schlug die Hände vors Gesicht. »Bitte, Chip, das ist doch jetzt eh vorbei, oder? Lass mich doch.« Sie zitterte am ganzen Körper.

Ich nahm sie behutsam in den Arm. »Ramona, komm, ganz ruhig, ich tue dir nichts, und ich behalte es zur Not auch für mich, aber du musst es mir erzählen.«

Sie schüttelte heftig den Kopf.

Ich probierte die andere Schiene. »Dann sag mir erst mal, wer das war.«

Sie bebte. »Die drei kannte ich nur vom Sehen, die arbeiten alle bei uns im Amt.«

»Und wer waren die Anderen?« Ich sah sie nicht an.

»Ich …, ich kann nicht, Chip, bitte.«

Ich nahm die Fotos aus der Tasche. »Okay, ich zeige dir ein paar Fotos, und du nickst, wenn er dabei war. Wenn nicht, schüttelst du den Kopf, okay? Schaffst du das?«

Sie nickte.

Ich legte ihr die Bilder vor, einzeln. Sie nickte bei den ersten vier jedes Mal, dann schüttelte sie nur noch den Kopf, bis ich zum letzten Bild kam. Sie sah es an und bekam wieder einen Weinkrampf.

Ich stutzte. »Der war auch dabei? Bist du dir da sicher?«

Sie nickte heftig, fing endlich an zu reden. »Der war es; der bestimmte, wie es lief.«

Ich schwieg, sie trank einen Schluck, zündete sich eine Zigarette an, dann fing sie an zu erzählen. »Der war immer dabei. Der hat die Anweisungen gegeben.« Sie zeigte auf das fünfte Bild. Die anderen wechselten, meistens war es immer nur einer von ihnen.«

Ich streichelte ihr über die Haare, sie sah nach unten auf ihre Füße. »Sie kamen, wir setzten uns in die Küche, tranken etwas und dann ging es los. Der Mann, den er mitgebracht hatte, ging mit mir ins Schlafzimmer, und wir fingen an. Wenn es beinahe so weit war, kam der andere hereingestürzt und brüllte fürchterlich herum. Er schrie »hab ich dich endlich erwischt. Du dreckige Hure. Du Sau. Jetzt habe ich den Beweis.«

Ich sah sie an, konnte nicht glauben, was sie mir erzählte.

Sie zündete eine neue Zigarette an der alten an, machte weiter. »Der andere musste währenddessen die Sache unterbrechen, und wenn er genug gebrüllt hatte, befahl er ihm weiterzumachen, während er weiter Schimpfworte brüllte und uns beide beleidigte.« Sie schwieg.

Ich konnte langsam mitfühlen, wie es in ihr aussah. »Und dann?«

Sie weinte leise vor sich hin, ich reichte ihr ein Papiertuch.

»Dann, wenn es zu Ende war, schlug er mich, oder der andere schlug mich, je nachdem wie er aufgelegt war.«

Ich schwieg.

Sie zeigte auf drei der ersten Bilder, die ich ihr vorgelegt hatte. Die waren okay, sie schlugen zwar, aber er musste sie ständig anfeuern. Meistens hat er dann selbst weiter gemacht, aber er und der da«, sie zeigte auf das nächste Bild in der Reihe, »manchmal hatte ich richtig Angst, die bringen mich um.« Sie schmiegte sich wieder in meinen Arm.

Ich beruhigte sie. »Komm Ramona, es ist gut. Das ist jetzt vorbei.«

Sie lachte hysterisch. »Verstehst du das? Eigentlich habe ich nichts gegen Schmerzen dabei. Ich kann das gut haben, wenn ich mal fest angefasst werde. Auch Schläge finde ich nicht schlimm, aber ich hatte solche Angst, verstehst du das?«

Ich verstand nur zu gut. »Und dann gingen sie?«

Sie schaute mich an, »Nein, wenn sie mit dem Prügeln fertig waren, wollte der auch noch.« Sie zeigte wieder auf das letzte Bild. »Entweder mich, was meistens aber nicht klappte, oder…« Sie beendete den Satz nicht.

»Oder was?« Ich hielt die Luft an.

»Wenn er bei mir keinen hochbekam, hat er einen seiner Kumpel gefickt.« Sie drehte sich von mir ab. »Und zum Schluss bestand er darauf, noch einmal in die Küche zu gehen, und sich erzählen zu lassen, wie geil mich das gemacht hätte. Ich habe einmal versucht, die Wahrheit zu sagen, daraufhin hätten die beiden«, sie zeigte auf die Bilder, »mich beinahe zusammengeschlagen.« Sie stand auf.

Ich tat es ihr nach und nahm sie in die Arme. »Ramona, du weißt gar nicht, was du zur Aufklärung dieses Falles beigetragen hast. Ich danke dir.«

Sie schmiegte sich an meine Schulter.

»Und ich wünsche dir und Robo so sehr alles Gute, ich drück euch die Daumen.«

Sie öffnete den Bademantel, ließ ihn zu Boden fallen und drückte sich wieder an mich. »Ich will jetzt mit dir schlafen, Chip. Komm, ich kann nicht anders, bitte.«

Ich hielt sie fester und drückte sie. »Mädchen, jetzt begreif doch mal, dass das nicht hilft. Sex ist keine Medizin. Wenn wir jetzt miteinander schlafen, geht's dir nachher höchstens noch schlechter. Und mir auch.«

Sie sah mich aus verweinten Augen an.

»Ramona, ich mag dich. Nicht, weil du mit mir schläfst, oder weil du so hübsch bist. Ich mag dich weil du Ramona bist. Eine tolle Frau, die es nicht nötig hat etwas dafür zu tun, dass man sie mag.«

Ich ließ sie los, hob ihren Bademantel auf und reichte ihn ihr.

Sie zog sich wieder an. »Ich habe entsetzliche Kopfschmerzen, und schlecht ist mir auch.«

Ich lachte. »Das glaube ich dir gerne. Ramona. Meinst du, du schaffst es, das Ganze noch einmal zu erzählen?«

Sie riss die Augen auf. »Wem, Robo?«

Ich beruhigte sie. »Ich denke, Robo wird die Einzelheiten gar nicht wissen wollen. Ich rufe Biene an und sie kommt her und nimmt ein Protokoll auf.«

»Aber das bekommt Robo doch auf jeden Fall zu sehen, oder?«

Ich zuckte mit den Schultern. »Nur wenn er es will. Und wenn wir die Aussage der Kerle haben, brauchen wie deine Aussage vielleicht gar nicht mehr. Ich hoffe zumindest, dass Biene das so regeln kann.«

Sie nickte. »Ich glaube, ich schaffe das.«

Wir gingen hinein. Rambo legte sich im abgedunkelten Wohnzimmer auf die Couch, ich ging wieder auf die Terrasse und rief mit dem Handy Biene an.

»Na, Rumtreiber, wo steckst du?«, begrüßte sie mich fröhlich.

»Immer noch bei Rambo«, gab ich zurück, »und jetzt wirst du dich in irgendein Auto setzen und hierher kommen und mich ablösen. Bring ein Formular für eine Aussage mit, und mach dich schon mal auf eine Überraschung gefasst.« Ich grinste ins Telefon.

»Und wann willst du nach Hamburg?«

Ich sah entsetzt auf die Uhr. Verdammt, das würde eng werden.

»Und was meinst du mit der Überraschung?«

»Es gibt einen Namen im Spiel, den wir nicht auf der Rechnung hatten, und der war der Schlimmste. Ansonsten haben wir recht nahe an der Realität fantasiert.«

»Nun sag schon, los«, drängelte sie.

Ich sah auf die Uhr. »Nur, wenn du schon im Auto sitzt«, gab ich zurück.

»Tue ich nicht, aber du kannst ruhig fahren, ich bin in einer Stunde da.«

»Nada, ich lass sie hier jetzt nicht alleine, sie ist in einer fürchterlichen Verfassung. Kein Wunder eigentlich.«

Biene überlegte einen Moment. »Gut, ich rufe beim örtlichen Revier in Rendsburg an ob sie eine Beamtin vorbeischicken können, die bei ihr bleibt, damit du los kannst. Okay?«

»Okay, ich warte solange. Und wir sehen uns dann heute Abend.« Ich unterbrach die Verbindung und hielt das Handy griffbereit. Es dauerte zehn Sekunden, bis es klingelte. »Na, was ist?«

»Sag mir sofort einen Namen, du Schuft.«

Ich lachte. »Na, wenn's nicht mehr sein soll. Müller.«

Sie brüllte ins Telefon. »Verarsch mich jetzt nicht. Los, sag es mir.«

Ich wurde wieder ernst. »Na gut. Setz dich erst mal. Es war Asmussen.«

»Asmussen?« sie konnte es auch nicht glauben.

»Richtig, der Herr Abteilungsleiter mit dem sanften Händedruck hat seinen Frust über die unqualifizierte Umgebung, in der zu arbeiten er gezwungen war, gerne an jungen Frauen ausgelassen. Prügelnd, versteht sich. Und an seinen Kumpanen, an denen aber eher liebevoll anal penetrierend.«

Am anderen Ende war Schweigen. »Du verarscht mich, oder?«

»Nein, das ist mein Ernst.« Ich konnte förmlich spüren, wie sie grübelte.

»Aber muss jemand, der Frauen prügelt, automatisch auch ein Mörder sein?«

»Muss er sicherlich nicht, aber mit Rambos Aussage haben wir eine Masse Möglichkeiten, die Dreckskerle ordentlich unter Druck zu setzen. Also bewege deinen entzückenden Hintern und komm her, okay?«

Diesmal beendete sie das Gespräch. Kaum zehn Minuten später kam ein unauffälliger Wagen in die Straße, parkte hinter meinem Van ein und zwei junge Leute stiegen aus. Ein Mann und eine Frau.

Sie waren vom örtlichen Revier, wiesen sich unaufgefordert aus, und die junge Frau setzte sich ohne Fragen zu stellen zu Ramona, während er sich in der Küche an der Kaffeemaschine zu schaffen machte.

Ich ging zu ihm hinaus. »Kriegt ihr das geregelt?«

Er wies mit der Kinnspitze auf die Tür zur Diele. »Vanessa schicken wir zur Hochbrücke, wenn da mal wieder jemand meint, springen zu müssen. Seit wir sie haben, fragen sich einige Leute in der Verwaltung, warum wir überhaupt noch Fangzäune aufstellen. Die regelt das schon. Sie ist in der Beziehung ein Genie. Und ich kann ganz ordentlich Kaffee kochen. Das ist doch auch was, oder?«

Er grinste breit, und ich fuhr, nachdem ich den Hund aufgesammelt hatte, beruhigt los, trotzdem bemüht die Verspätung aufzuholen.

Ich werde noch jahrelang durch das Labyrinth der Rendsburger Straßen fahren müssen, bis ich mich dort endlich auskenne. Ich brauchte für den Weg zur Autobahnauffahrt, der normaler weise nur fünf Minuten dauert, eine Viertelstunde und reihte mich in den üblichen freitäglichen Frühnachmittagsverkehr ein, der sich bis Hamburg hinziehen sollte.

Cremeschnitte saß auf dem Beifahrersitz anstatt davor zu liegen und sah mich aufmerksam an. Er war wieder einmal der perfekte Gesprächspartner, der mir nicht widersprach, trotzdem ständig Blickkontakt hielt und mich nur einmal unterbrach, als er hinter Neumünster Durst und Bewegungsdrang zu erkennen gab.

Ich nahm die Ausfahrt zur Raststätte, gönnte ihm etwas Wasser und Spaziergang und mir einen Kaffee, bevor wir die Reise fortsetzten.

Während der gesamten Fahrt ging mir Rambos Bericht nicht aus dem Kopf. Ausgerechnet Asmussen, den ich zwar für etwas überheblich gehalten hatte; aber ansonsten für harmlos.

Was sie mir erzählt hatte schien mir irreal in Verbindung mit dem kleinen, fast zierlichen Mann, der stets wie aus dem Ei gepellt, im Anzug mit täglich wechselnder Fliege zum Dienst erschien.

Bei seinen Leuten war Asmussen äußerst beliebt. Es gab bei ihm, im Gegensatz zu vielen anderen Abteilungen, so gut wie nie Stress wegen undurchsichtiger Beförderungen, er redete niemandem in fachliche Dinge hinein. Kurz, er schien ein idealer Chef zu sein.

Auch im privaten Sektor stand er nach meinen Informationen untadelig da. Ich saß mit ihm im Prüfungsausschuss der Handelskammer, ärgerte mich zwar manchmal über sein fachliches Unvermögen, aber er nickte grundsätzlich die Entscheidungen ab, die wir anderen trafen. Von seinem Engagement für Brenninger einmal abgesehen, das mir jetzt natürlich verständlicher wurde.

Außerdem wusste ich, dass er im Stadtelternbeirat der Gymnasien saß, er musste also Kinder haben. Innerhalb der Verwaltung war es ein offenes Geheimnis, dass er trotz seiner erst knapp 45 Jahre keine Ambitionen mehr hatte einen höher dotierten Job zu erreichen. Er schien sich dort, wo er saß, wohl zu fühlen.

Ich überlegte, wie sein Kontakt zu Lilly zustande gekommen sein konnte. Oder kam der Kontakt von jemand anderem? Ich dachte an Brenninger und Fiebig, und schüttelte den Kopf.

Cremeschnitte gab mir, nickend und von der Wärme hechelnd, Recht. Ohne Not hätte Lilly sich mit solchen Typen nicht eingelassen, das war mir klar, und auch die Aussage Davidsens von der Strombol hatte das bestätigt. Blieb Davidsen selbst, auf dessen Verstrickung in diesen Fall eigentlich nichts hinwies. Und dann blieb nur noch einer übrig: Hallmann, ihr direkter Dienstvorgesetzter. Ich redete mit mir selbst, hoffte den mittlerweile schlafenden Hund nicht zu wecken.

»Chip, dir fehlt nur der eine Schlüssel, um die Tür zur nächsten Kammer zu öffnen. Was machst du, wenn dir das im MUD passiert?«

MUDs, Multi User Dungeons, Internet Rollenspiele in düsteren Höhlen und finsteren Kerkern oder in fantastischen Landschaften auf fremden Planeten, faszinieren mich seit vielen Jahren immer wieder einmal. Dann verbringe ich wochenlang die Nächte vor einem Monitor, denn diese Spiele werden naturgemäß nachts gespielt, weil da die meisten Mitspieler Zeit haben. Die ältesten dieser Spiele laufen seit einigen Jahren ununterbrochen und haben Hunderte von Teilnehmern, die einander zum Teil mehrmals im Jahr persönlich treffen. Das Abenteuer endet nie, es kommen immer wieder neue Gefahren, Gegner oder Aufgaben auf die Spieler zu. Ich habe einige Freunde, die ihre realen Partner bei solchen Rollenspielen gefunden oder auch verloren haben.

Ich überlegte, wie ich vorgehen würde, wenn der Fall nicht echt, sondern ein MUD wäre.

»Finde möglichst viele Gemeinsamkeiten zwischen dem, von dem du viel weißt, und dem, von dem du unbedingt mehr wissen möchtest.«

Das war eine gute Strategie, dachte ich mir. Lilly und Hallmann: Gemeinsamer Arbeitsplatz, perverse Spielchen am Abend, bei denen er nicht allein und sie nicht ganz freiwillig dabei war. Gab es mehr Gemeinsamkeiten?

Ich griff zum Handy, Biene hatte ihres abgestellt. Ich rief Robo an, auch er war nicht erreichbar. Ein Anruf beim Präsidium brachte mir Lämmchen an den Apparat. Er war offensichtlich nicht zuständig, versprach mir aber, abzuklären, ob und wie die beiden in Kontakt gestanden haben konnten und mich zurückzurufen.

Weiter im Text. Ich knallte beinahe auf einen LKW, der in der Norderstedter Auffahrt auf das Recht des Stärkeren pochte und gnadenlos aus dem Beschleunigungsstreifen auf meine Spur zog.

Wie hingen Asmussen und Hallmann zusammen? Und was hatte Lorenzen damit zu tun? Mir drehte sich der Kopf, als ich auf die Abfahrt zum Flughafen zufuhr.

Ich sah auf die Uhr und entschloss mich kurzfristig, noch beim dort ansässigen schwedischen Lebensmittelhaus mit angeschlossener Möbelabteilung vorbeizufahren. Ich suchte mir einen Parkplatz im Schatten, machte noch einen kleinen Gang mit dem Hund und ging dann erst mal etwas essen.

Im Restaurant schien jeder ein Handy in der Hand zu halten, also nahm ich auch meines heraus und versuchte Elke anzurufen, natürlich lief ein Band. Ich schickte ihr eine SMS, dass ich kurz vor dem Ziel sei. Dann stürzte ich mich auf den süßen schwedischen Kuchen, von dem ich wusste, er würde mir in der Nacht Alpträume vom Platzen verursachen.

Danach kaufte ich im Discount vor dem Eingang ein. Die Kassiererin war kurz davor, den Arzt zu rufen, als ich mit 15 Tüten Dillchips und 50 Tüten Lakritzfischen an ihrer Kasse aufmarschierte. Zusätzlich hatte ich eimerweise Knäckebrot und Hartkäse in meinem Wagen.

Ich bezahlte ungefähr die Summe, die andere für eine neue Schrankwand ausgeben und die Fressalien nahmen auch ähnlich viel Platz ein. Aber wann kommt man schon mal in einen Laden, der solche Köstlichkeiten verkauft?

Cremeschnitte nahm freiwillig auf dem Beifahrersitz Platz, damit ich die Lebensmittel vor demselben verstauen konnte, hinten hatte ich ja kaum noch Raum, weil Elkes Sachen bis beinahe unter die Decke gestapelt waren.

Schließlich hatte ich alles verstaut und reihte mich ein in die Schlange der Lehrer und Sozialpädagogen, die an diesem Freitag wieder einmal ihr alljährliches Diplomklassentreffen veranstaltet hatten und schlich im Schritttempo in Richtung Autobahn.

Im Krohnstiegtunnel wurde mir wieder einmal klar, warum viele Hamburger die Flughäfen von Kiel oder Hannover benutzen, wenn von dort Maschinen in die richtige Richtung fliegen. Wir standen nämlich. Ohne Grund, wie immer. Und ohne jeglichen Raumgewinn.

Der einzige Vorteil des Staus war es, dass ich guten Gewissens Elkes SMS lesen konnte, die mir mit dürren Worten ihren Standort mitteilte. Als ich endlich ankam, war ich erstens eine halbe Stunde zu spät und zweitens sicher, dass mein Gefühl mich nicht getrogen hatte.

Sie stand auf dem Weg vor dem Terminal, ihre Taschen und Koffer neben sich, an der Hand einen jungen Mann, der sich wirklich allerliebst um sie bemühte. Händchen haltend, küssend, Haare streichelnd. Wirklich zum Herzerweichen. Ich strahlte innerlich, als ich ausstieg.

»Hallo Elke. Schön, dich zu sehen.«

Ihr Blick war frostig wie eine Eisbombe. »Hi Chip, ich muss mit dir reden.«

Ich beschloss sie ein wenig zu ärgern, nahm sie in den Arm und drückte ihr einen Kuss auf die krampfhaft verschlossenen Lippen. Dann ließ ich sie los. »Willst du uns nicht vorstellen? Eine Urlaubsbekanntschaft?«

Ich reichte dem Burschen die Hand und war froh, dass er zivilisierter zu schein schien, als es sein Aussehen nahe legte. Er war braungebrannt und einen Kopf kleiner als ich, aber sicherlich doppelt so breit.

Sein Kopf saß auf einem Trapez, das direkt aus den Schultern wuchs, da wo bei anderen Menschen der Hals sitzt. Seine Unterarme hatten das Format, das ich mir für meine Oberschenkel immer gewünscht hatte, als ich noch Sport machte. Er war nicht nur bummelig fünfzehn Jahre jünger als ich. Elke hätte auch seine große Schwester sein können.

»Ich bin Chip, Hallo.« Ich sagte das ganz freundlich und er schüttelte meinen Arm wie ein wütendes Kind seinen Teddybären.

»Marco, Hallo.«

Ich grinste ihn an. »Toll Marco, kannst du auch ganze Sätze?«

Bevor er die Frage verstand, zog ich schnell meine Hand aus seiner Pranke und brachte sie in meiner Hosentasche in Sicherheit. Dunkle Wölkchen umflorten seine strahlend blauen Augen. Wahrscheinlich war er sauer, weil er meine Frage nicht verstanden hatte.

Elke mischte sich in unser gerade beginnendes Gespräch ein. »Hör doch auf mit dem Scheiß. Lass uns lieber reden.«

»Okay, was liegt an?«

Sie zog mich ein paar Meter zur Seite. »Marco und ich haben uns da unten kennen gelernt, und wir haben festgestellt, dass wir total auf einer Wellenlänge sind, verstehst du?«

Natürlich verstand ich. »Auf der makrobiotischen? Oder auf der tiefenpsychologisch esoterischen?« fragte ich, auf ihre diversen Ticks der letzten Jahre anspielend.

»Oder kommt er aus der ‚zurück zur Natur'-Ecke? Nein, ich denke, er ist eher einer vom analytisch intellektuellen Typ, oder?«

Ich sah sie an, sie kaute auf ihrer Unterlippe.

»Chip!«

Ich lachte. »Ist schon okay, ist mir auch egal, Hauptsache, ihr versteht euch.«

Sie sah mich ungläubig an. »Du bist nicht sauer?«

»Ganz im Gegenteil, ich wünsch dir alles Gute.«

Sie war überglücklich. »Oh toll, ich hatte so ein schlechtes Gewissen. Ich meine, ich hätte dich ja wenigstens anrufen können, dann hättest du dir den Weg gespart.« Sie kaute wieder auf der Lippe. »Ich gehe nämlich mit zu ihm, er wohnt in Norderstedt. Meine Sachen werde ich dann nächste Woche…«

Ich unterbrach sie und zeigte auf den Wagen. »Kein Problem, Schätzchen. Das Wichtigste steckt dahinten drin, den Rest kann ich dir zuschicken.«

Ihr fiel das Kinn herunter. »Was, wieso, wer hat denn …, was …?«

Ich fiel ihr ins Wort. »Sind semantische Störungen ansteckend? Du konntest doch bis vor ein paar Wochen noch problemlos ganze Sätze mit einigermaßen sinnvollem Inhalt sprechen.«

Sie schaute hilflos zwischen dem Muskelberg, mir und dem Auto hin und her.

Ich beschloss, das ganze so schnell wie möglich zu beenden. »Also sag mir mal die Adresse. Dann fahr ich da hin und lade die Klamotten aus. Den Rest klären wir am Telefon, okay?«

Sie nickte, ging zu ihrem Lover, sprach mit ihm und kam dann wider zu mir.

Sie schrieb die Adresse auf einen Zettel in ihrem Notizbuch, riss die Seite heraus und drückte sie mir in die Hand. »Sag mal, könntest du uns nicht auch …?«

Ich schüttelte den Kopf. »Tut mir leid, aber der Typ überschreitet mein zulässiges Gesamtgewicht sogar, wenn er in Badehose auf die Waage geht. Schnappt euch ein Taxi oder den Bus oder haltet den Daumen nach oben, ist mir egal. Ich warte dann solange, bis ihr da seid.«

Ich winkte Marco fröhlich zu, stieg ins Auto und kurbelte die Scheibe herunter. »Bis gleich dann, und nehmt einen stabilen Bus. Nicht dass der noch durchbricht.«

Ich grinste sie an und hatte mich schon in den fließenden Verkehr eingefädelt, bevor er begriffen hatte, was ich gesagt hatte und bevor die Blauuniformierte meine Nummer in ihr Erfassungsgerät eintippen und mich wegen falschen Parkens denunzieren konnte.

Ich war noch nicht vom Flughafengelände herunter, als mein Telefon klingelte. Ich rechnete mit einem Anruf von Elke, aber es war Lämmchen.

»So mein Junge, ich habe mal ein paar Hausaufgaben gemacht. Tu uns einen Gefallen, und verrate nicht, dass du uns auf die Idee bringen musstest. Wir haben nicht nur die Beziehungen zwischen Lilly und Hallmann, sondern auch das Umfeld der anderen Verdächtigen und ihre Kontakte untereinander ausgeleuchtet.«

Ich drückte den Hörer ans Ohr und lenkte mit einer Hand, was den Wagen ordentlich ins Schwanken brachte. »Welche anderen Verdächtigen?«

Er lachte. »Chip, ich habe mit Biene telefoniert. Wir sind uns noch nicht ganz klar darüber, ob Robo die ganze Scheiße so ungefiltert zu hören bekommen muss. Aber du glaubst doch nicht, dass wir mit den Informationen von Rambo hier herumsitzen und Däumchen drehen, oder?«

Darüber hatte ich mir tatsächlich noch keine Gedanken gemacht. »Und, was habt ihr herausbekommen? Und was gibt es sonst noch Neues?«

»Das Wichtigste ist eigentlich, dass Fiebig vorläufig in U-Haft bleibt. Er streitet weiter ab, Lilly mehr als nur flüchtig zu kennen, aber wir haben eindeutig seine Fingerabdrücke auf einem Glas und einer Tasse in ihrem Geschirrspüler gefunden. Jetzt haben wir uns von den anderen auch die Fingerabdrücke besorgt. Dass heißt, meine Jungs sind zum Teil noch dabei. Danach sehen wir mal weiter.«

Ich war beruhigt. Offensichtlich verstanden sie doch mehr von ihrem Job, als ich befürchtet hatte.

»Ich fahr jetzt noch mal nach Norderstedt, wenn ich nicht vorher auf dem Krohnstieg verende. Dann komm ich nach Hause. Sagst du Biene, dass ich anrufe, wenn ich hinterm Kanal bin?«

»Mach ich, fahr vorsichtig und komm heil an.«

Ich stand schon wieder im Stau, es ging noch langsamer vorwärts als auf dem Hinweg. Ich kämpfte um jeden Zentimeter und dachte schon beinahe, der Hund würde mir ins Auto pinkeln. Endlich, nach beinahe einer Stunde, war ich durch und stand im Stau auf der Autobahn.

Die Strecke nach Norderstedt, bei freier Fahrbahn maximal eine Viertelstunde, nahm noch mal fast eine Stunde in Anspruch, dafür fand ich dank eines netten Taxifahrers die aufgeschriebene Adresse sofort.

Ich parkte vor der Tür und überlegte, was ich nun machen sollte, als der Hund, der gerade noch neben mir im Auto gesessen hatte, plötzlich an der Leine einer älteren Dame aus der Haustür trat.

Ich wischte mir die Augen und starrte ungläubig auf die beiden.

Die Frau mit dem Hund an der Leine sah mich an, als hätte ich zwei Köpfe. »Ist Ihnen nicht gut, junger Mann?«

Sie war mir auf Anhieb sympathisch, denn seit Jahren hatte mich niemand mehr ‚junger Mann' genannt. »Äh, doch. Aber der Hund.« Ich zeigte auf Cremeschnittes Zwilling.

»Meine Laila«, strahlte sie. »Was ist denn mit ihr?«

Ich beugte mich hinunter und streichelte die Hundedame zwischen den Ohren. Wie Cremeschnitte ließ sie sich sofort auf die Seite fallen und bot mir den Bauch zum Weiterkraulen. »Ich habe auch so einen, deshalb bin ich so überrascht.«

Jetzt kam ich auf die Idee einer Gegenüberstellung. Ich öffnete die Beifahrertür und angelte nach der Leine, bevor Cremeschnitte die einmalige Chance wahrnehmen und auf die Straße rennen konnte.

Weit gefehlt. Der alte Charmeur sprang aus dem Wagen, sah sein Gegenüber, versteifte sich und fing an herzzerreißend zu winseln. Die Hündin tat ihm das nach. So standen sie beide da, schauten sich tief in die Augen und zitterten in den Knien.

»Klarer Fall«, gab die Dame am anderen Ende von Lailas Leine von sich, »Liebe auf den ersten Blick!«

Mittlerweile waren die beiden aus ihrer Trance erwacht, beschnüffelten sich zuerst von Hinten und dann von vorn, verknoteten die Leinen ineinander, sprangen über- und untereinander her und verstanden sich auf Anhieb prächtig.

Die Dame war genau so erstaunt wie ich. »Die sehen ja wie Zwillinge aus. Den Strich über den Augen haben sie alle, das ist normal. Aber die beiden haben ja auch ansonsten absolut die gleiche Zeichnung.«

»Wer ist denn ‚alle'?«, warf ich ein.

Sie sah mich ob meiner mangelnden Hundekenntnisse mitleidig an. »Alle isländischen Spitze natürlich.«

»Ist das ein isländischer Spitz?« fragte ich verwundert.

Sie lächelte nachsichtig und sah mit verzücktem Blick zu den beiden Hunden hin. »Na, was dachten Sie denn?«

»Ich habe geglaubt, das sei ein Mischling«, gab ich verschämt zu.

»Niemals«, sagte sie resolut, fasste Cremeschnitte am Kopf, bog sein Ohr nach vorne und zeigte auf einen Fleck, den ich immer für Dreck gehalten hatte. »Da, sehen Sie? Das ist seine Tätowierung, der ist reinrassig.«

Mir war seine Rasse völlig egal, wie übrigens auch Laila, die jetzt mit meinem Rüden zusammen mit einer Art seltsamen Paarungstanz begonnen hatte, sich aber standhaft verweigerte, wenn er zur Sache gehen wollte. Jedes Mal quiekte sie und schnappte nach ihm, was ihn allerdings nicht weiter zu stören schien, denn er machte fröhlich weiter.

Hinter meinem Auto hielt ein Taxi. »Es tut mir ja wirklich leid, aber ich muss mit Laila zum Tierarzt, wir haben einen

Termin. Wenn Sie mal wieder hier sind, müssen Sie uns unbedingt besuchen kommen.«

Das sah wohl eher schlecht aus. »Leider, ich soll bloß ein paar Sachen hier abliefern, für eine Bekannte, die hier einziehen wird. Ich warte im Moment auf sie.«

Sieh sah mich neugierig an. »Hier einziehen? Hier ist doch gar nichts frei.«

Ich grinste. »Bei einem Muskelprotz namens Marco.«

Sie rümpfte die Nase. »Ach, der Herr Fitnesstrainer.« Sie sprach das Wort aus wie ‚Scharfrichter' oder ‚Politiker'. Fitnesstrainer standen auf ihrer Beliebtheitsskala offensichtlich nicht sehr weit oben.

»Den kenne ich allerdings nicht«, grinste ich.

Sie lachte. »Warten Sie mal, ich sage meinem Mann Bescheid, dann können Sie mit Ihrem Schatz bei uns in der Wohnung warten.«

Schon stand sie an der Tür und sprach in die Sprechanlage. Dann kam ihr Mann herunter, er war genau so nett wie sie, und im nächsten Augenblick saß ich schon bei Kaffee und Keksen in seiner Küche und ließ mir berichten, welch fantastischen Hunde doch Isländische Spitze wären. Cremeschnitte machte sich derweil über Lailas Fressnapf her.

Mehr durch Zufall sah ich aus dem Fenster und entdeckte die beiden Turteltäubchen Hand in Hand am Auto stehen und warten.

Ich entschuldigte mich bei unserem Gastgeber und ging nach unten, um den Wagen aufzuschließen.

»Na denn man los, ihr zwei«, versuchte Elke aufgesetzt fröhlich, mich anzufeuern.

Ich lehnte dankend ab. »Ich besuch hier alte Freunde. Das Ausladen müsst ihr schon alleine erledigen.«

»Alte Freunde?«, stammelte der Fleischberg.

Ich nickte ihm behutsam zu. »Alte Freunde. Besuchen. Ich. Du ausladen«, passte ich mich seinem Sprachniveau an, schritt durch die Tür zurück und ging in die Erdgeschosswohnung, deren Tür nur angelehnt war.

Sie starrten sprachlos hinter mir her.

Ich kam mit Leopold Mohr, einem pensionierten Zollbeamten »zwanzig Jahre Hundeführer, nicht einen Tag krank und immer Schäferhunde« ins Gespräch. Ich erfuhr, dass Laila ein Geschenk seiner Frau an ihn gewesen war, weil er es ganz ohne Hund nicht ausgehalten hatte, nach der Pensionierung.

In der letzten Zeit aber hatte er immer mehr Pflichten auch an seine Martha, sein Schnuffelchen, wie er sie nannte, abgetreten. Weil der PC, Geschenk seiner Kinder »damit ich mich nicht so langweile, nach der Pensionierung«, einen großen Teil seiner Zeit in Anspruch nahm.

Ich schaffte es gerade noch, seinen Virenscanner zu Online-Updates zu überreden, eine Aufgabe, an der er seit 14 Tagen erfolglos gebastelt hatte, dann klingelte es, und Elke gab Bescheid. Der Umzug war abgeschlossen.

Unter anderen Umständen hätte ich garantiert bis in die Nacht bei Mohrs gesessen, vor allem, weil seine Frau mit Laila wieder auftauchte, und Cremeschnitte partout die Wohnung nicht mehr verlassen wollte. Aber es ging einfach nicht anders.

Wir tauschten die Adressen und Telefonnummern aus, und ich versprach, mich ganz bestimmt schnell zu melden. Allein schon wegen der Hunde. Und wegen Marthas Labskaus. Und weil sie meine Freundin kennen lernen müssten, und ich ihre Kinder. Und schließlich war da ja auch noch der Internetzugang auf Leos PC. Der lief und lief einfach nicht richtig.

Ich brauchte eine halbe Stunde für die Verabschiedung, weitere zehn Minuten, um Cremeschnitte hinter dem Sofa hervor zu zerren, dann kam ich endlich los.

Ich verbannte den Hund nach hinten, wo jetzt unendlich viel Platz war. Er legte sich beleidigt auf die Ladefläche, schloss die Augen und war schon eingeschlafen, ehe ich die Autobahn erreicht hatte.

Die Rückfahrt war ähnlich beschwerlich wie es der Hinweg gewesen war. Die Tourischwemme wogte zum nächsten seglerischen Großereignis in Flensburg, einer Regatta, die von einer Flensburger Silberschmiede gesponsert wurde. Ich sah neidisch auf die Gegenfahrbahn, die frei war. Wie immer wenn ich gezwungen bin, auf der Autobahn zu fahren. Vor dem Autobahnkreuz Neumünster, ich hatte gerade meine Reisehöchstgeschwindigkeit von 90 km/h erreicht, klingelte das Handy.

Ich nahm ab ohne nachzusehen, wer dran war. Robo meldete sich. Er klang recht gut gelaunt.

»Chip, kannst du mir einen Gefallen tun und Ramona mit nach Flensburg bringen, oder macht das Probleme wegen deiner Sitze?«

Ich machte es kurz. »Ja, Nein.«

»Was?«

Ich lachte. »Ja, ich kann dir einen Gefallen tun, und nein, es macht keine Probleme. Ich bin allein. Bis auf den Hund, aber der mag Ramona.«

Er schien überrascht. »Wo ist Elke?«

Ich wich einem wild gewordenen Dänen aus, der kolonnenspringend an mir vorbeizog. »Elke ist bei einem Schwarzenegger Klon in Norderstedt und bleibt auch da.«

»Scheiße.«

Ich lachte, jetzt noch fröhlicher. »Ach was, ist schon okay. Das hätte sonst nur einen Mordsärger gegeben, wegen Biene.« Ich holte tief Luft. »Und wie sieht's bei euch aus?«

»Kann ich dir am Telefon schlecht erklären. Bring mal Ramona mit, heute Abend haben wir dann wohl ein bisschen Zeit zum Schnacken.«

Ich sagte ihm, er solle Rambo anrufen und meine voraussichtliche Ankunftszeit durchgeben, dann legte ich auf.

Wider Erwarten fand ich das Haus in Rendsburg auf Anhieb. Ramona war bestens aufgelegt, sie hatte schon gepackt und ihre Eltern waren jetzt auch da. Wir tranken noch einen Kaffee, ich bekam ein ordentliches Butterbrot, Cremeschnitte einen Spaziergang mit Ramonas Vater und die Reste vom Mittagessen. Dann kamen wir endlich los.

Obwohl ich Ramona wirklich lange und auch recht gut kannte, war mir das Schweigen während der Fahrt beinahe unangenehm, aber ich wollte auch kein belangloses Blabla, deshalb schwieg ich. Ebenso wie sie, bis wir hinter Schleswig waren. Dann hielt ich es doch nicht mehr aus. Ich drehte das Radio leiser.

»Und, was ist jetzt mit euch beiden?« Ich sah zu ihr hinüber.

Sie zuckte hilflos mit den Schultern. »Ich weiß es nicht, keine Ahnung.«

»Aber Robo hat doch irgendwas gesagt, oder? Sonst hätte ich dich doch heute nicht mitnehmen sollen.«

Sie holte tief Luft, »Wenn er dir nichts gesagt hat? Mir auf jeden Fall nicht. Ich weiß nur, dass er heute beim Psychologen war. Ich denke, er wird eine Entscheidung gefällt haben und die wird er mir wohl mitteilen. So ist er eben.«

»Dann ist doch alles klar, oder?« Ich strahlte sie an.

Sie sah mitleidig zurück. »Alles klar, ja? Und ich soll begeistert sein, wenn er sich von mir trennen wird?«

Ich stutzte. Dieser Gedanke war mir bisher noch nicht einmal gekommen. Ich kannte die beiden schon, als sie noch nicht zusammen waren, und jetzt waren sie über zehn Jahre verheiratet. In meiner Vorstellung gehörten sie einfach zusammen, das ging gar nicht anders. Wir waren kurz vor der Abfahrt Tarp, ich setzte den Blinker und zog nach rechts auf den Parkplatz. Wir stiegen aus und vertraten uns die Beine, der Hund huschte ins nächste Gebüsch.

»Meinst du wirklich, er will sich von dir trennen?« Das konnte einfach nicht wahr sein.

Sie zuckte wieder mit den Schultern. »Ich weiß es nicht. Aber verübeln könnte ich es ihm wohl auch nicht, oder?«

Ich gab keine Antwort, sie redete weiter.

»Es war ja nicht das erste Mal, das sollte dir ja eigentlich klar sein.«

Sie sagte das nicht vorwurfsvoll, trotzdem meldete sich mein schlechtes Gewissen. Ganz leise.

»Aber ich denke, ich war immer diskret, wenn ich mal über die Stränge geschlagen habe. Außerdem hatte ich niemals ein Verhältnis, verdammt. Es waren Bettgeschichten, mehr nicht.«

Ich nahm ihre Hand. »Du liebst ihn doch, oder?«

Sie schniefte, »mehr, als du es dir vorstellen kannst.«

»Und warum …?« Ich beendete die Frage nicht.

Sie hielt die Hände vors Gesicht. »Ach Chip, wenn ich dir das sagen könnte. Ich weiß es einfach nicht. Es kommt, dann ist es da. Und dann kann ich einfach nicht nein sagen. Auch, wenn das beschissen klingt: Es macht Spaß, es ist in Ordnung. So lange bis ich nach Hause komme und Robert ins Gesicht sehe, dann kommt der Kater. Aber der geht dann meistens schnell wieder weg.«

Sie streckte sich auf der Bank aus, auf der wir uns niedergelassen hatten. »Bis jetzt hat er ja auch nie einen großen Aufstand deswegen gemacht. Aber ich schätze, das jetzt war auch was anderes.«

Ich war baff. »Du meinst, er weiß davon?«

Sie sah mir in die Augen. »Nicht von allem. Aber dass ich gelegentlich mit einem anderen ins Bett gegangen bin, wusste er.«

Mir hatte es die Sprache verschlagen. Ich suchte den Hund und ging mit ihm zum Auto. Als wir losgefahren waren, fragte ich weiter. »Und er hat das einfach so hingenommen?«

Sie überlegte. »Das ist jetzt etwas einfach ausgedrückt. Aber wir haben nie ernsthaft über eine Trennung geredet.«

Auf dieser Fahrt wurde mir viel über meine Freundschaft mit Robo klar, und ich hatte keine Probleme, mit Ramona darüber zu reden. Ich fuhr an der Abfahrt Tarp ab und nahm den Weg durch die gelben Rapsfelder in Angeln. Kreisstraßen, Dorfstraßen, Sandwege, wir hatte Zeit genug, einen Blick auf unser beider Verhältnis zu Robo zu werfen.

»Weißt Du«, fing ich an, »dass ich Robo seit dem Kindergarten kenne?«

Sie griente. »Hat er mir erzählt. Du hast ihm die Freundin ausgespannt, stimmt das?«

Mir war nicht zum Lachen. »Das stimmt, und nicht nur die. Es war eigentlich immer so, dass Robo nette Mädels kennen lernte, sie mir vorstellte und bald darauf lief dann etwas zwischen denen und mir.«

»War ja bei uns auch nicht viel anders, oder?« Sie sah mich von der Seite an.

»Doch, das war wohl anders, du warst immerhin schon fest mit ihm zusammen und ihr seid auch zusammen geblieben. Lange Jahre war es so, dass Robo wollte, aber ich kam zum Zug. Oder er war zum Zug gekommen, und ich übernahm das Mädchen von ihm.«

»Und wie oft ist das passiert?« wollte sie wissen.

»Immer. Ich glaube, Robo hatte nie eine Freundin, mit der ich nicht auch etwas hatte. Schließlich war er es auch, der zuerst mit meiner ersten Frau zusammen war.«

Ich umkurvte einen Knick und versuchte die Richtung zu bestimmen, in der die Dorfstraße von Hürup liegen musste.

»Und ihr habt nie deswegen Streit gehabt?«

Ich dachte zurück. »Doch, als Jugendliche sowieso, und später auch. Aber nur gelegentlich, und nie ernsthaft. Wir haben immer wieder mal ein paar Wochen nicht miteinander gesprochen, aber das war's dann auch schon.«

»Du kannst ihm alles vorwerfen, aber nicht, dass er eifersüchtig oder nachtragend wäre, das stimmt einfach nicht.«

»Ihr hattet nie Stress deswegen?« fragte ich.

»Weswegen?«

Ich räusperte mich, welches Wort war jetzt das Richtige? »Na weil du fremdgegangen bist.«

»Stress? Nein Stress nicht. Wenn er es herausgekriegt hat, haben wir uns nur oft gestritten.«

Ich unterbrach sie. »Du meinst immer, oder?«

Sie schüttelte den Kopf, »Nein, nicht immer. Manchmal hat es ihn nicht gestört, nicht wirklich. Aber immer hat er sich nach solchen Sachen wesentlich mehr Mühe gegeben. Er kam früher nach Hause, hat mit mir Urlaub gemacht und solche Dinge.«

Ich verstand es immer noch nicht ganz. »Und im Bett?«

»Im Bett ging in diesen Zeiten die Luzie ab«, grinste sie, »als ob wir uns beweisen wollten, dass es auch anders geht.«

Ich musste auch grinsen, aber wir wurden schnell wieder ernst. Ich fuhr rechts an den Straßenrand. Ich hatte keine Ahnung, wo wir genau waren. Obwohl die Sonne am Horizont nur noch zu ahnen war, war es taghell. Auf der Koppel vor uns tobten fuchsbraune Fohlen, von ihren Müttern argwöhnisch beäugt.

»Weißt du, Chip, manchmal denke ich, ich bin nicht normal. Kannst du dir das vorstellen? Du liebst jemanden, ganz und mit Haut und Haaren. Dann siehst du jemand anderen, und plötzlich werden deine Knie weich, im Bauch fängt es an zu rumoren, dir wird schwindlig und du weißt nur noch eins: Mit dem will ich. Jetzt und sofort. Nach mir die Sintflut!«

Ich nickte. »Natürlich kann ich mir das vorstellen, mir geht es oft so.«

Sie sah mich erstaunt an. »Und dann? Was machst du dann?«

Ich grinste verlegen. »Meistens beherrsche ich mich. Es ist zwar schwer, aber es geht. Manchmal geht es nicht, dann passiert es eben. Shit happens.«

Irgendwo ganz tief in meinem Hinterkopf erschien Jenni und lächelte wissend.

Sie seufzte. »Na, von Männern hört man das ja öfter, aber als Frau fühle ich mich so beschissen dabei, du glaubst es nicht.«

Ich holte den MP3-Player aus dem Handschuhfach und schloss ihn an die Anlage an. »Warte mal.«

Ramona sah mir zu, als ich die Verzeichnisse durchwühlte, dann hatte ich gefunden, was ich suchte. Ich sprang einige Titel nach vorne.

Eine Klaviermelodie erklang, zart und zerbrechlich und dann klang die schmeichelnde Stimme aus den Lautsprechern:

Ich weiß nicht, zu wem ich gehöre,
ich bin doch zu schade für einen allein.
Wenn ich jetzt gerade dir Treue schwöre,
wird wieder ein anderer ganz unglücklich sein.

Sie sah mich mit feuchten Augen an und lehnte den Kopf an meine Schulter. »Wer ist das?«

Ich legte den Finger an meine Lippen, »Psst.«

Ja soll denn so etwas Schönes nur einem gefallen?
Die Sonne, die Sterne gehören doch auch allen.
Ich weiß nicht, zu wem ich gehöre,
ich glaub' ich gehöre nur mir ganz allein.

Bei den letzten Worten fing sie zuerst an zu schluchzen und weinte dann hemmungslos.

Schweigend hielt ich sie im Arm und streichelte ihren Rücken, bis sie sich wieder beruhigt hatte. Ich fuhr weiter. »Wahrscheinlich hat Marlene Dietrich so ähnlich gefühlt wie du.«

Sie schnäuzte sich die Nase und wischte sich die Tränen aus den Augen. »Danke.«

Ich winkte ab. »Pass mal auf, ich habe wirklich das Gefühl, das wird schon wieder mit euch beiden. Mach dir nur nicht zu viele Sorgen darum, versprochen?«

Sie nickte und drückte mir einen feuchten Kuss auf die Wange. »Versprochen, Chip.«

Wir fuhren direkt zu mir nach Hause, die Bude war schon voll. Biene und Robo saßen in der Küche und warteten.

Robo und Ramona begrüßten sich zurückhaltend, beinahe schüchtern und wir setzten uns mit an den Tisch. Hunger hatten wir beide nicht, aber der Kaffee kam uns gerade recht.

Robo fasste die Ergebnisse seiner Arbeit zusammen. »Wir haben die Fingerabdrücke von Brenninger, Fiebig, Asmussen, Lorenzen und Hallmann mit den in der Wohnung gefundenen verglichen. Alle sind definitiv in der Wohnung gewesen, aber alle streiten es ab.«

Ich unterbrach ihn. »Was ist mit »Davidsen?«

Er sah auf. »Davidsen hat freiwillig angeboten, seine Fingerabdrücke abzugeben, er sagt, er sei seit fast einem Jahr nicht in der Wohnung gewesen, und das scheint zu stimmen, zumindest wenn wir nur nach den Fingerabdrücken urteilen.«

»Habt ihr herausbekommen, wie der Kontakt zwischen Lilly und den Kerlen zustande gekommen ist?«

Robo schüttelte den Kopf. »Wir setzen sie alle unter Druck, weil wir wissen, dass sie lügen. Aber nachweisen können wir ihnen bisher noch gar nichts.«

Ich reckte mich, mein Rücken schmerzte von der langen Fahrerei. »Und woher wisst Ihr, dass sie lügen?«

Robo nahm seine Unterlagen. »Lilly hat letztes Jahr«, er schaute in den Ordner, »im April, also etwa ein halbes Jahr nachdem sie den Strombol-Job angenommen hatte, eine Tour nach Hof organisiert, an der Asmussen und Hallmann teilnahmen.«

Ich stand auf und goss mir Kaffee nach. Biene hielt mir ebenfalls ihre Tasse hin, und sprach an Robos Stelle weiter.

»Wir haben mit anderen gesprochen, die auch an der Fahrt teilgenommen haben. Hallmann und Asmussen haben sich ziemlich von der Gruppe abgesetzt, aber der Kontakt zu Lilly soll sehr intensiv gewesen sein. Zumindest der zwischen Hallmann und Lilly.«

Ich pfiff durch die Zähne. »Siehst du, jetzt fallen die Steine langsam an die richtigen Plätze im Puzzle.«

Robo sah mich an. »Was ist los?«

Ich schüttete Milch in meinen Kaffee. »Na ist doch merkwürdig, oder? Lilly ist in Hof, und kurz darauf fängt sie an, eine Organisation von da unten, die sich um misshandelte Frauen oder Kinder kümmert, finanziell zu unterstützen. Findet ihr das nicht seltsam?«

Robo kam nicht mit. »Wie kommst du denn darauf?«

Ich setzte mich wieder. »Hat uns dein Kollege doch erzählt, dass sie seit etwa einem Jahr auch eine Organisation in Oberfranken unterstützt, oder?«

Robo runzelte die Stirn. »Und Hof liegt in Oberfranken?«

Ich sah ihn vorwurfsvoll an. »Bohlke, Heimatkunde: Fünf! Setzen. Natürlich liegt Hof in Oberfranken.«

Robo sprang auf, griff sein Handy und ging wählend ins Wohnzimmer. Als er zurückkam strahlte er über beide Backen. »Bingo! Lilly hat seit ihrem Besuch in Hof regelmäßig eine Organisation unterstützt, die sich dort um sexuell misshandelte Jungen und Mädchen kümmert. Zumindest lässt der Name dieser Organisation dies vermuten. Lämmchen telefoniert jetzt mit den Kollegen da unten und bittet um Amtshilfe. Die sollen jemanden von der Organisation aus dem Bett klingeln und feststellen, ob da was über Lilly bekannt ist.«

Ich war zufrieden. »Da habt ihr ja ganz schön fleißig gearbeitet, muss ich feststellen.«

Biene grinste. »Wir waren sogar noch viel fleißiger.«

Ich sah sie an. »Noch mehr Neuigkeiten?«

Sie nickte. »Rate mal, was Brenningers Vater beruflich macht?«

»Da brauche ich nicht zu raten, er ist Geschäftsführer, bei Nordbau.«

Robo sah mich an. »Das wusstest du?«

»Natürlich, das weiß doch jeder Flensburger.« Ich zuckte zusammen, als ich Bienes und Robos Blicke sah. »Na ja, fast jeder, vielleicht.«

Robo richtete sich auf. »Die Nordbau ist eine der wichtigsten Beteiligten der hiesigen Firmengemeinschaft, die sich um das Projekt Umgestaltung Silogelände beworben hat. Sozusagen der Generalunternehmer, der den Auftrag vom Projektentwickler bekommen hätte.«

Jetzt war es an Biene mein Pfeifen zu imitieren. »Na, dämmert es dir?«

Es dämmerte mir, und zwar ganz gewaltig. »Gehe ich recht in der Annahme, dass Bernd Brenninger gute Aussichten auf einen lukrativen Job gehabt hätte, wenn das Konsortium seines Vaters den Auftrag erhalten hätte?«

Biene und Robo nickten synchron. »Der Kandidat hat 100 Punkte.« vermeldete Biene lakonisch. »Sein Vater hat uns das heute Nachmittag bestätigt.«

Robo redete weiter. »Und obwohl Lilly nicht für die Ablehnung der Flensburger Gruppe verantwortlich war, die war schon beschlossen, als Lilly Davidsen kennen lernte ...«,

Biene setzte den Satz fort, »... könnte er die Schuld für die entgangene berufliche Chance durchaus ihr zugeschrieben haben.«

Noch während sie redete, klingelte Robos Handy. Er meldete sich, suchte nach seinen Unterlagen und schrieb eine Telefonnummer auf. Er sah uns an. »Ich habe die Nummer von ‚Child-Care Without Frontiers', der Organisation in Franken, die Lilly unterstützt hat. Oder besser, ich habe die Nummer der Mitarbeiterin, die Lilly persönlich kennen gelernt hat, als sie da unten war. Die Hofer Kollegen haben mit ihr gesprochen und meinen Anruf angekündigt.«

Ramona hatte sich irgendwann während des Telefonats ins Bad zurückgezogen. Jetzt kam sie frisch riechend und erholt aussehend in die Küche zurück, setzte sich und steckte sich eine Zigarette an.

Biene sah zu Robo hinüber. »Das dauert doch sicher länger, oder?«

Robo nickte. »Ich vermute es zumindest.«

Sie stand auf und zog mich am T-Shirt hoch. »Dann gehen wir jetzt auch duschen! Chip riecht schon ziemlich streng.« Sie grinste, und ich ergab mich.

Nach dem Duschen gingen wir erfrischt in die Küche zurück. Rambo hatte sich in der Stube auf die Couch gelegt. Robo hatte gerade sein Telefonat beendet. »Das war ein aufschlussreiches Gespräch.«

Wir sahen ihn gespannt an.

»Ich habe mit einer Sozialpädagogin gesprochen. Der Verein kümmert sich um Kinder die sexuell misshandelt wurde, und zwar in der Hauptsache um tschechische Kinder.«

Biene sah ihn an. »Tschechische?«

Er nickte. »Hof liegt ziemlich nah an der Grenze. Es ist wohl eines der Einfallstore deutscher Sextouristen nach Tschechien. Und sie versuchen, wenigstens ein bisschen zu helfen. Speziell eben den tschechischen Kindern.«

»Und was hatte Lilly mit denen zu tun?« Ich war gespannt.

Robo setzte sich. »Lilly ist im April letzten Jahres, während ihrer Tour bei denen aufgetaucht und hat mit der Mitarbeiterin gesprochen. Sie hat behauptet, sie wüsste von zwei Tätern, die sie kenne und die sich in Tschechien auf dem Kinderstrich bedient hätten. Auf Nachfrage konnte sie zwar keine Beweise bringen, aber sie war sich sehr sicher. Die Mitarbeiterin hat ihr dann klar gemacht, dass eine Anzeige nur Sinn macht, wenn sie entweder Beweise für ihre Anschuldigen hätte, oder die Kinder zur Aussage bewegt werden könnten.«

Ich schluckte. »Und beides war nicht der Fall.«

Robo nickte. »Aber sie hat der Sozialpädagogin gegenüber Namen genannt.«

Er zog eine Zigarette aus der Tasche und zündete sie umständlich an.«

Biene schreckte auf. »Hallmann und Asmussen!«

Robo nickte wieder. »Nichts Handfestes. Aber ich schätze es ist genug Material um die beiden morgen mal gehörig unter Druck zu setzen, oder?«

Wir stimmten ihm zu. Wir überlegten, was wir mit dem Abend anfangen sollten, aber die Möglichkeiten waren nicht allzu prickelnd. Ein weiterer Regattaauftakt mit zu vielen Besoffenen an der Hafenspitze. Das Handballspiel, das uns wie die meisten Zuschauer auch nicht interessierte, nur das wir auch kein Interesse am Gesehen werden hatten. Die Lesung, bei der irgendein örtlicher Künstler beweisen wollte, dass er aus einem Mankell fehlerfrei vorzulesen in der Lage war. Nichts reizte uns.

Wir beschlossen, die Gartenstühle aufzuklappen und den Abend mit einem weißen Lambrusco zu Hause zu verbringen.

Biene und Rambo wurden ausersehen, vorher noch Cremeschnitte auszuführen und Chips zu besorgen, Robo und ich machten uns über das CD-Regal her und suchten Musik für den Abend aus.

Ich legte ‚Flowers in the Wildwood' heraus, wunderschöne und witzige Vorkriegs-Country Songs, allesamt von Frauen gesungen.

Ich sah Robo an. »Und?«

»Und was«, grummelte er und legte dabei ‚Mumtaz Mahal' auf den Stapel der Auserwählten.

»Na was wohl? Was ist denn jetzt mit euch beiden? Oder was wird, muss ich ja wohl sagen.«

Er wühlte zwischen den Grönemeyers. »Ist hier nicht irgendwo auch ‚Currywurst' drauf?«

Ich zog ‚Total Egal' heraus und legte sie zur Seite.

Er sah mich an. »Ist schon in Ordnung.«

Ich sah ihn fassungslos an. »Ist schon in Ordnung? Und das ist alles, was du dazu sagst?«

Er hielt die Lambruscoflasche zwischen den Beinen, zog den Korken und schenkte die Gläser voll. »Was soll ich sonst sagen?«

Ich explodierte. »Robo, wenn du die Aussage gelesen hast, weißt du, was da abgelaufen ist. Und du weißt auch, dass das zwar das Schlimmste gewesen sein mag, aber nicht alles. Ich bewundere dich, dass du ihr noch nicht den Hals umgedreht hast, wirklich. Und da sagst du mir ‚ist schon in Ordnung'? Du hast sie doch nicht mehr alle.«

Er legte ‚Slow down' von Keb Mo in den CD-Player, ich zippte mit der Fernbedienung vor bis zu ‚Love in vain'.

»Scheiße alles.« Er sah mich mit großen Dackelaugen an.

Ich wartete, ich wusste, dass er reden wollte.

»Ich war doch heute beim Psychologen.«

Ich wartete ab, lehnte mich zurück und hörte zu, wie Keb auf unnachahmliche Weise Robert Johnson interpretierte.

»I've had too much of dreamin' – I'm gonna keep my eyes wide open – Better not believin' – Than believe what's not true – Don't tell me that my love's in vain«.

Ich nahm mein Glas und prostete ihm zu. »Und was hat er gesagt?«

Er sah mich an. »Gar nichts, das ist ja das Schlimme. Er hat nur gefragt, ich habe geantwortet und er meinte, ich soll mir mal selbst zuhören.«

Keb antwortete ihm mit den ersten Takten von ‚God trying to get your attention'.

Er sah mich an und fing an zu weinen. »Scheiße, ich begreif das doch auch alles nicht.«

Ich schluckte und nahm ihn in den Arm. »Mensch, Robo, ist doch okay.« Ich wusste zwar nicht was okay war, aber das war mir jetzt auch egal.

Er richtete sich auf, wischte sich die Tränen weg und griff nach seinem Glas. »Es stört mich nicht, verstehst du?« brüllte er.

Ich wusste überhaupt nicht, wovon er sprach, »Was stört dich nicht, verdammt noch mal. Meinst du, ich bin Hellseher, oder was?«

Er nahm die Fernbedienung, unterbrach »I'm telling you now' und ließ die CD von Anfang an durchlaufen.

Er holte tief Luft. »Ich weiß, wie Ramona ist. Ich weiß, dass sie fremdgeht, und es stört mich nicht. Nicht so, dass ich mich trennen würde. So, jetzt hab ich's gesagt, okay?«

Er war blass geworden. »Ich hab das Gefühl, dass das nicht in Ordnung ist, dass ich sie verprügeln sollte, mich von ihr trennen. Aber ich merke, dass ich das Gefühl nur habe, weil alle das von mir verlangen, weil das eben so sein soll. Verstehst du das?«

Ich schüttelte ratlos den Kopf. »Muss ich das verstehen?«

Er nickte. »Du hast doch selbst gesagt, ich sei nicht normal.« Er sah mich vorwurfsvoll an.

»Sorry, aber das habe ich doch nicht so gemeint.«

»Hast du doch.«

Er angelte nach den Zigaretten. »Wenn ein Mann nicht stinksauer wird, wenn seine Alte fremdgeht, dann ist er nicht normal. Aber ich bin nicht stinksauer, und ich schätze, ich muss dazu stehen. Sicher war das harter Tobak, was sie da abgezogen hat, aber das war ihr auch selbst klar. Ich denke, sie hätte das längst beendet, wenn die Situation nicht so verfahren gewesen wäre und sie nicht so mit Lilly gelitten hätte.«

Ich überlegte. »Und sonst? Es stört dich wirklich nicht, wenn Ramona mit einem anderen…«

Er unterbrach mich »…rumbumst, meinst du?« Er stand auf, »Nein, es stört mich nicht, solange alles andere in Ordnung ist. Solange nicht das, was wir miteinander machen darunter leidet. Solange stört es mich nicht.«

Ich ließ mich hintenüber fallen. »Okay, gut. Ich verstehe das nicht, aber das heißt gar nichts. Ich verstehe so vieles nicht. Aber es heißt, du willst mit ihr zusammen bleiben, oder?«

Er nickte.

Ich sprang auf und nahm ihn wieder in die Arme. »Das ist für mich im Moment erst mal das Wichtigste.«

Wir hörten den Lärm schon im Treppenhaus, die Frauen waren zurück. Wir schleppten blitzartig die Boxen auf den Balkon und machten es uns gemütlich.

Der Abend lief völlig an mir vorbei. Ich trank meinen Wein, knabberte die Chips, versuchte der Unterhaltung zu folgen, aber in meinen Gedanken war ich die ganze Zeit dabei, zu ergründen, wie ein Mensch so denken und handeln kann wie Robo es tat.

Biene versuchte mich mit Küssen und Zärtlichkeiten aufzumuntern, aber ich ließ mich nur halbherzig darauf ein. Rambo und Robo kamen sich im Laufe des Abends näher und näher, vor allem körperlich. Obwohl, oder vielleicht auch gerade weil, sie nicht ein Wort über die Angelegenheit redeten.

Es war nach eins, als Robo sich reckte und nach Hause wollte. Biene und ich halfterten Cremeschnitte und brachten die beiden noch bis zur Museumstreppe, wo wir uns verabschiedeten. Wir sahen ihnen hinterher, bis sie aus unserem Blickfeld verschwanden, dann gingen wir Hand in Hand zurück zum alten Friedhof.

»Verstehst du das?« fragte Biene leise.

»Nicht die Spur«, gab ich zurück, »aber das macht nichts, solange die beiden es verstehen.«

Für Biene und mich begann der Samstag erst spät. Sie weckte mich auf eine unwiderstehliche Art. Zuerst meinte ich zu träumen und als mir klar wurde, dass ich neben, oder besser unter ihr lag, war ich einfach zu faul, die Augen zu öffnen.

Anschließend duschten wir ausgiebig. und fuhren mit dem Wagen in die Stadt zum Einkaufen.

Wir besorgten, was wir brauchten, gingen in der Fußgängerzone frühstücken und bummelten anschließend noch ein bisschen durch die Läden. Dann brachte ich Biene zum Präsidium und ging nach Hause.

Ich brachte Ordnung in meine Hütte und fegte sogar das Treppenhaus, was Frau Neumann zu der erstaunten Feststellung »die junge Frau scheint Ihnen ja richtig gut zu tun, Sie werden ja plötzlich ganz ordentlich!« nötigte.

Ich überging die Anspielung auf meine vorherige Unordentlichkeit und grüßte sie zuckersüß. Dann schnappte ich mir Cremeschnitte, lud ihn ins Auto und fuhr in den Kollunder Wald, also nach Dänemark.

Dieser Wald, einst im Besitz der Stadt Flensburg war seit Jahren ein Streitpunkt in der Ratsversammlung gewesen, weil er, wie Wälder das so an sich haben, kein Geld einbrachte. Ganz im Gegenteil, er kostete sogar Jahr für Jahr eine nicht gewaltige, aber doch erkleckliche Summe. Und das Ganze, obwohl er auf dänischem Staatsgebiet lag. So verscherbelte man ihn dann eines Tages. Vermutlich an einen patriotischen dänischen Investor, der jetzt stolz darauf war, den letzten Zipfel seines Heimatlandes eingedänischt zu haben.

Cremeschnitte und mich störte dieser Hintergrund im Moment überhaupt nicht. Wir genossen beide die angenehme Kühle im Schatten der großen Bäume. Ich war froh, endlich einmal einen Begleiter neben mir zu haben, der nicht jeden Baum anhand seiner Blattform erkannte, und dann auch noch sein Wissen mit mir teilen wollte.

Cremeschnitte interessierte sich ohnehin nur dafür ob schon andere vor ihm diesen Baum entdeckt hatten und er ihn deshalb besonders intensiv markieren musste. Wir liefen anderthalb Stunden, fuhren dann zurück nach Wassersleben und gönnten uns eine Erfrischung.

Ich schleckte gerade mein Eis, als das Telefon klingelte. Biene war dran. Sie und Robo waren fertig geworden, ich sagte ihr, wo ich war, und sie wollte mit Robo nachkommen. Keine Viertelstunde später standen sie an meinem Tisch, Robo hatte vorher noch Ramona abgeholt.

Wir genossen den sanften Wind, der die Temperatur wesentlich erträglicher machte, schlürften alkoholfreie Drinks und ließen die Seele baumeln. Dann machten wir uns auf den Heimweg. Robo und Biene, die sich im Strandcafé wegen der Zuhörer zurückgehalten hatten, zerplatzten beinahe an ihrem Mitteilungsbedürfnis.

Ich erlöste sie. »Na, wie war es denn?«

Biene beugte sich nach vorn, damit ich sie verstehen konnte, Robo starrte auf die Straße. »Der Preis ist heiß, verdammt heiß. Sowohl Asmussen als auch Hallmann waren sichtlich von der Rolle, als wir sie auf die Fahrt nach Hof angesprochen haben. Sie wollten angeblich gar nicht mitbekommen haben, dass Lilly die Fahrt organisiert und betreut hatte. Hallmann wollte sogar einen Anwalt hinzuziehen, nachdem wir ihm vorgeworfen haben, er würde doch wohl eine seiner Mitarbeiterinnen auch erkennen, wenn sie außer Dienst sei.«

Ich drehte mich zu ihr um. »Und, hat er?«

Sie schüttelte den Kopf. »Wir wollten die beiden ja im Grunde genommen auch nur ein wenig aufschrecken, sie zu einem Fehler provozieren. Wir haben immer noch nichts mit Hand und Fuß, leider.«

Robo und Biene mussten noch mal ins Präsidium, um ihre Ergebnisse mit den Kollegen abzusprechen, Rambo und ich fuhren zu mir nach Hause, um das Abendbrot vorzubereiten.

Wir putzten Salat, schnippelten und brutzelten, machten nebenbei noch den Abwasch und scherzten miteinander. Wir waren wirklich blendend aufgelegt. Als wir fertig waren, setzten wir uns auf den Balkon. Ich zündete mir eine Zigarette an und starrte auf die Straße. »Hat ja wohl alles gut geklappt mit Robo, oder?«

Sie nickte. »Ihr habt drüber geredet, nicht wahr?«

»Ja, gestern Abend. Ich verstehe es nicht, aber was soll's? Hauptsache ihr beiden kommt damit klar.«

Sie legte die Arme um ihren Oberkörper, als sei ihr kalt. »Ich fühle mich da auf ziemlich dünnem Eis, aber im Moment geht's. Ich werde es ja sehen, denke ich.«

»Robo liebt dich, mindestens so sehr wie du ihn, das wird schon wieder. Seht mal zu, dass ihr ein paar Tage Urlaub macht wenn er mit diesem Fall fertig ist. Das Wetter wird schon noch eine Zeit lang halten.«

Sie stand auf, um den frisch gebrühten Kaffee zu holen. »Genau das haben wir uns vorgenommen. Habt ihr nicht Lust mitzukommen?«

Ich war verblüfft. »Ich dachte eigentlich, ihr wollt mal alleine sein, damit ihr in Ruhe reden könnt.«

Sie schob mir die Kaffeetasse herüber. »Wollen wir auch, aber 24 Stunden nur alleine miteinander, das trauen wir uns im Moment noch nicht. Wir dachten eigentlich an zwei getrennte Häuschen an der Nordsee, so dass man zwar Zeit miteinander verbringen, sich aber auch aus dem Weg gehen kann, bevor man sich auf die Nerven geht.«

Ich vertröstete sie fürs Erste. »Ich hätte schon Lust. Mal sehen, was Biene sagt, und ob sie Urlaub kriegen kann. Ansonsten, danke für die Einladung.«

Dann kamen auch schon Robo und Biene wieder. Robo war gut aufgelegt. »Wenn ich die Aussage der Frau aus Hof schriftlich kriege, bekomme ich auch einen Durchsuchungsbefehl für Asmussen und Hallmann. Der Alte hat das mit dem Richter abgeklärt. Die Kollegen in Hof sind schon informiert, die werden das morgen regeln.«

Wir trugen die Salatschüsseln auf den Balkon hinaus und machten es uns gemütlich. Wir hörten Musik, die CDs, die wir am vergangenen Abend nicht geschafft hatten, und unterhielten uns. Der Fall trat dabei immer mehr in den Hintergrund, und Robo und Ramona waren derart nett miteinander, dass es Biene und mir richtig Spaß machte, mit den beiden zusammen zu sein.

Endlich waren wir satt und zufrieden. Biene kam auf die Idee, die uns in den nächsten Stunden noch eine Menge Stress machen sollte. »Wie wär's denn, wenn wir morgen ganz früh losziehen und baden gehen? Es muss doch traumhaft sein, um halb fünf oder fünf ins Wasser zu hüpfen.« Die Frau war wahnsinnig, ich hatte etwas mit einer gefährlichen Irren angefangen.

»Bist du noch ganz dicht?« gab ich zurück. »Ich werde in dieses Wasser steigen, wenn es die Minimaltemperatur von 35 Grad Celsius erreicht und nach Fichtennadel riecht, keinen Moment eher, ich bin doch nicht verrückt.«

Sie lachte, »Du brauchst ja nicht mit rein zu gehen, aber mitfahren wirst du doch, oder?«

Ich überlegte einen Moment. »Wenn du Brote schmierst und wir eine Kanne Kaffee mitnehmen, überlege ich es mir.«

Sie strich mir über die Haare.« Wird gemacht, mein Schatz.«

Ich sah zu ihr auf. »Aber nur, wenn du ohne Badeanzug badest, damit ich auch was zu sehen habe.«

Sie lachte. »Denk dir, isch 'abbe gar kein Baddeanzug.« Sie wusste ganz genau, mit Speck fängt man Mäuse.

»Da kann ich ja wohl gar nicht nein sagen, wo mir doch jetzt schon das Wasser im Munde zusammenläuft.«

Rambo und Robo waren auch mit Begeisterung dabei. Es war mittlerweile acht Uhr abends, und Robo meinte bei Bienes bevorzugter Badezeit sei es doch sicher sinnvoller, dass er und Rambo bei uns schliefen.

»Robert Bohlke, du könntest binnen kürzester Zeit ein reicher Mann sein, wenn du deine Wohnung kündigen und ganz bei mir einziehen würdest«, nahm ich ihn hoch.

Er schmollte. »War ja nur eine Idee.«

Ich sah ihm an, dass er wieder einmal meinen Humor nicht verstand. »Sei nicht beleidigt, du altes Weichei. Natürlich pennt ihr im Arbeitszimmer, das ist doch gar keine Frage.«

Wir teilten die notwendige Arbeit ein. Biene machte sich daran, den Badeausflug vorzubereiten, schmierte Brote und packte Handtücher und Decken ein. Robo setzte sich an meinen Schreibtisch und schrieb ein wenig an seinem Bericht über den Fall. Ich versuchte, ein wenig Ordnung in die Bude zu bringen.

Rambo stand allen im Weg, auch weil sich niemand traute, sie zu einer Arbeit aufzufordern. »Mir reicht es jetzt«, platzte sie endlich heraus, »ich stehe ja hier herum wie bestellt und nicht abgeholt. Ich mache mich jetzt auf die Socken und hole ein paar Sachen aus unserer Wohnung.«

Robo brüllte durch die ganze Bude »Was für Sachen denn, ist doch alles hier.«

Sie schrie zurück »Kannst du dir vorstellen, dass ich gerne eine Zahnbürste und eine saubere Unterhose hier hätte?«

Er konnte und so schnappte sie sich Cremeschnitte, legte ihn an die Leine und marschierte los, während wir anderen mit unserer Arbeit weitermachten.

Gegen neun waren wir langsam fertig und sammelten uns wieder auf dem Balkon. Mir war nach Westcoast-Musik. Also suchte ich Randy Meisner heraus und legte die Scheibe auf den Plattenspieler.

Biene kam mit einem Glas Wein in der Hand und stellte sich in die Balkontür. »Wer ist denn das? Klingt ja irre.«

Ich nippte an ihrem Wein. Eiskalter, leicht prickelnder Lambrusco.

»Das ist Randy Meisner, Sänger und Gitarrist bei den Eagles. Sein erstes Soloalbum, von 1978.«

Wir lauschten und sahen auf den nahe gelegenen Park. Irgendwo in der Wohnung klingelte mein Handy, ich wollte aufstehen und nachsehen, aber das Klingeln hatte schon wieder aufgehört.

Dann kam auch Robo aus dem Arbeitszimmer. »Na, träumt ihr von alten Zeiten?« Er grinste.

»Ist doch gerade mal fünfunddreißig Jahre her«, gab ich zurück.

Er setzte sich. »Klingt aber taufrisch, der alte Randy. War schon einer von denen, die wissen, wie man Musik macht.«

Er setzte sich und zog ein Bier aus dem Kasten unter dem Tisch. »Hier versteckst du deine Schätze, ha?«

Ich grinste. »Hatte ich total vergessen, sorry.«

Er runzelte die Stirn. »Du hältst mich wohl für senil, dass du meinst, ich glaube dir, du würdest einen Kasten Köpi vergessen.« Er schnaubte durch die Nase.

Als Ramona um halb zehn noch nicht da war, fingen wir an, uns Gedanken zu machen. Um viertel vor zehn versuchte Robo, zu Hause anzurufen. Ich probierte es auf dem Handy, mit dem gleichen Erfolg wie er. »Da läuft nur ein Band.«

Wir warteten eine Viertelstunde und versuchten erneut anzurufen, dann hielten wir es nicht mehr aus. Robo und ich marschierten los. Biene bewachte das Telefon.

Wir gingen über den Friedhof und den Berg hinunter, durch die Rathausstraße, den Weg, den Ramona auch genommen haben musste. Dann über den ZOB und die St.-Jürgen-Treppe hoch in die Brixstraße, wo Robo und Ramona wohnten.

Kaum hatte Robo die Haustür aufgeschlossen, stürzte uns Cremeschnitte entgegen. Er sprang mir so heftig in die Arme, dass ich beinahe hintenüber fiel. Robo war schon nach oben gerast, bevor ich den Hund einigermaßen beruhigt hatte.

Ich trat durch die offene Wohnungstür, die Wohnung war leer. Robo lief mit dem Telefon durch die einzelnen Zimmer. Er schrie beinahe in den Hörer. »Wenn ich dir das doch sage, ja. Natürlich frag ich noch die Nachbarn. Aber der Hund war im Treppenhaus.«

Er sah zu mir hinüber. »Ja, bitte, im Krankenhaus und bei den beiden anderen zu Hause. Und sicherheitshalber auch noch am Südergraben.« Er lauschte. »Ja, auf dem Handy. Und beeil dich bitte, ja? Danke.«

Er legte auf und wählte sofort die nächste Nummer, während er mit mir sprach. »Gehst du bitte durchs Haus und fragst die Nachbarn, ob und wann sie Ramona gesehen haben?«

Ich nickte und drehte mich um.

»Und ob sie sonst jemanden gesehen haben, der nicht hier her gehört.«

Ich band den Hund im Flur mit einem Gürtel von Robo an, seine Leine war nirgends zu sehen, und stieg die Treppe hinauf. Ich wollte mich von oben nach unten durchs Haus arbeiten.

Natürlich hatte niemand etwas gesehen. Im ganzen Haus nicht einer. Wenn denn überhaupt jemand zu Hause war.

Bei der Nachbarwohnung von Robo trafen wir uns wieder, er hatte das gleiche gemacht wie ich, aber dabei unten angefangen.

Wir gingen gerade zusammen zurück in seine Wohnung, als sein Handy klingelte. Er meldete sich, lauschte kurz und verabschiedete sich mit einem knappen »Danke.« Er setzte sich auf einen Küchenstuhl und holte tief Luft. »Das ist nicht normal. Sie hätte sich gemeldet, wenn etwas gewesen wäre. Die Kollegen rufen sicherheitshalber die Krankenhäuser an. Außerdem wird gerade geprüft, was mit Brenninger, Lorenzen, Fiebig, Hallmann und Asmussen ist. Und Lämmchen ist unterwegs hierher.« Er nahm das Telefon und informierte Biene. Noch während er mit ihr sprach, klingelte es an der Tür.

Ich öffnete und Lämmchen kam mit einer Geschwindigkeit die Treppe hinauf, die man ihm bei seiner Masse kaum zugetraut hätte. Er grüßte kurz, nahm mit geübtem Blick den Flur in Augenschein und stürmte schwungvoll an mir vorbei in die Küche. »Robo, wie lange steht dein Auto schon da unten?«

Robo überlegte. »Seit zwei oder drei Tagen, warum?

Lämmchen ließ sich auf einen Stuhl fallen. »Es ist aufgebrochen worden. Hattest du einen Reservewohnungsschlüssel darin liegen?«

Robo schüttelte den Kopf. »Das muss ein Zufall sein, im Auto war nichts von Wichtigkeit.«

Lämmchen griff nach einer Flasche Limonade, die er aus dem Kühlschrank genommen hatte. »Mag ja ein Zufall sein. Die Kollegen werden das ziemlich bald herausfinden. Sie sind schon unterwegs.«

Er trank und holte tief Luft. »Aber zuerst werden sie sich hier ein wenig umsehen, auch wenn ihr mal wieder erste Sahne im Spurenverwischen wart.«

Er grinste und klopfte Robo auf die Schulter. »Komm Alter, Kopf hoch, wir haben sie bald. Das geht ganz schnell.«

Robo sah ihn mit ausdruckslosen Augen an.

Dann fielen Lämmchens Leute in die Wohnung ein und nahmen innerhalb von wenigen Minuten jeden Quadratmeter in Augenschein.

Sie waren sich ziemlich sicher. »Hier ist nichts Aufregendes passiert«, gab einer von ihnen seinem Chef Bericht.

»Okay, dann zwei Mann das Treppenhaus und einer fängt am Auto an, okay?«

Er nickte, Robo reichte seinen Wagenschlüssel herüber und sie zogen weiter. Ich schaute gerade auf die Uhr, es war exakt 23.30 Uhr, als einer der Männer nach oben gestürmt kam. »Hatte die Frau ein hellblaues T-Shirt oder Sweatshirt und beige Schuhe an?«

Robo überlegte, ich auch. Dann nickten wir beide gleichzeitig. Lämmchen sah den Beamten an. »Warum?«

»Wir haben zwischen diesem und dem nächsten Treppenabsatz nach unten Fasern und Schleif- oder Streifspuren gefunden. Die Kollegen sehen sich das gerade näher an.«

Lämmchen sprang auf. »Okay, wir fahren sofort ins Präsidium, da können wir besser anleiern, was zu tun ist. Ihr sichert die Spuren, auch am Auto, und dann kommt ihr nach.«

Er war schon an der Tür, Robo am Arm mit sich ziehend. Ich machte den Hund los und stürzte hinterher.

Wir schlichen vorsichtig an den Leuten von der Spurensicherung vorbei, die, wieder einmal ganz in weiß, mit großen Klebfolien Fasern vom Wandverputz abnahmen und hetzten zum Auto. Lämmchen fuhr einen Umweg und setzte mich in der Nähe meiner Wohnung ab.

Ich stiefelte nach Hause und ging in die Wohnung. Biene saß Nägel kauend neben dem Telefon. Ich erzählte ihr, was passiert war und sie sprang auf und griff nach ihrer Jacke.

Ich hielt sie zurück. »Hey, jetzt wird es auf fünf Minuten mehr oder weniger auch nicht ankommen, oder?«

Sie hielt inne. »Stimmt auch wieder. Kommst du mit?«

Ich nickte energisch. »Natürlich, denkst du, ich bleibe hier und drehe Däumchen?«

Sie grinste. »Lass uns mal den Hund versorgen, ich schätze, das wird eine lange Nacht.«

Wir gingen in die Küche und füllten Wasserschale und Fressnapf des Hundes, der sich dankbar auf die trockenen Brocken stürzte. »Was kommt denn jetzt?« fragte ich.

»Ich vermute, als erstes werden sie sich Rückendeckung vom Alten holen, dann eine Ringfahndung. Sie werden alle verfügbaren Streifenbeamten aus den Betten klingeln und ihnen Ramonas Bild in die Hand drücken. Danach dann Fußstreifen in den Einkaufsstraßen und an der Hafenspitze und Streifenwagen in den Straßen.«

Irgendetwas fehlte mir. Ich überlegte, aber ich kam nicht drauf. »So, ich habe alles, Cremeschnitte ist versorgt, wir können los.«

Wir zogen die Lederjacken an und gingen zum Auto. Ich fuhr durch den Südergraben und war in zwei Minuten in der Rathausstraße beim Präsidium. Ich okkupierte einen Parkplatz der Telekom, die mit der Kripo im gleichen Gebäude saß und wir gingen hinein.

Mittlerweile war es halb eins. Robos Büro glich der Einsatzzentrale eines Krisenstabes, was ja auch nicht allzu abwegig war. Er hatte sein Handy vor sich, den Telefonhörer am Ohr, redete mit irgendjemandem. Dann legte er auf. Er sah Biene an. »Was Neues?«

Sie schüttelte den Kopf.

Das Telefon klingelte, Robo nahm ab. »Bohlke? Okay, danke, bis später.« Er sah Lämmchen an, der mit zwei Kaffeetassen in der Hand in den Raum gekommen war. »Asmussen und Hallmann sind zu Hause, nach Aussagen der Nachbarn und Familienmitglieder schon seit ungefähr neunzehn beziehungsweise zwanzig Uhr. Fiebig ist anwesend, der Kollege hat ihn extra geweckt und ihm ins Gesicht geschaut.«

Lämmchen stellte den einen Becher vor Robo auf die Tischplatte, bemüht, die herumliegenden Papiere nicht zu bekleckern. »Und Brenninger und Lorenzen?«

Robo schluckte den heißen Kaffee, »Ich habe zwei Kollegen von der Streife ins Krankenhaus geschickt. Nichtuniformierte haben bei den Nachtschwestern überhaupt keine Chance, eine Auskunft zu bekommen.«

Ich ging nach nebenan und holte für Biene und mich auch Kaffee. Ich nahm den letzten Rest aus der Kanne und setzte gleich Neuen auf. Als ich zurück in Robos Büro kam, hatte er den Hörer wieder am Ohr und lauschte. Er winkte Biene aufgeregt zu. Dann warf er den Hörer auf den Apparat und brüllte über den Flur. »Lämmchen, wo steckst du?«

Der kam sofort angerannt. »Brenninger ist nicht im Krankenhaus. Die Nachtschwester war völlig aufgelöst, als die Kollegen in sein Zimmer gegangen sind. Er hat eine Wurst aus Bettdecken gebaut, so dass es wirklich aussah, als ob er im Bett liegt und schläft.«

Lämmchen setzte sich. »Und Lorenzen?«

Robo zündete sich eine Zigarette an. »Ist da und schläft. Oder tut zumindest so.« Er sprang auf und wühlte in seinen Unterlagen. Er schrieb etwas auf einen Zettel und drückte ihn Biene in die Hand. »Schick mal zwei Mann zu Brenningers Wohnung Finden werden wir da wohl nichts, aber sicher ist sicher.«

Biene nahm den Zettel und sah ihn an. »Sollen sie reingehen?«

Robo überlegte gar nicht erst. »Natürlich, Gefahr im Verzug. Blabla, du weißt schon.«

Lämmchen sprang auch auf. »Ich schicke einen von meinen Jungs mit. Mal sehen, wann er das letzte Mal zu Hause war. Lebt er alleine?«

Robo nickte und die beiden gingen hinaus. Er ließ sich wieder in seinen Sessel fallen und flüsterte heiser zu mir herüber. »Wenn ich das Schwein erwische.«

Ich fragte nicht, was er dann machen würde. Ich wusste nur, ich würde ihm dabei helfen.

Ein Beamter schaute in den Raum, er versuchte alle fünf Minuten Rambos Handy anzurufen, aber immer nur der Anrufbeantworter.

Mir kam die Idee. Ich sprang auf. »Habt ihr jemanden hier, der sich mit stiller SMS auskennt?«

Robo sah mich fassungslos an. »Verdammte Scheiße, da habe ich überhaupt noch nicht dran gedacht.« Er griff zum Telefon. Wir haben in Flensburg niemanden, aber ich kenne jemanden in Kiel beim LKA.«

Er bekam jemanden an die Leitung, sein Ansprechpartner war allerdings nicht im Dienst. Wie auch, es war mittlerweile Sonntagmorgen. Robo diskutierte, bat, bettelte. Endlich wurde ihm versprochen zurückzurufen.

Es dauerte keine Minute, bis das Telefon klingelte. Robo hatte den Hörer schon während des ersten Klingelns abgenommen und ans Ohr gebracht. »Kripo Flensburg, Bohlke?« Er lauschte. Dann antwortete er. »Ich wollte eigentlich den Böge sprechen, den kenne ich vom Lehrgang. Er hat mir damals was von ‚stillen SMS' erzählt, und genau das brauche ich jetzt.«

Er hörte wieder zu, dann sprach er wieder. »Geiselnahme. Oder zumindest Freiheitsberaubung.« Er lauschte. »Ja, mache ich. Ich schick das sofort los, okay.« Er schrieb eine Nummer auf, wiederholte sie noch einmal, dann legte er den Hörer auf und brüllte nach Biene, die Sekunden später in den Raum gerannt kam.

»Biene, das sind die Nummern von Ramonas Handy und von Brenningers Handy. Die müssen sofort ins Fax, an diese Nummer beim LKA.«

Biene fragte nicht nach, sie stürzte sofort aus dem Raum, mit dem Zettel in der Hand.

Zwei Minuten später war sie wieder da. »Was sollte das denn?«

Robo zeigte auf mich. »Ich hab das auch nicht ganz verstanden, lass es dir von Chip erklären, er hat mich auch auf die Idee gebracht.«

Biene sah zu mir herüber. Ich erklärte es ihr. »Die schicken jetzt eine ganz spezielle SMS an die Handys. Eine, die vom Empfänger nicht gesehen werden kann, die aber trotzdem ankommt. Und wenn das Handy eingeschaltet ist, kann der Netzbetreiber in dem Moment, wo die SMS ankommt, sehen, in welcher Funkzelle das Gerät eingeloggt ist. So kann man den Standort auf knapp hundert Meter genau ermitteln.«

Sie setzte sich. »Ach ja, gehört habe ich das schon mal irgendwo. Da gab's doch Diskussionen, weil die Kollegen das Verfahren eingesetzt haben, um Leute ausfindig zu machen, die Ihre Verwarnungsgebühren nicht bezahlt haben, oder?«

Ich nickte, »So ähnlich zumindest.«

Robo stand auf und ging zum Fenster. »Der Kollege meinte schon, das kann eine Zeit dauern, er muss das erst mit den Leuten von den Telefongesellschaften abklären.«

Wir setzten uns alle drei hin und schwiegen. Lämmchen kam herein und ließ sich die Sache mit den SMS erklären. Dann berichtete er, dass sein Mitarbeiter angerufen hatte. Die Wohnung von Brenninger war seit Tagen nicht mehr betreten worden. »Aber ansonsten was Neues.« Er setzte sich. »Die Bude ist vollgestopft mit Pornos übelster Machart. Tiere, Sadomaso. Teilweise auch illegale Sachen mit Kindern, meint der Kollege zumindest, obwohl er sich da nicht so gut auskennt. Und ansonsten Pornos aller Art. Uniformen, SM, Pinkelspiele, was weiß ich nicht, was sonst noch alles.«

Er zündete sich eine Zigarette an und reichte die Packung herum. »Scheint ja ein sympathisches Kerlchen zu sein, der Bursche.«

Dann schwiegen wir wieder. Ich zog mein Handy heraus, weil ich meinte, nicht länger untätig herumsitzen zu können. Ich schaltete die Tastensperre aus und schaute auf das Display. ‚Ein

Anruf in Abwesenheit. Nummer anzeigen?' Ich drückte auf die Bestätigungstaste und bekam fast einen Herzinfarkt.

Biene sah zu mir herüber und stand auf. »Chip, was ist los? Ist dir nicht gut?«

Ich schnappte nach Luft und hielt mein Handy in die Höhe. »Ich hatte einen Anruf, 21.07 Uhr.«

Sie sah mich an. »Klar, als wir auf dem Balkon saßen, war doch sofort wieder weg.«

Robo sprang auf. »Das war Ramona, oder?«

Ich schüttelte den Kopf. »Das war Lilly.«

Die anderen sahen mich an wie einen Geist.

»Lilly?« Biene brachte keinen ganzen Satz zustande.

»Nein, natürlich nicht Lilly. Aber ihr Handy.«

»Na siehst du, hab ich's doch geahnt. Irgendeiner macht irgendeinen Fehler.« Lämmchen sprang auf. »Auf geht's! Die Nummer muss auch nach Kiel, aber dalli. Wir sollten den Kollegen da unten noch mal ein wenig Feuer unterm Arsch machen, oder?« Er reichte Robo das Telefon.

Robo suchte die Nummer heraus und wählte. Wie wir es schon erwartet hatten, war auch Brenningers Handy ausgeschaltet, keine Möglichkeit einer Lokalisierung, aber die Techniker wollten es weiterversuchen. Er gab die neue Nummer durch und erhielt das Versprechen, sofort angerufen zu werden.

Robo legte auf und schlug sich mit der Faust vor die Stirn. »Herrgott, was bin ich doch für ein verdammter Idiot.« Er wühlte in seinen Ordnern und schrieb etwas auf einen Zettel, den er Biene reichte. »Irgendwie muss er sie ja aus der Brixstraße weggeschafft haben. Sie wird nicht freiwillig mitgegangen sein, und er kann ja schlecht mit einer Frau, der er ein Messer oder eine Pistole an den Hals hält, im Bus fahren.«

Biene sah sich den Zettel an.

»Brenningers Auto. Die Kollegen sollen jeden verschissenen Hinterhofparkplatz absuchen, und zwar sofort, okay? Sie sollen sofort anfangen und jeden verfügbaren Mann einsetzen.«

Sie rannte hinaus, war Minuten später wieder da und setzte sich neben mich. »Jetzt kommt die scheiß Warterei, das ist das Schlimmste.«

Ich nahm ihre Hand. »Das merke ich schon seit ein paar Stunden. Ich könnte mir in den Hintern treten.«

Sie sah mich an. »Wieso das denn?«

»Wegen des Anrufs. Hätte ich nur einmal auf das verdammte Handy gesehen, als wir los sind, um sie zu suchen, wären wir schon viel eher so weit gewesen.«

Robo stand auf und kam um den Tisch herum. Er legte mir die Hand auf die Schulter. »Du hast dir am wenigsten vorzuwerfen. Bis jetzt habe hauptsächlich ich die Fehler gemacht.«

Lämmchen sah uns mitleidig an. »Ihr solltet euch T-Shirts kaufen, mit der Aufschrift ‚Ich bin Schuld', ihr Deppen. Sie ist noch keine fünf Stunden verschwunden, und wir haben den Kerl so gut wie am Arsch, ist euch das überhaupt klar? Solche Erfolge gibt's sonst nur im Krimi, und auch da nicht so häufig.« Er legte die Füße auf Robos Schreibtisch.

Die guten Nachrichten kamen beinahe gleichzeitig. Zuerst klingelte das Telefon, Robo lauschte kurz und sprang auf. Er sah uns an. »Wir Idioten. Lillys Handy ist eingeschaltet. Es ist irgendwo in der Ecke Apenraderstraße, Neustadt, Harrisleer.«

Biene stöhnte auf. »Lillys Wohnung.«

Wir rannten in Richtung Parkplatz, ein Uniformierter kam uns eilig entgegen. »Wir haben den Wagen, obere Harrisleer, kurz über der Ecke Taubenstraße.«

Keiner dachte daran sich zu bedanken. Robo war schon im Treppenhaus, Biene schnappte sich ihre Waffe aus ihrem Fach hinter dem diensthabenden Beamten und nahm auch Robos und Lämmchens Ballermänner gleich mit.

Lämmchen trommelte die übrigen Anwesenden zusammen, dann standen wir alle auf dem Parkplatz, und Robo wies die Leute ein. »Anfahrt absolut unauffällig, kein Blaulicht, keine Sirenen, auf gar keinen Fall. Wir stellen die Autos in der Eckenerstraße ab und gehen die paar Meter zu Fuß. Chip, du stellst deinen Wagen schräg gegenüber von dem Haus ab und lässt ihn offen. Während der Fahrt rufst du deinen Freund Mehmed an und bittest ihn, leise die Haustür aufzuschließen. Dann soll er seine Familie wecken und aus dem Haus bringen. Kommen die woanders unter?«

Ich nickte und griff nach dem Telefon.

»Und er soll auf gar keinen Fall nach oben gehen, um die Leute zu wecken, das machen wir, verstanden?«

Ich nickte wieder und er entließ mich. »Du nimmst Biene mit.«

Wir gingen zum Auto. Biene nahm den Schlüssel während ich Mehmeds Nummer wählte. Als wir einstiegen hörte ich Robo noch, wie er Lämmchen und seine Leute für die Räumung des Hauses einteilte. Dann rollte mein Wagen aus dem Parkplatz in Richtung Norden.

Biene fuhr, als ginge es zum Brötchen holen. Es war nicht auszuhalten.

»Kannst du nicht ein bisschen Gas geben?« Ich war genervt.

Sie ließ sich nicht aus der Ruhe bringen. »Damit wir einen Unfall bauen? Das fehlt mir gerade noch.«

Wir brauchten trotzdem nur fünf Minuten und sie fand tatsächlich schräg gegenüber der Haustür einen freien Parkplatz, der ideal für unsere Zwecke geeignet war.

Wir waren kurz davor ins Haus zu stürmen, beherrschten uns aber und machten uns auf den Weg zum Treffpunkt hinter der Straßenecke.

Mehmed kam uns entgegen gelaufen. »Hey Chip, alles erledigt, keiner mehr im Erdgeschoss. Auf Lillys Etage ist dieses Wochenende ohnehin niemand. Nur den zweiten Stock müsst ihr noch leer kriegen.«

Ich bedankte mich, aber er winkte ab. »Meine Wohnungstür steht offen, die Haustür auch, wo die Schlüssel hängen wisst ihr ja. Kann ich sonst noch was helfen?«

»Bring dich aus dem Weg und bete, dass das Ganze klappt.«

Er hielt mich am Ärmel fest. »So was Ernstes?

Ich drückte ihm die Hand. »Wahrscheinlich ist der Mörder da oben und hat eine Geisel.«

Er schüttelte sich. »Ich drück euch die Daumen.« Dann verschwand er in einem Hauseingang.

Mittlerweile war die komplette Mannschaft der Polizei in der Eckenerstraße eingetroffen. Einer von Lämmchens Leuten verteilte Miniaturfunkgeräte, die sich alle an den Kragen hefteten.

Robo zog mich in den Kreis, in dem das Vorgehen abgesprochen wurde. »Chip, kommen wir von hinten über den Hof in die Wohnung?«

Ich überlegte. »Nicht richtig. Es gibt einen Balkon vor der Küche, aber der ist so schmal, dass kaum eine Person darauf stehen kann, das klappt nicht.«

Er nickte. »Haben wir eine Möglichkeit, in die Wohnung hineinzusehen, von außen?«

Ich dachte wieder nach, versuchte mich zu erinnern. »Könnte sein. Wenn jemand über das Wohnzimmerfenster im ersten Stock hinausklettert und sich auf dem Stuckvorsprung bis zur Wohnung hangeln kann, klappt das. Die Fensterbänke sind nach außen so weit vorgebaut, dass man sich festhalten kann. Das würde funktionieren.«

Lämmchen schickte jemanden um die Ecke, um sich die Sache anzusehen. Er kam nach wenigen Augenblicken zurück und nickte. »Kein Problem, das geht.«

Robos Plan stand fest. »Okay, zuerst räumt ihr beiden den zweiten Stock.« Er zeigte auf eine junge Beamtin und ihren Kollegen, die beiden nickten.

»Und ihr beiden«, er wies auf zwei ältere Beamte, die am Rand der Gruppe standen, »überprüft ob die Wohnung nebenan wirklich leer ist.«

Auch die zwei Männer traten vor.

»Aber alle und alles absolut lautlos, haltet den Leuten beim Wecken zur Not den Mund zu. Haltet eure Ausweise dabei in der Hand und schafft sie leise hinaus, okay?«

Die Frau nickte. »Sind das Deutsche oder Ausländer?« Robo sah mich an.

»Türken, aber schon seit Ewigkeiten hier«, antwortete ich, »die sprechen besser Deutsch als die meisten von uns.« Ich sah Robo an. »Aber ich an deiner Stelle würde zwei Frauen hineinschicken, das macht weniger Probleme.«

Robo stöhnte. »Okay, du nimmst Ela mit.«

Die Frau nickte und schaute sich nach ihrer Kollegin um. Dann verschwanden die beiden.

Robo machte weiter. »Biene, Lämmchen und ich gehen hinauf und in die Wohnung, wenn es soweit ist. Du«, er zeigte auf den Beamten, der sich die Außenwand des Hauses angeschaut hatte, »gehst an das Fenster sobald die Mädels die Wohnungen geräumt haben.«

Er suchte nach dem Kollegen, der ursprünglich mit in die Wohnung sollte. »Und nimm Gerhard mit, der soll dich sichern. Habt ihr ein Seil im Wagen?«

Der Mann nickte. »Ich hol es mal eben.«

Robo hielt ihn auf. »Warte, ich will dir erzählen, was du machen wirst.«

Er sah Robo aufmerksam an.

»Sobald du draußen bist, sprichst du ins Mikrofon, was du siehst. Egal was, ich will wissen, was in dem Zimmer los ist, bis ins Detail, okay? Sag uns, ob Möbel im Weg stehen, wo Personen sind. Jede Kleinigkeit ist wichtig. Und alles, ganz schnell und nur geflüstert, klar?«

Der Angesprochene nickte. »Womit muss ich rechnen?«

Robo rieb sich die Augen, er war nicht der Einzige in der Runde, der nur wegen seines Adrenalinspiegels noch wach war. »Du musst mit einem Mann und einer Frau rechnen. Wahrscheinlich bedroht er sie, kann aber auch sein, dass sie bewusstlos ist. Ich glaube nicht, dass mehr Personen anwesend sind, aber ausschließen kann ich das auch nicht.«

Er nickte. »Okay, was passiert dann?«

Robo drehte sich wieder zu Lämmchen und Biene um. »Wir entscheiden nach Lage und nach deinen Beobachtungen, wann und wie wir eindringen.«

Er tippte Lämmchen vor die Brust. »Du gehst als Erster, die Tür weit auf, ich hinter dir, Biene zum Schluss.«

Er blickte zu Biene hinüber. »Du rechts, ich links. Lämmchen nimmt die Mitte.«

Die beiden nickten. Biene fragte nach, »Waffen?«

Robo rieb sich die Stirn. »Ja, entsichert. Bei Widerstand schießen wir auf die Beine. Wenn die Geisel in Gefahr ist, nur nach Lage der Dinge.« Er sah die beiden ernst an. »Tut mir leid, aber was soll ich sonst machen?«

Einer der Umstehenden räusperte sich. »Und ein SEK kriegen wir sicher nicht, oder?«

Lämmchen drehte sich zu ihm um. »Auf jeden Fall nicht in den nächsten fünf Minuten.«

Robo erhob seine Stimme. »Wenn wir drin sind, geben wir über Funk Bescheid. Ihr anderen wartet im Treppenhaus. Sobald wir euch rufen, oder wenn wir in ernste Schwierigkeiten kommen, kommt ihr nach.«

Er sah in die Runde. »Aber das ist jetzt reine Theorie. Da geht nichts schief. Okay, los geht's!«

Alle waren fertig. Einer überprüfte das Seil um den Bauch des Kletterers, das an seinem Gürtel festgemacht war, wir testeten noch mal die Funkgeräte und dann ging es los.

Ich hielt mich am Ende der Truppe, die absolut lautlos die Straße überquerte und wartete am Eingang, als die anderen hineingingen.

Ich hörte, wie sie die Treppen hoch schlichen, dann wurden leise die Türen im ersten Stock aufgeschlossen. Danach herrschte wieder absolute Stille, jedes Auto, das auf der Straße vorbei fuhr dröhnte in meinen Ohren.

Kaum zwei Minuten später kamen Leute die Treppe hinunter. Ich nahm sie an der Tür in Empfang, es waren Mehmeds Eltern, sein Bruder mit seiner Frau und deren drei Kinder. Ich nahm den Vater am Arm. »Pass auf, wir müssen…«

Robos Stimme im Ohr unterbrach mich. »Chip! Mikro aus, du Depp.«

Ich schaltete das Mikro aus und fing von vorne an. »Wir müssen ein paar Meter die Straße hoch, dann gehen wir rüber auf die andere Seite und dann in das Haus da drüben, okay?

Sie waren absolute Spitzenklasse, nicht einmal die Kinder gaben einen Ton von sich. Gemeinsam mit den Erwachsenen verschwanden sie in dem Haus, in das auch Mehmed gegangen war. »Habt ihr hier Verwandte?«

Der Alte nickte. »Mein Bruder, das geht in Ordnung.« Er nahm meinen Kopf zwischen seine Hände und küsste mich auf die Stirn. »Alles Gute.«

Ich nahm ihn in den Arm. »Danke.«

Ich ging zurück auf die Straße, bis auf einen Beamten, der in der Haustür stand, war nicht zu sehen, was hier für eine Aktion ablief.

Ich wartete im Hofeingang neben dem Haus und hörte dem Kletterer zu. Er beschrieb, wie er nach oben kletterte, dann war er am Fenster. Im Funk war nur seine Stimme zu hören.

»Ich bin jetzt auf dem Vorsprung, kann mich gerade eben zur Seite schieben. Jetzt bin ich am ersten Fenster. Ich bleibe stehen. Ich schiebe den Kopf vor.« Schweigen im Ohr. Dann flüsterte er noch leiser als vorher. »Der Raum ist leer, ein Schlafzimmer, Doppelbett, keine Decken, Tür geschlossen, niemand im Raum. Ich gehe weiter.«

Ich lauschte gespannt, bis die Stimme wiederkam. »Jetzt bin ich am nächsten Fenster. Vorhänge vorgezogen, aber nicht ganz dicht. Unten ist ein Spalt und in der Mitte auch, ich versuche, unten rein zu sehen.«

Sein Atem klang keuchend im Kopfhörer, dann machte er weiter. »Scheiße, geht nicht, ich habe keinen Halt. Ich gehe weiter zur Mitte der Vorhänge, zum nächsten Spalt. Zieht mal oben das Seil stramm, dann geht das hier leichter.«

Wieder nur Keuchen, das sich mit dem Rauschen meines Pulsschlags in des Ohren mischte.

»So jetzt. Verdammt ist das hell. Licht im Zimmer, ich sehe die Tür, der Weg in den Raum ist frei, im von hier aus linken Teil des Raumes keine Personen, jetzt kann ich auch nach rechts sehen. Ein Mann mit dem Rücken zu mir, er beugt sich nach vorne und nach unten.« Er hielt kurz inne. »Ich sehe das nicht genau, er macht etwas mit den Händen. Da sind zwei Beine, nackte Beine. Der Mann dreht sich und kommt etwas hoch. Verdammte Scheiße. Eine Frau auf dem Sofa, er steht über ihr, es sieht aus, als ob er sie schminkt.«

Mir sackte das Herz in die Hose.

»Jetzt beugt er sich wieder vor und nach unten, er macht irgendetwas an ihrem Gesicht.«

Mein Trommelfell schien zu platzen, als Robos Stimme in normaler Lautstärke durch den Kopfhörer kam. »Rein! Jetzt!« Im nächsten Moment hörte ich auch ohne den Kopfhörer eine Tür knallen. Keuchen. Stöhnen. Dumpfe Schläge.

Sekunden später dann Lämmchens Stimme. »Okay, er ist bewusstlos.«

Dann Schnaufen und wieder Stöhnen.

Bienes Stimme. »Sie atmet, hilf mir doch mal.«

Ich hatte schon mein Handy in der Hand, wählte schneller als je zuvor.

Sekunden später hatte ich die Feuerwehr am Apparat.

Ich erkannte den Wachhabenden an der Stimme, ein guter Mann. Er reagierte binnen Sekunden, schon bevor ich das Gespräch unterbrach, hörte ich durch den Hörer die Sirene des Rettungswagens im Hintergrund.«

Ich versuchte, wieder auf den Kopfhörer des Funkgeräts zu achten und merkte jetzt erst, dass ich ihn mir beim Telefonieren herausgerissen hatte.

Ich rannte zum Haus, im Flur war alles ruhig. Ich stieg die Stufen hoch in den ersten Stock. Dort traf ich den Mann, der außen gearbeitet hatte, und seinen Kollegen.

Sie waren gerade dabei, das Seil abzuschnallen.

Ich klopfte ihm auf die Schulter. »Klasse, guter Job.«

Er nickte und streckte seine Arme aus. »Wäre vor Schreck fast abgerutscht, als die drei da rein sind.« Er grinste. »Die waren ganz schön energisch.«

Ich wollte mehr wissen. »Und, was war?«

Er rollte das Seil auf. »Lämmchen ist rein gestürmt wie ein Elefant, nur schneller. Er hat die Sau bei den Schultern gepackt und in die Ecke geschleudert, wo Robo dann sofort mit gezückter Waffe über ihm stand. Biene war da schon bei der Frau.«

Er lachte. »Profiarbeit, wie sie bei uns eben üblich ist.« Er setzte sich auf die Treppenstufe und holte tief Luft. Jetzt waren schon die Sirenen des Rettungswagens zu hören.

Ich stieg weiter nach oben. Die Wohnung war voller Polizistinnen und Polizisten. Ich drängelte mich hindurch, wollte ins Wohnzimmer, aber jemand hielt mich an der Schulter fest.

Robo sah gerade durch die offene Tür. »Leute, macht Platz für den Rettungsdienst, die sind gleich da.«

Er zog mich an der Schulter in den Raum. »Hast du den Notarzt gerufen?«

Ich nickte.

Er legte mir die Hand auf die Schulter. »Danke.«

Ich sah ihn an. »Und? Alles okay?«

Er wischte sich die Stirn und zog mich zur Seite, damit die Sanitäter an uns vorbei kamen. »Scheint so, sie atmet und hatte auch kurz die Augen auf. Biene kümmert sich um sie.«

Ich sah zu der Couch hinüber, wo die Sanitäter Ramona gerade die Decke wegzogen. Sie war nackt und sie war weißer als eine Wand. Sie hatte eine blutende Wunde an der Schulter und atmete flach und hektisch.

Der Notarzt fühlte den Puls und sah auf. »Scheint stabil. Macht mal Platz, damit wir sie auf die Trage kriegen.«

Ich rückte noch ein Stück zur Seite um Platz zu machen. Dabei hörte ich hinter mir etwas rascheln.

Ich drehte mich um und schrie auf. »Robo, pass auf.«

Robo wirbelte herum, Brenninger hatte sich aufgerichtet. Er drehte hektisch den Kopf.

Robo hatte seine Waffe in der Hand.

Ich brachte mich mit einem Sprung in Richtung Tür aus der Schusslinie.

Robo war ganz ruhig. »Bleib da stehen, wo du bist, sonst schieße ich.«

Brenninger ließ den Kopf sinken, als ob er auf ihn hören wollte, dann machte er einen Schritt in Richtung Fenster.

Die Sanitäter hoben am anderen Ende des Raumes Ramona auf die Trage und gingen hinaus, ohne sie festzuschnallen.

Robo lauerte. »Bleib stehen, hab ich gesagt. Noch einen Schritt weiter, und ich schieße.«

Brenninger fasste sich an den Hals, er würgte, als ob er sich übergeben musste und hielt sich am Fenstergriff fest.

Dann ging es ganz schnell. Ein Sanitäter stolperte gegen die Wand, der Arzt auf dem Flur rief »Vorsicht!«, wir sahen kurz zur Tür hin und in diesem Moment öffnete Brenninger das Fenster und versuchte hinaus zu klettern.

Robo sprang zu ihm hinüber, wollte ihn aufhalten, aber er war bereits mit den Beinen und dem halben Oberkörper draußen.

Er sah Robo, immer noch die Waffe in der Hand, auf sich zukommen und duckte sich.

Robo stieß mit der Schulter wuchtig gegen den geöffneten Fensterflügel, der durch den Schwung zufiel und Brenninger die Finger einquetschte.

Ich hörte einen erstickten Schrei, dann kehrte eine beängstigende Stille ein. Für eine Sekunde schien niemand im Raum mehr zu atmen. Dann hörten wir einen Schmerzensschrei.

Robo, Lämmchen und ich rasten aus der Wohnung und an den Sanitätern vorbei die Treppe hinunter und zur Tür hinaus.

Brenninger lag ein paar Meter links von uns auf dem Bürgersteig. Er war mit den Beinen zuerst gelandet, sie sahen jetzt aus, als ob sie gar nicht ihm gehören würden, sondern nur zufällig neben ihm lägen. Ich kam mir vor wie bei einem Überraschungsbesuch in einer Puppenwerkstatt.

Die Sanis trugen Ramona auf ihrer Trage an uns vorbei, Biene im Schlepptau.

Der Arzt blieb stehen und sah Brenninger an. »Na, der braucht uns jetzt wohl auch noch.«

Ich zeigte ich auf Ramona. »Aber nicht so eilig wie sie.«

Er beugte sich zu dem Verletzten hinunter. »Nichts für ungut, aber das möchte ich schon selbst entscheiden.« Nach einer kurzen Begutachtung richtete er sich wieder auf. »Schmerzhaft, aber nicht lebensgefährlich. Ich bleibe bei ihm und die Kollegen fahren mit dem Mädel ins Krankenhaus.« Er lief zum Rettungswagen und wies den Fahrer an, mit Ramona los zu fahren.

Brenninger schlug die Augen auf und sah uns an.

»Verdammt, warum haut der Arzt ab, ich brauche einen Arzt.«

Mir war zum Kotzen. »Erst mal braucht die Frau einen Arzt, du kannst warten.« Ich sah ihn hasserfüllt an.

»Ich habe Schmerzen, sind wir denn hier in einem Polizeistaat, oder was? Ich will einen Arzt, sofort.«

Ich beugte mich hinunter. »Jetzt machen wir erst mal Sofortmaßnahmen am Unfallort.« Ich griff an sein Bein und fasste zu.

Er schrie wie eine angestochene Sau und wurde wieder ohnmächtig.

Lämmchen zog mich zurück. »Mach keinen Scheiß. Ich kann dich ja verstehen, aber das gibt nur Ärger.«

»Ich wollte ihm doch nur helfen«, grinste ich.

Robo zog mich am Arm weg. »Lämmchen hat Recht, lass es. Das macht uns nur Ärger.«

Brenninger kam wieder zu sich und stöhnte, aber klugerweise beschwerte er sich nicht mehr.

Ich sah auf ihn hinunter, Robo stand neben mir und versicherte sich mit einem Blick, dass der Arzt noch am Rettungswagen beschäftigt war. Er sah auf Brenninger hinunter. »Warum?« sagte er.

Brenninger schaffte es, seine schmerzverzerrte Fratze zu einem Grinsen zu verziehen. »Ich hab sie gefickt, du Scheißbulle! Ich habe deine Alte gefickt.«

Er sah zu mir hinüber. »Genau wie er. Er hat sie doch auch gefickt, oder?« Er kicherte irre.

Ich stolperte und trat ihm auf den Fuß. Er brüllte die halbe Straße wach.

Robo zog mich wieder an der Schulter.

Ich sah auf Brenninger hinunter. »Tschuldigung, war keine Absicht.« Ich konnte mir ein Grinsen nicht verkneifen. »Du alte Drecksau. Jetzt wird dir Papa nicht mehr helfen können.«

Er verdrehte die Augen.

Ich machte weiter. »Mord und versuchter Mord, das gibt schon was.« Ich sah auf ihn hinunter, am liebsten hätte ich ihn angespuckt.

»Mit dem Mord habe ich gar nichts zu tun, das könnt ihr mir nicht anhängen.«

Robo hielt mich fest. Der Arzt kam über die Straße zu uns herüber und der Rettungswagen setzte sich flott aber ohne Sirene und Blaulicht in Bewegung.

Während der Arzt sich zu Brenninger kniete und vorsichtig sein Bein abtastete fragte Robo weiter. »Und wer war's dann?« Er glaubte ihm offensichtlich genauso wenig wie ich.

»Das sollt ihr doch herausfinden. Ihr seid doch die Bullen.«

Ich wollte mich aus Robos Griff schlängeln, ich war sicher, ich würde ihn zum Reden bringen.

Lämmchen hielt mich mit Gewalt davon ab. Er zog mich am Arm nach hinten und flüsterte mir ins Ohr. »Komm, wenn er jetzt eine Aussage macht, muss alles hundertprozentig in Ordnung sein, lass ihn.«

Robo sah auf den Verletzten hinunter. »Die Ausreden kennen wir. Wir werden dir das Ding schon nachweisen, keine Angst.« Er blickte zwischen uns hin und her.

Ich mischte mich wieder ein. »Habt ihr beiden nicht noch drinnen was zu tun? Vielleicht möchte er lieber mit mir alleine reden.«

Seine Augen weiteten sich. »Nein, macht keinen Scheiß. Ihr bleibt hier. Und der Arzt auch.«

Robo drehte sich zu Lämmchen um. »Okay, wenn er nicht mit uns reden will, können wir auch wieder reingehen.« Er tippte dem Doktor auf die Schulter. »Ich hab da drinnen einen Kollegen, den müssten Sie sich auch mal kurz anschauen.«

Der Arzt blickte zwischen Brenninger und Robo hin und her, sah dann mich an. Er überlegte einen Moment lang. Dann nickte er und erhob sich.

Robo wandte sich an mich. »Und du passt auf ihn auf und lässt ihn in Ruhe Verstanden?«

Brenninger wurde hektisch, als der Arzt und die beiden Polizisten ein paar Schritte in Richtung Haustür machten. »Halt. Bleibt hier. Wartet. Der Idiot bringt mich doch um.«

Er gab den Versuch, sich von mir wegzuwälzen schnell auf, als seine Beine sich bewegten.

Robo drehte sich um. »Wollen Sie uns irgendetwas sagen?«

Ich trat einen Schritt auf Brenninger zu, er zog die Arme vors Gesicht. »Ja.«

Lämmchen zog mich zur Seite und Robo ging zurück zu Brenninger. »Na also. Jetzt mal raus mit der Sprache. Wer war's?«

Brenninger legte den Oberkörper und den Kopf lang aufs Pflaster. Er stöhnte. »Asmussen. Er hat's gemacht.«

Robo nickte. »Dachte ich mir. Sie waren dabei, oder?«

Er schüttelte den Kopf, »Nicht ich, Fiebig war dabei. Die beiden haben mich und Lorenzen angerufen, damit wir ihnen mit der Leiche helfen.«

»Und warum?«, wollte Robo wissen, »warum hat er sie umgebracht?«

Brenninger fing an zu weinen, ihm schien der Ernst seiner Lage klarzuwerden. »Sie hat ihn einen Kinderficker genannt, da hat er zugedrückt, sagt Fiebig.«

Wir schwiegen und sahen ihn an. Im Hintergrund näherte sich die Sirene des nächsten Krankenwagens.

»Sie hat gesagt, sie hätte Beweise, dass er sich an Kindern vergriffen hätte, und sie würde ihn deswegen anzeigen. Da ist er durchgedreht und hat ihr ein Kissen aufs Gesicht gedrückt. Aber Fiebig sagt, er wollte sie nicht umbringen. Er wollte ihr nur eins auswischen.«

Robo hockte sich neben ihn. »Und die Sache heute Abend? Warum das?«

Brenninger heulte jetzt wie ein Schlosshund. »Sie riefen Hanni und mich an, wir sollten sofort kommen.« Er war immer noch bei dem Mord an Lilly.

Robo sah uns an und bedeute uns, leise zu sein.

»Sie lag da, sie sah aus, als ob sie schläft. Ganz friedlich.«

»Und dann?« Robo stieß ihn vorsichtig an der Schulter an.

»Dann hat Asmussen gesagt, ich soll drübersteigen.«

Wir sahen uns sprachlos an.

»Was hat er?« Lämmchen konnte es nicht glauben.

»Ich hab sie gefickt.« Brenninger lächelte, als er das sagte. »Ihr könnt euch nicht vorstellen, wie das ist. Sie war irgendwie gar nicht tot, versteht Ihr? Sie war so ... Sie war so geil.« Er lachte wie ein Irrer.

Wir verstanden nicht.

Er lachte weiter. »Es war so unglaublich geil.« Ein Speichelfaden lief aus seinem Mundwinkel. »Und verdient hatte sie es ohnehin, diese elende Nutte. Erpressen, drohen und mit jedem rumvögeln, das war doch alles, was sie getan hat.« Er schnaufte, ich wusste nicht, ob vor Erregung oder vor Schmerzen. »Und dann habe ich sie eben gefickt.« Er lachte wieder, der Speichel tropfte ihm aus dem Mund auf den Boden.

»Und da wolltest du das jetzt noch mal erleben, oder?«

Er nickte nur noch, sagte nichts.

»Und dann?«

Er hob kurz den Kopf und ließ ihn wieder auf den Boden sinken. »Asmussen hat mich angerufen, im Krankenhaus. Er hat gesagt, dass ihr uns nichts nachweisen könnt, wenn wir alle die Schnauze halten. Er hat mir erzählt, dass Fiebig verhaftet ist, aber kein Wort gesagt hat.«

Wir standen immer noch schweigend um ihn herum. Der Krankenwagen hielt mitten auf der Straße, die Sanitäter sprangen heraus und sahen den Arzt fragend an. Der winkte ab und sie bleiben am Rand stehen.

»Eigentlich wollte ich ihn schnappen.« Er zeigte auf mich. »Er will mich schon seit Jahren in die Pfanne hauen.« Er wischte sich sein verrotztes Gesicht am Ärmel ab. »Dann sah ich deine Alte mit dem Köter aus dem Haus kommen. Ich dachte zuerst, sie geht nur in den Park. Ich wollte sie nur ein bisschen erschrecken, verstehst du?« Er blickte zwischen Robo und Lämmchen hin und her, als ob sie diesen Gedanken wirklich nachvollziehen könnten. »Aber dann merkte ich, dass sie irgendwo hin wollte. Ich bin ihr durch die Stadt hinterher, ohne dass sie mich bemerkt hat. Dann bin ich durch die Tür geschlüpft und hab sie mir im Treppenhaus gekrallt.« Er grinste wieder schmierig. »Sie hat sich ganz schön gewehrt, aber dann habe ich ihr solange die Luft weggedrückt, bis sie umgekippt ist.«

Robo wurde kreidebleich um die Nase. Ich fasste ihn am Arm, er zitterte.

Brenninger redete weiter. »Ich hab sie auf den Arm genommen und bin zu meinem Auto, das stand bei meinen Eltern vor dem Haus. Ich hab sie hinten reingelegt und überlegt, wo ich am besten mit ihr hin könnte. Und in dem Moment hab ich den Schlüssel von der Wohnung hier auf der Ablage vom Armaturenbrett gesehen.«

Lämmchen unterbrach ihn. »Wie kam der denn da hin?«

Er grinste wieder. »Einer musste ja die Wohnung hier abschließen, als wir sie zum Lachsbach gebracht haben. Ich hab einfach vergessen, den Schlüssel wegzuschmeißen.«

Robo wechselte von einem Fuß auf den anderen, als ob ihm kalt wäre. »Und dann?«

»Ich wollte sie platt machen und sie dann ficken. Schließlich hatte sie mich ja gesehen. Ich hab sie gewürgt, aber es ging nicht, ich konnte es nicht. Ich hab immer aufhören müssen, wenn sie sich nicht mehr gewehrt hat.«

Robo stand auf und kam zu mir herüber. »Lämmchen, mach du das hier fertig. Ich kann diese Drecksau nicht mehr sehen.«

Lämmchen ging zu Brenninger hinüber, sah ihn an und winkte dann den Sanitätern. Der Arzt fasste ihn am Oberkörper, die beiden Männer hoben den Rest von ihm auf die Trage. Offenbar hatten sie in den letzten Augenblicken mitgehört, denn er schrie wie ein abgestochenes Schwein.

Robo zog mich von der Szene weg. »Halt mich fest, oder ich bringe ihn um. Halt mich nur fest.«

Wir starrten auf die Straße vor uns. Mengenweise Streifenwagen waren aufgefahren, die Beamten versuchten, die Schaulustigen und späten Kneipenheimkehrer von der Haustür fernzuhalten.

Kollegen von Robo machten die Routinearbeit. Einer sprach mit einem Reporter, ein anderer diskutierte mit einem Fotografen und eine junge Polizistin versuchte, die Familien wieder in ihr Haus zurückzubringen. Es war rundum ein totales Chaos.

Robo schlurfte über die Straße. »Komm, wir hauen ab. Lämmchen wird das hier schon regeln.« Er brüllte quer über die Straße »Lämmchen?«

Der schaute auf.

»Kommst du allein klar?«

Lämmchen stand auf. Seine Stimme hallte wie Donner zwischen den Häusern. »Haut bloß ab und geht ins Bett, ihr bringt immer so viel Unruhe in die Arbeit. Wir sehen uns nachher im Präsidium.«

Wir gingen auf mein Auto zu. Robo stieg auf der Beifahrerseite ein. »Ab ins Krankenhaus.«

Über die Straße donnerte es erneut. »Robo!«

Ich kurbelte die Scheibe hinunter, wir sahen zu Lämmchen hinüber.

»Grüßt sie schön, okay?«

Ich winkte und fuhr los.

Sinnigerweise liegen die beiden Flensburger Krankenhäuser beinahe in der gleichen Straße, was natürlich gut für diejenigen ist, die in der Nähe wohnen, aber schlecht für die, die auf der Ostseite des Hafens wohnen.

Wer in Fruerlund, Mürwik oder Engelsby ernsthaft krank wird, muss einmal um den Hafen herum. Ein Weg, der schon manch einem zu lang wurde. Dafür gibt es aber Bestatter auf beiden Seiten der Förde.

Wir waren allerdings auf der richtigen Seite und so schnell beim Krankenhaus, dass Robo mit seinem Handy gerade noch herausbekam, in welche Klinik man Ramona überhaupt gebracht hatte, bevor ich auf den Parkplatz fuhr.

Sie war in der Diakonissenanstalt, in der es zum Glück lange nicht so schlimm zugeht, wie es der Name glauben macht.

Ich stellte den Wagen ganz frech auf den Parkplatz des Chefarztes. Das hatte ich mir schon als Blutspender in diesem altehrwürdigen Haus immer mal gewünscht. Die Schwester am Empfang wollte uns abwimmeln, aber Robo winkte nur im Vorübergehen mit seinem Dienstausweis und marschierte direkt zum Aufzug.

Wir fanden die Station nach nur zweimaligem Verlaufen nach knapp zehn Minuten, stark rekordverdächtig. Biene saß auf dem Flur und wartete schon auf uns. Sie stand auf und kam uns entgegen.

»Alles in Ordnung, der Arzt hat sie schlafen gelegt.«

Robo sah sie ernst an. »Wie geht's ihr?«

Biene lächelte. »Sie hat gefragt, ob wir das Baden um eine Woche verschieben können.«

Robo ließ sich auf einen der Resopalstühle fallen. »Ich schätze, das war ganz schön knapp.«

Wir setzten uns zu ihm.

Biene fragte Robo nach dem, was er gehört hatte. »Er hat auch Lilly auf dem Gewissen, oder?«

Robo schüttelte den Kopf. »Der Bursche ist so ein armer Wicht. Er hat uns erzählt, dass Asmussen Lilly erstickt hätte und ich glaube ihm das auch.«

Ohne Rücksicht darauf wo wir saßen, zündete er sich eine Zigarette an. »Asmussen und Fiebig waren bei Lilly. Sie hat Asmussen beschimpft und bedroht. Sie sagte, sie hätte Beweise für seine Sauereien mit Kindern und würde ihn deshalb anzeigen. An der Stelle ist er durchgedreht. Anschließend haben sie Lorenzen und Brenninger angerufen, um ihnen zu helfen, die Leiche zu beseitigen.« Er schüttelte sich.

»Und dann?« wollte Biene wissen.

Robo schüttelte den Kopf, ich machte weiter. »Dann ist Brenninger über die Tote gestiegen.«

Biene sah mich mit großen Augen an. »Du meinst, er hat sie…«, sie beendete den Satz nicht.

Ich nickte. »Das war wahrscheinlich das erste Mal in seinem Leben, dass er Sex mit jemandem hatte, der sich nicht vor ihm ekelte.«

Wir schwiegen alle für ein paar Minuten. Robo drückte seine Kippe in einem Blumentopf aus.

»Und warum jetzt die Geschichte mit Ramona? Wie hat er das überhaupt bewerkstelligt?«

Robo lehnte sich zurück. »Dass er sie gestern Abend erwischt hat, war Zufall. Er hatte es auf Chip abgesehen und ihm vor dem Haus aufgelauert. Dann hat er Ramona gesehen und ist ihr hinterher bis zu unserem Haus. Er hat sie bewusstlos geschlagen und in seinem Auto, das nicht weit weg von unserer Wohnung stand, zu Lilly befördert. Er hatte vor sie umzubringen, hat dann aber Skrupel gekriegt, als sie bewusstlos wurde, und aufhörte sich zu wehren.« Er sah Biene an. »Was sagt der Arzt, hat er sie vergewaltigt?«

Biene zuckte mit den Schultern. »Ich hab wirklich nur ein paar Worte mit ihm gewechselt, er meint, er hätte es versucht, aber ohne Erfolg. Aber genau wusste er das noch nicht.«

Ich mischte mich ein. »Und sonst?«

Biene zog wieder die Schultern hoch. »Er meint, körperlich geht's ihr soweit gut, demnach bräuchte sie nicht mal hier zu liegen. Was mit ihrer Psyche ist, wird man in den nächsten Tagen sehen müssen, wenn sie über den Schock hinweg ist.«

Robo stand auf und sah auf die Uhr. »Okay, denkt nicht, ich verzichte auf die Chance, dich nackt baden zu sehen.«

Er grinste Biene an. »Aber wenn wir das pünktlich erledigen wollen, müssen wir uns ordentlich beeilen.« Er sah sich auf dem Flur um. »Meinst du, ich kann Ramona vorher noch mal kurz sehen?«

Biene zeigte auf eine Tür. »Sie liegt allein da drin. Sie schläft tief und fest.«

Er öffnete die Tür und schlich vorsichtig in den Raum.

Ich blieb einen Moment sitzen, dann ging ich auch hinüber, er stand an ihrem Bett und streichelte ihr über die Stirn, so ziemlich der einzig sichtbare Teil ihres Körpers, der nicht von Pflastern, Verbänden oder Mullbinden verdeckt war. Er drückte ihr einen Kuss auf die Lippen und kam heraus.

Wir suchten die Station, auf der Brenninger gelegen hatte und auf der Lorenzen noch lag. Robo nahm sich die Schwester vor, diese rief den Arzt. Der kam und war nach kurzer Diskussion auch bereit, Lorenzen als haftfähig zu entlassen. Robo schickte Biene zur Krankenschwester, um die notwendigen Papiere zu unterschreiben.

Er selbst ließ es sich aber nicht nehmen, den heftig zeternden Lorenzen persönlich zu wecken und ihm seine Festnahme zu erklären. Robo blieb die Ruhe selbst, bis der andere es übertrieb und nach ihm schlug. Blitzschnell hatte Robo ihm den Arm auf den Rücken gedreht und führte ihn in Unterhose und T-Shirt, immer noch mit dickem Beinverband, aus dem Krankenzimmer.

Auf dem Flur wurde die Situation wieder ruhiger, und so bekam ich leider nicht die Genugtuung, einen halbnackt durch die Stadt geführten Hanni Lorenzen zu sehen. An der Eingangstür warteten schon zwei Streifenbeamte, die Biene angefordert hatte.

Hanni bekam die Hände in Eisen und wurde abgeführt.

Wieder im Auto hatte Robo schon das Telefon in der Hand. Er rief im Präsidium an und ordnete an, zwei Leute zu Asmussens Haus zu schicken und dort auf uns zu warten.

Während der Fahrt fragten wir uns, wie Hallmann denn nun in die Sache verstrickt sei, kamen aber auf keinen Hinweis, dass er aktiv beteiligt gewesen wäre. Dann fuhren wir vor dem kleinen Reihenhaus vor.

Robo schickte die Uniformierten, die vor dem Haus gewartet hatten, nach hinten, um die Rückseite abzusichern, dann klingelte er Sturm. Ein hübsches Mädchen, etwa 16 Jahre alt, im knielangen T-Shirt öffnete schlaftrunken die Tür.

Robo hielt ihr seinen Ausweis entgegen. »Bohlke, Kriminalpolizei. Sind Sie Fräulein Asmussen?« Sie nickte. Er ging an ihr vorbei ins Haus, Biene und ich folgten ihm.

»Wo ist das Schlafzimmer?« Sie zeigte verwirrt auf eine Tür am oberen Treppenabsatz, die sich gerade öffnete. Asmussen trat heraus.

Wie der Blitz war Robo oben und hatte ihn am Arm gepackt. »Clemens Asmussen, ich verhafte Sie wegen des dringenden Verdachts der Tötung von Lydia Lichter.«

Er wehrte sich nicht, sah nur ratlos auf Biene, mich und seine Tochter am Fuß der Treppe. Dann kam er neben Robo die schmale Treppe hinunter.

Er sah Robo von der Seite an. »Das wird Ihnen noch leidtun. Ich habe mit dieser Sache nichts zu tun, aber auch gar nichts.«

Robo ließ sich von seiner aufgesetzten Selbstsicherheit nicht beeindrucken.

»Biene, erklär ihm seine Rechte.«

Biene stellte sich vor ihn, während Robo ihm Handschellen anlegte, und leierte seine Rechte herunter.

Robo nahm Asmussens Tochter am Arm und zog sie in die Küche. »Wecken Sie doch bitte ihre Mutter und bitten Sie sie, ein paar Sachen zusammenzupacken.«

Die Kleine sah ihn mit großen Augen an. »Meine Mutter ist nicht hier. Meine Eltern leben schon seit zwei Jahren getrennt.«

»Melanie!« Asmussens Stimme peitschte so laut über den Flur, dass das Mädchen zusammenzuckte.

»Hör auf, so einen Unsinn zu erzählen, das geht niemanden etwas an, hörst du?«

Sie setzte sich auf den Küchenstuhl und machte sich so klein wie nur möglich.

Robo fasste sie an der Schulter. »Können Sie Ihre Mutter jetzt anrufen, damit Sie nicht alleine bleiben müssen?«

Sie nickte. Robo führte ihren Vater zur Tür, während Biene die Beamten aus dem Garten heranwinkte, und Melanie ans Telefon ging.

Ich stand im Flur zwischen der Wohnzimmertür und Robo mit seinem Gefangenen. Robo schien auf die beiden Polizisten zu warten.

Plötzlich fing Asmussen an zu brüllen. »Ich will jetzt sofort meinen Anwalt anrufen, das ist mein Recht. Sie halten mich hier illegal fest.«

Robo war die Ruhe in Person. »Wir halten Sie hier fest, weil Sie eine junge Frau umgebracht haben, das ist mehr als legal. Ihren Anwalt können Sie vom Polizeipräsidium aus anrufen, eher nicht.«

Er wand sich und versuchte, sich von Robo loszumachen.

»Ich habe damit nichts zu tun, gar nichts. Wen stört das schon, ob da eine Nutte mehr oder weniger rum läuft. Diese Nutte, diese dreckige. Ist doch nur gut, dass sie weg ist.«

Ich spürte den Drang, hinzugehen und ihm das Maul zu stopfen. Nur meine Müdigkeit und Bienes sanfter aber energischer Griff hielten mich zurück.

Robo sprach ganz ruhig mit ihm. »Haben Sie sie deshalb erstickt? Weil Sie eine Hure war?«

Er spuckte auf den Boden. »Eine widerliche Nutte war sie, die es mit jedem getrieben hat. Wie Nutten das eben so tun. Gut dass sie weg ist, die Schlampe.«

Die beiden Beamten traten von vorne ins Haus, Robo übergab ihnen Asmussen. Sie gingen, neugierig begafft von den Nachbarn, die der Lärm aufgeweckt hatte, mit dem nur mit einem Schlafanzug und Hausschuhen bekleideten Asmussen zum Streifenwagen.

Robo ging zu dessen Tochter, die wieder in die Küche gegangen war. Das Mädchen war völlig verstört.

»Haben Sie Ihre Mutter erreicht?«, fragte er sanft.

Sie nickte. »Sie kommt in ein paar Minuten.«

Robo lächelte. »Dann warten wir so lange hier, wenn Sie nichts dagegen haben.«

Sie schüttelte heftig den Kopf, »Nein, gar nicht. Bitte bleiben Sie. Ich will nur nicht alleine sein.«

Biene nahm sie am Arm und ging mit ihr hinaus.

Die Mutter, Asmussens Frau, kam wirklich ein paar Minuten später. Sie wirkte sehr gefasst Sie tröstete zuerst ihre Tochter, schickte sie dann in ihr Zimmer, um sich anzuziehen. Dann kam sie zu uns in die Küche, um Robos Fragen zu beantworten.

Sie war groß, wesentlich größer als Asmussen, blond, sehr schlank und sehr gepflegt. Auf den ersten Blick war sie eine ältere Ausgabe von Lilly, so wie Jenni eine jüngere war. Obwohl sie direkt aus dem Bett herbeigeeilt sein musste, wirkte sie, als ob sie zur Arbeit wollte.

Robo fing an. »Sie brauchen all diese Fragen jetzt natürlich nicht zu beantworten, aber Sie würden uns sehr damit helfen.«

Sie lächelte. »Ich habe keinen Grund, meinen Noch-Mann irgendwie zu decken oder zu schützen. Aber denken Sie bitte nicht, ich würde ihn irgendwie in die Pfanne hauen. Das ist nicht meine Art.«

Robo nickte. »Das habe ich auch nicht erwartet. Frau Asmussen. Seit wann leben Sie schon von Ihrem Mann getrennt?«

Sie überlegte. »Eigentlich seit vier Jahren, aber ich bin erst vor zwei Jahren ausgezogen.«

Robo sah sie an. »Und in den zwei Jahren dazwischen?«

Sie lächelte verbittert. »In den zwei Jahren hat er nicht ein einziges Mal mit mir geschlafen. Zuerst hatte ich Verständnis dafür, dann habe ich ihm Vorwürfe gemacht, erst vorsichtig, dann immer heftiger, aber es änderte sich nichts. Na ja, und nachdem wir zwei Jahre wie Bruder und Schwester gelebt hatten, nur mit mehr Streit, bin ich dann ausgezogen.«

»Gab es denn einen konkreten Anlass für die Trennung?«

Sie hielt die Hände vor das Gesicht. »Da war er im Urlaub gewesen, in Tschechien.«

Ich ahnte, was kommen würde.

»Und als er zurückkam, fand ich in seinem Gepäck Bilder.« Sie weinte lautlos.

Biene griff nach ihrem Arm und streichelte ihn.

»Pornobilder von ihm und kleinen Jungen. Kinder. Jünger als Melanie. Viel jünger.«

Sie saß ganz still und aufrecht, Tränen liefen über ihr Gesicht. »Verstehen Sie? Ich hatte schon öfter Pornohefte bei ihm gefunden. Gewaltpornos, wo Frauen gequält wurden, und auch Pornos mit Männern. Aber das war doch etwas anderes, das waren anonyme Dinge. Aber diese Fotos, ich habe das nicht ausgehalten. Ich habe Melanie genommen und bin mit ihr zu meinen Eltern gezogen.« Sie nahm das Tuch, das ich ihr reichte, und trocknete sich die Tränen.

»Und seitdem?« fragt Robo weiter.

»Ich fand schnell eine Wohnung«, antwortete sie. »Er bezahlte anstandslos, zuerst für uns beide. Nachdem ich Arbeit gefunden hatte, ich bin seit anderthalb Jahren an der Uni und verdiene ganz gut, bekam ich nur noch für Melanie Geld von ihm. Er behandelte Melanie ordentlich, wenn sie bei ihm zu Besuch war und mich eigentlich auch. Also hatte ich keinen Grund, auf eine Scheidung zu drängen.«

»Und sonst gab es keinen Stress?«

Sie zögerte. »Doch, gelegentlich. Wissen Sie, ich bin ja schließlich keine Heilige. Ich habe in der Zeit ein paar Männer kennen gelernt. Der Richtige war zwar nicht dabei, aber man soll ja eine Menge Frösche küssen müssen, bevor man einen Prinzen findet.«

Wir lächelten alle, wer kannte das nicht.

»Aber jedes Mal, wenn mein Mann das mitbekam, machte er mir eine Riesenszene. Ich sei eine Hure, ein Flittchen. Ich würde wohl für jeden die Beine breit machen und ähnliche Sprüche.

Und dann drohte er mir damit, Melanie ganz zu sich zu nehmen und mich wegen meines ‚unsittlichen Lebenswandels' wie er das nannte, beim Jugendamt anzuzeigen.«

»Lächerlich«, schnaubte Biene.

»Normalerweise ja, aber er kannte jeden bei der Stadt, auch beim Jugendamt. Hätte er ernsthaft versucht, mir Ärger zu machen, wäre das ganz schön hart geworden.«

Melanie kam in die Küche. Sie hatte sich angezogen, das hieß, sie trug jetzt zum T-Shirt noch Shorts und Sandalen und ihre Tasche war gepackt.

»Ich bin fertig, von mir aus können wir los. Oder wollt ihr noch weiter reden?« Sie sah ihre Mutter an.

»Nein, wir sind schon durch«, antwortete Robo. »Ich hätte nur noch gerne einen Schlüssel für das Haus, haben Sie einen?«

Sie nickte und fummelte einen Schlüssel von dem Bund, das sie aus der Hosentasche zog. »Den brauch ich aber wieder.«

Robo grinste. »Ehrenwort!«

Wir standen schon in der Tür, als mir einfiel, was ich noch hatte fragen wollen. »Frau Asmussen, eine Frage noch.«

Sie drehte sich zu mir um. »Ja?«

»Kennen Sie einen Herrn Hallmann?«

Wir warteten und sie nickte. Sie holte tief Luft. »Der war mit meinem Mann in Tschechien. Er war auch auf den Fotos. Aber nicht nur mit Jungs, sondern auch mit Mädchen. Die waren übrigens genau so jung.«

Sie nahm Melanie in den Arm und ging mit ihr durch den Vorgarten zu ihrem Wagen, der vor dem Haus auf der Straße geparkt war.

Robo schloss die Tür ab, kam zurück und haute mir auf die Schulter. »Bingo, Watson. Das war der letzte Schlüssel, der uns fehlte.«

Ich grinste. »Es ist gleich sechs, ich will ins Bett.«

Wir waren alle müde, aber ich bekam einen ersten Eindruck von Bienes Starrkopf.

Sie hatte sich in den Kopf gesetzt zu baden, also würde sie auch baden.

Mir wurde schnell klar, dass sie, wenn ich nicht mitmachte, auch zu Fuß gehen würde, also fuhren wir nach Solitüde. Sie sprang aus dem Auto und riss sich die Klamotten vom Leib, sie wackelte noch mal mit ihrem knackigen Hinterteil und stürzte sich ins Wasser. Dabei störte es sie kein bisschen, dass der Strand von Nachzüglern der gestrigen Strandpartys und von Frühaufstehern schon reichlich belebt war. Sie drehte eine Runde, sammelte ihre Sachen wieder ein und setzte sich, nackt wie Gott sie geschaffen hatte, auf den Beifahrersitz. »Na, Robo scheint mein Strip ja sehr beeindruckt zu haben.«

Ich sah mich um, Robo war auf dem Rücksitz eingeschlafen. Ich lächelte, küsste sie und wir fuhren nach Hause.

Ich machte einen Spaziergang mit dem Hund, der schon mit hervorquellenden Augen auf uns gewartet hatte.

Währenddessen telefonierten die beiden mit ihren Kollegen im Präsidium. Dann fielen wir innerhalb von Sekunden in einen tiefen Schlaf, aus dem uns erst Lämmchen weckte, der am Sonntagmittag gegen die Tür polterte, als wollte er sie aus den Angeln schlagen.

Er hatte Brötchen dabei, kochte zuerst Kaffee und ging dann mit dem Hund. Ein wirklicher Engel also. Genau das, was wir in diesem Moment brauchten.

Im Laufe des Sonntags ermittelte Robos Mannschaft dann die ganze banale Geschichte von Lillys Tod.

Hallmann, der nicht nur mit Asmussen in Tschechien gewesen war sondern auch gelegentlich mit ihm das Bett geteilt hatte, war amtsintern einer der Kritiker des Siloprojektes gewesen. Deshalb hatte Lilly ihm ihre ‚Spezialbehandlung' angedeihen lassen. Er hatte sich das zuerst gerne gefallen lassen, dann aber gedroht, sie auffliegen zu lassen. Er erpresste sie, weiter mit ihm ins Bett zu gehen. Asmussen, der dabei zu Anfang nur zusehen wollte, hatte er ins Spiel gebracht. Als nächstes hatte Asmussen

Lorenzen dazu geholt, der beim Sex ein Schläger war, was Asmussen noch mehr anmachte. Brenninger und Fiebig waren erst später dazugekommen, weil sie mit Lorenzen befreundet gewesen waren.

Der Mörder war Asmussen, was er auch schnell zugab. Robo diskutierte stundenlang mit dem Staatsanwalt, welche Delikte man den anderen vorwerfen würde. Die Liste wurde sehr lang. Bis auf Hallmann hatten alle bei der Beseitigung der Leiche geholfen. Es war Brenningers Idee gewesen, sie nach ihrem Tod zu schminken. Er meinte, die Polizei so auf die Idee bringen zu können, Lilly hätte einen Triebtäter unter ihren Kunden gehabt.

Hallmann war auf genügend Fotos, die sie aus Asmussens Keller holten, in eindeutigen Posen zusammen mit Kindern abgelichtet. Auch für ihn sollte es zu einer Anklage reichen.

Robo schätzte ganz realistisch, dass ein guter Anwalt für Asmussen wohl Körperverletzung mit Todesfolge im Affekt herausschlagen würde. Auch die Delikte der anderen waren zumindest schwer genug, dass wohl keine Bewährungsstrafe zum Tragen kommen würde.

Einundzwanzig

Die Hälfte aller Einwohner der Nordstadt schien sich auf dem Friedenshügel versammelt zu haben. Alle in ihren besten Klamotten, auch wenn die bei den meisten schon ziemlich abgenutzt aussahen.

Sogar ich hatte mich aus meinen geliebten Armeehosen und meinem Sweatshirt geschält und eine dunkle Hose mit schwarzem Jackett angezogen.

Die kleine rundgebaute Kapelle war bis auf den letzten Platz gefüllt, sicherlich 100 Menschen drängten sich, Lilly auf ihrem letzten Weg zu begleiten.

Mehmed mit seiner Verwandtschaft und andere türkische Freunde von ihr waren gleich vor der Tür stehen geblieben, genau wie viele ihrer Freundinnen.

Ich fand einen Stehplatz in der letzten Reihe, lehnte mich an die Wand, links von mir Biene und rechts Robo, der Rambo stützte. Sie war immer noch recht wackelig auf den Beinen.

Lilly hatte es nie mit der Kirche gehabt, so viel ich wusste. Trotzdem stand vor uns ein Pfarrer und redete. Der einzige Satz, der mir in Erinnerung blieb, war, dass er nicht Lillys wegen dort stehen würde, sondern unseretwegen. Sie würde woanders ihren Trost finden, wir aber bräuchten ihn hier und jetzt, und das fand ich völlig richtig.

Als er fertig war erklang, zuerst ganz leise und dann langsam lauter werdend ‚Heart of Gold' von Neil Young und die Taschentücher wurden gezückt. Ich konnte gerade noch an mich halten, aber dann spielten sie ‚Purple Rain' von Prince und da war es auch bei mir vorbei. Ich hielt mich an Biene fest, sie an mir und wir flennten gemeinsam.

Schließlich war die Feier vorbei, die Urne wurde zum Urnenfeld getragen und in den Boden eingelassen. Es gab noch mehr Tränen, geweinte und unterdrückte. In der letzten Reihe stand ein Mädchen, das einen Ghetto-Blaster am Arm trug. Sie drückte einen Knopf und aus dem Lautsprecher dröhnte Meat Loaf,

‚Heaven can wait', und das war zu viel für mich. Ich schnappte mir Biene und wir gingen zum Auto. Ich riss mir das Jackett vom Leib, zog das Hemd aus und ein T-Shirt an und wechselte Schuhe und Hose. Dann fuhren wir los.

Wir fuhren auf der Umgehungsstraße bis zur allerletzten Abfahrt vor der dänischen Grenze, dann am Strand entlang. Eine Menge Leute hatte es sich hier gemütlich gemacht. Wir bogen links ab, an der Fabrik vorbei und auf den Parkplatz am Lachsbach. Ich stellte den Wagen in den Schatten, und wir gingen die wenigen Meter bis zum Weg, der ins Tal hinunter führte. Wir kletterten bergab, Biene kam ins Rutschen und ich konnte sie gerade noch auffangen. Dann standen wir am Wasser, wenige Meter von der Stelle, an der Lilly gefunden worden war.

Links von uns raschelte es. Blonde Haare leuchteten durch die Sträucher. Ich musste lächeln. »Hi, Jenni.«

Sie kam durch den Busch auf uns zu. »Na, ihr beiden? Wart ihr auf der Beerdigung?«

Ich nickte.

»Und, war's schön?« Sie hatte Tränen in den Augen.

»Schöne Beerdigungen gibt's nicht, das weißt du doch auch.«

Sie nickte und setzte sich auf einen Stein. »Ich hab mich nicht getraut. Ich kann so was nicht.«

Biene setzte sich neben sie und sah sie an. »Ich glaube, du musst auch nicht zur Beerdigung, um dich von Lilly zu verabschieden. Das geht auch hier.«

Jenni nickte. »Wo lag sie denn?«

Biene zeigte auf die Stelle. »Da vorne.«

Wir starrten still auf das Wasser, das leise plätscherte. Dann stand Jenni auf und ging langsam den Weg hoch. »Könnt ihr mich in die Stadt mitnehmen?«

Ich sah zu ihr hinüber. »Wir fahren in fünf Minuten, okay?«

Sie nickte. »Ich warte oben.«

Biene und ich blieben einfach noch ein paar Minuten lang am schattigen Bachufer sitzen und ich versuchte, meine Traurigkeit mit dem Bach in die Ostsee fließen zu lassen. Dann standen wir auf und kletterten auch nach oben.

Jenni wartete auf dem Parkplatz. Ich schloss den Wagen auf.

»Wo soll's denn hingehen?«

Sie lachte »Süderhofenden, Polizeirevier.«

Wir zuckten zusammen.

»Was willst du denn da?«

»Tjaaa«, sie grinste über beide Backen. »Ich habe mich beworben. Ich will Bulle werden. Und um drei habe ich ein erstes Gespräch, wenn das gut verläuft, soll ich nächste Woche zum Test nach Eutin.«

Ich war baff, aber ich freute mich ebenso wie Biene, die ihr mit einem »Aber hallo, Frau Kollegin!« auf die Schulter schlug.

Wir stiegen ein und ich fuhr in Richtung Innenstadt. Jenni beugte sich nach vorne und klopfte Biene auf die Schulter. »Und du solltest auf ihn aufpassen.«

Biene sah sie erstaunt an. »Wieso denn das?«

»Ich hab meinen Mann rausgeschmissen. Ich suche einen Neuen.«

Die beiden kriegten sich kaum noch ein vor Lachen, und als Biene prustend antwortete, »Dann musst du dich aber beeilen. Wenn ich mit ihm fertig bin, kannst du nämlich gar nichts mehr mit ihm anfangen«, wusste ich, dass wir wieder im Alltag angekommen waren.

Über die Wahrheit und den Kriminalroman

Ein Krimi entsteht nicht im luftleeren Raum sondern im Kopf des Autors. Dabei wird viel Erlebtes durcheinander geworfen, neu gemischt und mit einer Menge Ausgedachtem so kombiniert, dass hoffentlich ein spannendes Buch entsteht.

Genau so ist dieses Buch entstanden und ich hoffe, dass niemand auf die Idee kommt, er oder sie sei für eine der Figuren darin das Vorbild gewesen. Außer natürlich, die Figur gefällt ihm oder ihr.

Wenn die Bösen in diesem Buch alle Mitarbeiter der Flensburger Stadtverwaltung sind, so ist das der Tatsache zuzuschreiben, dass sie in irgendeinem Betrieb zusammen arbeiten mussten und nicht dem Umstand, dass es in dieser Stadtverwaltung so viele böse Menschen gibt. Die gibt es nämlich nicht, hoffe ich jedenfalls.

Ähnliches gilt für die Polizistinnen und Polizisten in Flensburg, deren Arbeitsalltag und –Strukturen ich kreativ zu interpretieren versucht habe.

Würde ich an dieser Stelle alle Menschen aufführen, die etwas zur Entstehung des Krimis beigetragen haben, verdoppelte sich vermutlich die Länge des Textes. Also nenne ich, nach dem Motto ‚erwähnst du einen, muss du alle erwähnen‘, niemanden.

Trotzdem gilt ihnen allen mein Dank für ihre Geduld, die klugen Antworten auf mein dummen Fragen, für Tipps und Hinweise. Dass manches davon im Text anders steht, als es gemeint und gesagt wurde, nehme ich auf meine Kappe. Ich hoffe, dass mein Eingreifen in diesen Fällen nicht dazu führt, dass der Lesegenuss gestört wird.

Bryan Ferry, »As time goes by«:
EASY LIVING und TIME ON MY HANDS
Johnny Cash, »American Recordings«:
AINT NO GRAVE,
I CAN'T HELP, BUT I WONDER WHERE I'M BOUND und
COOL WATER
Flogging Molly, »Live at the Greek Theatre«:
THE SON NEVER SHINES (ON CLOSED DOORS)
Tom Waits, »Rain Dogs«:
TIME und
RAINDOGS
Marlene Dietrich, »The Ultimate Collection«:
ICH WEIß NICHT, ZU WEM ICH GEHÖRE
Diverse Interpretinnen, »Flowers in the Wildwood – Women in early country music«:
ROUND TOWN GIRLS
Taj Mahal, »Mumtaz Mahal«:
COME ON IN MY KITCHEN
Herbert Grönemeyer, »Total Egal«:
CURRYWURST
Keb Mo, »Slow down«:
LOVE IN VAIN,
GOD TRYING TO GET YOUR ATTENTION und
I'M TELLING YOU NOW
Randy Meisner, »Randy Meisner«:
IF YOU WANNA BE HAPPY
Neil Young, »Harvest«:
HEART OF GOLD
Prince, »Purple Rain«:
PURPLE RAIN
Meat Loaf, »Bat Out Of Hell«:
HEAVEN CAN WAIT

Wie es danach weitergeht.

Nicht nur der Direktor der Flensburger Sparkasse ist in heller Aufregung. Die ganze Stadt scheint Kopf zu stehen.

Ein Anwalt wird ermordet und Chips Vermieter, Willi Maschke, hat einen mysteriösen Unfall.

Und das kurz nachdem der Anwalt daran mitgewirkt hat, dass Maschke der Flensburger Sparkasse ein Gebäude aus einer Konkursmasse wegschnappen konnte.

Die Ermittlungen in ihrem zweiten gemeinsamen Fall führen Chip und Biene mitten in eine Parallelwelt, von der sie nichts geahnt haben.

Ist es Schwarzgeld aus halblegalen Immobiliengeschäften, das den Erfolg der Flensburger Handballmannschaft sichert?

Welche Abhängigkeiten gibt es zwischen dem Vorstand der Sparkasse, dem örtlichen Handballverein und den Flensburger Immobilienmaklern?

Und was haben die wertlosen Aktienpakete von Fedder Hansen, die die Bilanz der Sparkasse belasten, mit dem Mord an dem Rechtsanwalt zu tun?

Dass es in ihrer Beziehung ebenso knirscht wie in der von Chips Freund Robo, der gleichzeitig Bienes Vorgesetzter ist, macht die Ermittlungen nicht gerade einfacher.

Doch als plötzlich die Nachricht bekannt wird, dass die Sparkasse kurz vor der Insolvenz steht, lichtet sich das Dunkel, in dem die Ermittler herumirren.

Jetzt zeigt sich, wer aus Flensburgs besseren Kreisen alles in den Fall verstrickt ist.

Und dann wird den Beteiligten klar, dass der Täter alles tun wird, um seinen Kopf aus der Schlinge zu ziehen.

Roderich Weiler hatte sich zurechtgemacht wie ein Sportler, der voll im Training steht. Teure Laufschuhe, der Trainingsanzug der Handballmannschaft, deren größter Sponsor die Flensburger Sparkasse war, natürlich mit dem Logo auf dem Rücken und auf der Brust und die legendäre Basecap, die Sepp, dem ebenso legendären Trainer der Mannschaft anscheinend am Kopf festgewachsen war. Dabei war Weilers letzte sportliche Aktivität wahrscheinlich das Ausschalten seines Großbildfernsehers nach dem letzten Spiel der Handball-WM gewesen. Er quetschte seine stattlichen zwei Meter Körpergröße in den schmalen Sessel der Lounge. »Was soll das hier werden? Ein Verhör?«

Robo und Biene blickten sich an, fast unmerklich gab er ihr das Kommando, die Gesprächsführung zu übernehmen.

»Keineswegs, Herr Weiler. Wir möchten nur ein paar …«, sie zögerte einen winzigen Moment lang, »Informationen über die beiden Kriminalfälle einholen. Wir würden schon gerne wissen, ob es eine Verbindung zu ihrem Geldinstitut geben könnte.«

Weiler lachte und winkte der Kellnerin, ihm ein Bier zu bringen. Das Mädchen war so freundlich, an den Tisch zu kommen und auch unsere Bestellungen aufzunehmen.

Als sie fertig war, wartete er, bis sie außer Hörweite war, bevor er antwortete. »Sie glauben doch nicht im Ernst, dass ich irgendetwas, auch nur das Geringste, mit diesem Mord zu tun habe, oder?«

Biene schüttelte leicht den Kopf. »Wie ich schon sagte, es geht gar nicht um Sie, Herr Weiler. Aber wir haben einige Informationen, die darauf hindeuten, dass die Sparkasse sehr wohl in unseren Ermittlungen eine Rolle spielen könnte.«

Weiler sah sie mit einem Blick an, der alles an Verachtung zum Ausdruck brachte, was er einer kleinen Kriminalbeamtin gegenüber empfinden konnte. »Junge Frau, eines sollten Sie wissen. Die Flensburger Sparkasse, das bin ich. In meinem Unternehmen gibt es nichts, was ich nicht wüsste, Und wenn ich nicht in den Fall verwickelt bin, dann kann es auch die Sparkasse nicht sein.«

Biene runzelte die Stirn. »Dann sollten wir vielleicht wirklich klären, ob das hier die Vernehmung eines Verdächtigen ist und nicht nur ein unverbindliches Informationsgespräch.«

Jetzt hatte sie Weiler da, wo sie ihn hinhaben wollte. An seinem Hals trat eine pulsierende blaue Ader hervor, sein Gesicht fing von unten an, rot anzulaufen. »Das war die letzte Unverschämtheit, die ich mir von Ihnen gefallen lasse. Betrachten Sie das als Warnung. Wenn nicht, werden sie ihr Verhalten dem Polizeipräsidenten erklären dürfen.«

Er wendete sich der Kellnerin zu, die mit den Getränken an den Tisch gekommen war. »Schreib das auf meine Rechnung.« Es sollte großzügig klingen, kam allerdings deutlich mehr großspurig heraus. Als sie die Gläser auf den Tisch gestellt hatte, fuhr er fort. »Wenn ich mit Menschen wie Jan Ohlsen oder Willi Maschke ein Problem habe, muss ich sie nicht umbringen oder umbringen lassen.«

Er nahm einen Schluck von seinem Bier. »Ich kündige ihnen einfach die Kreditlinie, verstehen Sie? Das bringt sie auch um, aber sie merken es noch viele Jahre lang. So etwas ist nicht nur sauberer als ein Mord, sondern auch viel befriedigender und nachhaltiger. Andere werden sich danach nämlich überlegen, ob sie Streit mit mir haben wollen.« Er blickte triumphierend zu Robo hinüber.

»Ohlsen und Maschke hatten also Kredite bei der Flensburger Sparkasse?« fuhr Biene ungerührt fort.

Die Ader an Weilers Hals schwoll wieder an. »Das werde ich Ihnen erzählen, wenn Sie mit einem Durchsuchungsbescheid bei mir im Büro stehen. Bis dahin unterliegen solche Angaben natürlich dem Bankgeheimnis.«

Biene blickte ihn treuherzig an. »Ich habe eigentlich nur gefragt, weil Ihre Aussage von gerade sonst wenig Sinn macht. Sie könnten dann das Problem mit ihnen ja nicht durch die Kündigung der Kreditlinie lösen, oder?«

Weiler stemmt die Arme auf die Sessellehnen und drückte sich aus dem Möbelstück. »Ich habe Sie gewarnt«, wandte er sich an Robo, »ich habe es nicht nötig, mich so behandeln zu lassen.« Er ging zum Ausgang, ohne sich auch nur einmal zu uns umzusehen.

Biene lehnte sich zurück und nahm das Weinglas vom Tisch. »Der hat Dreck am Stecken, darauf wette ich mein Weihnachtsgeld.«

»Erstens ist dein Weihnachtsgeld schon vor Jahren dem Rotstift der Landesregierung zum Opfer gefallen und zweitens würdest du an diesem Tisch niemanden finden, der dagegen hält«, antwortete Robo.

Ich wischte mir den Bierschaum von den Lippen. »Ihr meint, der steckt da mit drin?«

Biene schüttelte den Kopf. »Solche Typen machen sich nicht die Hände schmutzig, das was er gesagt hat, wird schon stimmen. Aber er weiß viel mehr, als er uns gegenüber freiwillig zugeben würde.«

Robo hatte sein Mineralwasser schon ausgetrunken. »Und trotzdem werden wir uns für morgen auf ein unschönes Gespräch beim Alten einstellen müssen.« Er grinste, als Biene ihn erschreckt ansah. »Aber du musst morgen zu Maschke ins Krankenhaus. Ich regel das schon.« Er stand auf und reckte sich. »Und jetzt will ich nach Hause, der Tag war wieder mal viel zu lang. Ramona wartet sicher schon.«

Flensburger Verhältnisse erscheint voraussichtlich im Winter 2016/2017.

ISBN 978-3-7418-1105-0
9 783741 811050 0000
www.epubli.de